10 years

太阳鸟十年精选

王蒙　主编

异乡，这么慢 那么美

辽宁人民出版社

图书在版编目（CIP）数据

异乡，这么慢那么美 / 王蒙主编. —沈阳：辽宁
人民出版社，2018.1
ISBN 978-7-205-09133-0

Ⅰ. ①异… Ⅱ. ①王… Ⅲ. ①中国文学—当代文
学—作品综合集 Ⅳ. ①I217.1

中国版本图书馆CIP数据核字（2017）第268413号

出版发行：辽宁人民出版社
　　　　　地址：沈阳市和平区十一纬路25号　邮编：110003
　　　　　电话：024-23284321（邮　购）　024-23284324（发行部）
　　　　　传真：024-23284191（发行部）　024-23284304（办公室）
　　　　　http://www.lnpph.com.cn
印　　刷：辽宁星海彩色印刷有限公司
幅面尺寸：160mm×230mm
印　　张：14.25
字　　数：224千字
出版时间：2018年1月第1版
印刷时间：2018年1月第1次印刷
责任编辑：赵维宁　艾明秋
装帧设计：丁末末
责任校对：王绍斌
书　　号：ISBN 978-7-205-09133-0
定　　价：43.00元

总序

PREFACE

这套"太阳鸟十年精选"所收录的文章均选自过去十年我为辽宁人民出版社主编的太阳鸟文学年选。太阳鸟文学年选作为每年国内出版的多种文学年选中的一种，已经坚持了近二十年。它说明辽宁人民出版社的这套太阳鸟文学年选具有相当的历史性，表现了辽宁人民出版社编辑们的坚持不懈，这也是年选权威性的一个方面。

太阳鸟文学年选近二十年来，纳入其编选范围的文体大致六种，即中篇小说、短篇小说、诗歌、散文、随笔和杂文，这一次编辑将选文的体裁限定在了"美文"，杂文记忆中也只选了三四篇。整套书共十三种，包括《途经生命里的风景》《异乡，这么慢那么美》《故乡，是一抹淡淡的轻愁》《这世上的"目送"之爱》《历史深处有忧伤》《愿陪你在暮色里闲坐，一直到老》《你所有的时光中最温暖的一段》《那个心存梦想的纯真年代》《一生相思为此物》《掩于岁月深处的青葱记忆》《在文学里，我们都是孤独的孩子》《艺术，孤独的绝唱》《那个时代的痛与爱》，除《那个时代的痛与爱》主题相对分散，其他内容包括国内国外、故乡亲人、历史人物、童年校园、怀人状物、读书谈艺，可以说涵盖了人生的方方面面，可供阅读群体广泛。集中国十年美文创作于一书，这个书系的作者也涵盖了中国当代文学写作，尤其是散文写作的大量作家，杨绛、史铁生、袁鹰、余光中、梁衡、王巨才、王充闾、周涛、陈四益、肖复兴、李辉、王剑冰、祝勇、张晓枫、刘亮程、毛尖、李舫、宗璞、蒋子龙、陈建功、李国文、刘心武、李存葆、陈世旭、梁晓声、陈忠实、贾平凹、铁凝、张承志、张炜、余华、韩少功、王安忆、苏童、周大新、格非、迟子建、刘醒龙、刘庆邦、池莉、范小青、叶兆言、阿来、刘震云、赵玫、麦家、徐坤等。还有黄永玉、范曾、韩美林、谢冕、雷达、阎纲、孙绍振、温儒敏、南帆、陈平原、孙郁、李敬泽、闫晶明、彭程、刘琼等艺术家和评论家。他们的阵容，令人想起改革开放以来中国当代文学的版图。

为了"优中选优"，我重新翻阅了近十年的太阳鸟文学年选散文卷和随笔卷，并生出一些感慨。文学应该予人以美，包括语言之美、结构之美、韵律之美，更包括思想之美、情感之美、叙事之美，言之有思，言之有情，言之有恍若天成的启示与灵性。美好的东西总是让人念念不忘，文章也是如此。重读这些当年选过的文章，依然让人或心潮澎湃，或黯然神伤，或感同身受，或心向往之，一句话，也就是我最入迷的文学品性：令人感动。

大概十年前，为了继承和发扬赵家璧先生在良友图书公司主持"中国新文学大系"的传统，我曾为出版社主编过"中国新文学大系"第五辑，我在序言中曾说，文学是我们的最生动、最刻骨铭心的记忆，是我们的"心灵史"。我希望这套选本，也能不辜负读者与历史的期待。

2017 年 9 月

目录

CONTENTS

傍在蔚蓝的大海边

——南非纪行

杨牧之

————

没去南非之前，我就听说过一个故事，说举世闻名的五千米、一万米长跑世界冠军非洲选手伊夫特，第一次参加田径对抗赛时，因为不识字，看不懂电子荧光屏，少跑了一圈；第二次去伦敦参加比赛，又因为听不懂英语，看别的乘客中途换机下飞机，他也跟着下，结果费尽周折，赶到伦敦时，比赛已经结束。当时，我只觉得黑人实在没文化，竟闹出这样的笑话。由此及彼，我脑海中的非洲也就可想而知了。

我到过北非，到过撒哈拉沙漠中的小镇，住在浩瀚的大沙漠的饭店里，漆黑的夜晚，万籁俱静，远处传来洪亮的阿訇召人祈祷的声音。声音过后，更加寂静。南非是不是也这样的神秘？

我这人有福气，梦想的事常常就能实现。今年六月，南非出版商协会发来邀请，请我去参加他们的首届书展，真是天赐良机。

我们从北京出发，飞行六个小时到新加坡，从新加坡又飞了十四个小时到开普敦。算下来，光飞行就有二十个小时之多。走下飞机，已经疲惫不堪。然而当我们到了下榻的宾馆，那出乎想象的景致让我们疲劳顿消。

宾馆就在大海边，只有六层，是一座很典雅的楼房。整座楼都是白色，门、窗只有深白和浅白之分。一座白色的楼，傍在蔚蓝的大海边，在阳光的照耀下，真让人心旷神怡。面向大海的窗户，在海水和蓝天的映照下，玻璃发出淡蓝色的光，大楼又像一块蓝色的水晶。推开窗户，海水正涨潮，水珠溅上阳台，湿湿的。南非，这么美丽，这么惬意，谁能想象得到南非是这样的呢！

—

这种心情让我精神抖擞，放下行李就去参观书展。

这是南非历史上第一次国际书展，也是非洲历史上第一次国际书展，所以，非洲的主要国家都派团参加。书展办得很有文化。整个书展虽然只有四百多个展位，但汇集和招徕了包括非洲、欧洲、亚洲、拉丁美洲在内的几十万种图书和重要出版商。书展的宣传画是一个眯着眼的人头像。我们很奇怪，怎么那么像秦始皇兵马俑头像呢？问他们才知道，原来那是非洲原住民的头像。从现在考古发掘的材料来看，很多研究工作者都认为人类起源于非洲。从古代猿类进化到现代人，考古学上的五个阶段（腊玛古猿、南方古猿、猿人、尼安德特型人和现代人），非洲体现得最完整。细想想，照这样的情况看，非洲岂不是我们人类的故乡吗？书展主办者用这样一个头像画作为会标，有历史感，体现了非洲文化的深厚积淀。书展主席对我们说："你们看，头像上的眼睛是眯着的，那象征着善良和思考。那眼睛是不是也很像你们中国人的眼睛？中国人对非洲是很友善的。"

展馆的布置很考究，非洲经典图书的专柜、用书影组拼的曼德拉大幅画像、用书和文具造型推出的书展吉祥物，吸引了很多人拍照。新书发布会、作家与读者交流会、版权洽谈活动穿插其中。特别是一群群非洲儿童，白皮肤的、黑皮肤的、棕黄皮肤的、黄皮肤的，静静地翻看图画书。这种书香气氛，和我到南非之前对南非的认识大不一样，给予我的非洲观极大的冲击。非洲是有文化的。

二

到南非最快乐的事情当然是去好望角。

出城以后，路两边的房屋真是漂亮，一座座二层小楼被绿树掩映着。小楼多半是白色的，红色的门，绿色的屋顶，这大红大绿的在海边显得十分明丽。大大的玻璃窗户，让人感到室内的明亮和舒适。门外用红砖铺的甬路，经过雨水的冲洗湿润润的。不知叫什么名字的红花、粉花、紫花，再加上广阔无垠的蓝天，一派田园风光。有人说，南非是非洲中的欧洲，确实有道理。

去好望角，先到企鹅滩。车还没停下，我们就看见沙滩上仨一群、俩一伙的小企鹅了。这可比澳大利亚的堪培拉企鹅岛看企鹅方便多了。堪培拉菲利普岛的小企鹅白天都在大海上活动，直到晚上天黑后，才乘着朦胧的月光，一队队从大海上归来。而这里的企鹅都在沙滩上等着我们呢。近处，一块大礁石旁有几十只企鹅，聚在那里，好像在开会。此时，正三三两两地闲聊，是不是会议中间在休息？远处，临近海边，两个一对、两个一对，大概有五六对企鹅，就在光天化日之下亲昵地顾盼着，悠闲地前行，很像是情侣在散步。再远处，一片开阔的白沙滩，两只企鹅相向而立，那是一对夫妻吧？面对着大海、波涛，在茫茫的宇宙中相依为命。

车再向前行，已经可以看到好望角了。好望角，这个对我充满诱惑的地方，这个我念初中就知道的地方，曾让我生出多少想象。汽车飞快地跑着，车上的人已经按捺不住激动的情绪，准备下车。没想到，汽车一拐弯，眼前却出现一个翠绿色的海湾，海滩上是白色的沙子，地图上标着：迪亚士海滩。噢，我知道，这个迪亚士是葡萄牙人，是他第一个发现的好望角，并命名为"风暴角"的。显然，这个美丽海湾的命名是为了纪念他的发现之功的。车再稍稍往前一走，一个弧形的突出的山岬耸立在眼前，这就是好望角。果然不同凡响，它那险峻的山岬伸入两大洋中，如同一只巨大的鳄鱼峥嵘毕露。悬崖下，立着一块长长的黄色木牌，上面用英文和阿非利加文写着：好望角·非洲大陆最西南端·东经18度28分26秒·南纬24度21分25秒。

这里的路，显然是在海滩上的鹅卵石中开出来的，路两边尽是大大小小的鹅卵石，路面上尽是碎碎的贝壳。这里的鸟，还有不知名的小兽，全不躲人，自顾自地寻找吃食，好像人们不过是与它们毗邻而居的同类。你离它们一二尺远拍照，它们也不走开。看着这呈现着的原始荒凉景象，我顿时产生一种到了地球边缘的感觉，小心翼翼地走路，生怕一不小心从地球上掉下去。

我们急切地登上展望台，往下看去，茫茫大雾，什么也看不到。据说，没有雾的时候，可以看到大西洋与印度洋交汇的壮观情景。大西洋水凉、印度洋水暖，冷暖水在此交汇，所以，气象万千，晴晦多变。险峻的岬角雄立海中，危崖峭壁，浪花飞卷，航船在此常常遇险，定名为"风暴角"还真名副其实。后来印度洋航线开通，人们登上角点，可以眺望壮观的景象，企盼给人们带来好运，便改称"好望角"了。

雾虽然很大，却仍然可以听到角下面的骇浪惊涛。刚离开小企鹅那恬静安乐的世界，没多远就是这样让人惊心动魄的地方，南非真是一块神奇的土地。此时，我置身于两洋交汇之处，置身于非洲大陆的最南端，一种壮丽之情涌上心头。海滩上到处耸立的嶙峋怪石，似乎在提醒我们，三百六十年前荷兰东印度公司的航船曾在此触礁；一浪紧似一浪的拍岸惊涛更像是在向人们诉说，在我们脚下的这片土地上，里贝克医生率队在这里为他的荷兰王国修建了征服南非的第一座要塞，接着英国人也发现了这片美丽富饶的土地，开着军舰来到这里与荷兰人展开了血腥的争夺，刀光剑影，樯橹灰灭，最后以荷兰人被赶走而告终；也正是从那时起，这片土地的主人——土著居民一夜之间失去了自己的家园。真看不出，在这雄奇壮美的山川之下，竟然藏着这样波谲云诡的历史！

三

到此时之前，我的心情一直很好，充满了对南非这块土地、这里的文化、这里的人民的亲切之感，然而我毕竟只到了两三天，而且停留在好望角上面。我心情的变化是从在约翰内斯堡与导游小卢的聊天开始的。

在车上，导游小卢叮嘱我们，在约翰内斯堡一定要当心，白天，一个人千万不要上街，晚上，几个人也不能上街。他特别告诫我们：约翰内斯堡是世界上最危险的城市之一。

说完，他又交给我们每人一份"旅游须知"。材料上有南非官方为外国游客印制的一个醒目的提示："天黑后或街上无人时不要一人走在街上；夜间外出要坐出租车或乘私人汽车，要向声誉好的出租汽车公司租车；在街上不要拿照相机或佩戴贵重首饰；在市中心行车时要关上车窗，锁上车门，车座上不要摆放任何手提包；如果遇到抢劫，奉劝你不要抵抗。"真是毛骨悚然。谁抢劫？抢劫什么人？为什么治理不了？一连串的问题使我几天来的好心情立刻发生了变化。

小卢见我们不吭声，又说："我给你们讲一个故事。"他说，去年国内来了几个朋友，刚到南非，下了飞机，安排好住宿，就兴致勃勃地到街上逛。街灯已经亮了，街旁的商店都已经关上铁门，店家从门上的小窗户往外看，都露出惊恐的眼光，以为这伙强盗不定又要拿谁开刀了。因为南非人晚上是不敢上街的，以至于人们一见到夜晚在街上出没的人，就认为是强盗。

有这么恐怖吗？小卢说，你们不信，我再给你们讲一个这里的顺口溜："不偷不抢不是黑人，不诈不骗不是印巴人，不说等明天再办不是白人，不赌不嫖不是中国人。"听了这顺口溜，大家都异口同声地说，你这是种族歧视。他马上说："你们同情黑人，是因为你们没有被他们抢过，你们被抢一次就不同情他们了。"

我问他："你被抢过吗？"

他说："不止一次了。"

"你怎么脱的险？"

"被抢过就有经验了，兜里要放点儿钱，不要多，多了损失大；可也不能太少，太少，他们不痛快，抢了你还要打你一顿。"小卢的父亲在南非十二年了，他自己在南非也有七年了，讲起南非来很有点儿老南非的味道。看我们不以他的话为意，他又讲了他家里黑人女佣的故事。

小卢的家里请了个黑人女佣，每月给七百兰特，大约合一百美元。女佣在小卢家干了六七年了，相处得很好，有感情，但她还是要拿小卢家的东西。每当她要回家时，小卢奶奶都会在她的褥子下面发现自己家里的东西。问她："为什么要偷拿别人的东西？"她说："我家没有。""你家没有就拿别人的东西吗？"她便低头认错，保证以后不会再拿。可是下次她要回家时，奶奶仍然会在褥子下面发现她准备拿走的东西。

讲了这些，小卢理直气壮地说："你们说，别人能不歧视黑人吗？"一个白人跟他说，我们白人头上有旋儿，你们中国人头上有旋儿，猪狗头上也有旋儿，黑人却没有。这话说得多狠毒！

一次，小卢的父亲出了车祸，把一个黑人撞晕了。白人警察过来，看了看，对小卢父亲说，不用着急，赶快去买瓶酒。小卢父亲以为要用酒救人，急忙买回来。只见警察拿起酒，倒到黑人嘴里，然后说："你走吧，他喝多了酒，自己撞在车上了，怪不了别人。"

我不信，便再次问他，这真是你父亲的亲身经历吗？他说，那还有假！

啊！黑人的生命真的不如一只猪狗！

一霎时，那些美丽的风光似乎失去了颜色，这美丽的、近似于田园诗般的风光下面，还有那么多让人惊诧的故事！我想起我们一直没太留意的拥挤、破烂、低矮的黑人住的棚屋，想起约翰内斯堡的恐怖，想起连小卢这样的外来户也瞧不起黑人，我亲眼看见小卢气势汹汹地对黑人保安大吼的样子，我满肚子对黑人遭遇的同情与不平。

回北京后，很巧，朋友送来一张光盘，说是写南非黑人故事的，刚刚获奥斯卡最佳外语片奖，片名叫《救赎》。故事情节正碰上我的心弦，正冲着我的思虑。片中的阿飞是一个以偷和抢为生的青年黑人，脾气很坏，没有道理好讲，即便是朋友，一言不合，他也会拳脚相向。正是这种性格，他打伤了自己的哥们儿波士顿。别人劝波士顿不要再理阿飞，波士顿说："也不全怪他，他没有上过学，不明白庄重。"别人问，什么叫庄重。波士顿说："尊严。"啊，说得太透彻了！很多现实的问题并不是废除了种族隔离政策就能解决的。人不是只要有了生存权就可以万事大吉。人要得到别人的尊重，但首先得自尊自重。没上过学，没受过教育，连"尊严"的概念都没有，又何以自尊自重。

正因为如此，当他看到两腿残疾的老人到处乞讨，以为是伪装骗钱。当他看到老人确实是假腿，便大惑不解地说，既然"你过着像狗一样的生活，为什么仍然继续活着？"老人说："我喜爱感受街道上的阳光。""即使用我这样的双腿，我还是感受到太阳的热量。"这些话，此时的阿飞没有办法理解。

那要怪谁呢？这笔账要怎么算呢？过去，南非白人政府先后颁布了四百个种族主义法令，实行保留地制度，将占全国人口绝大多数的黑人圈定在只占全国百分之十二的土地内居住；实行特定区制度，在城市工作的黑人，只能住在城郊特定地区，在市区逗留不能连续超过七十二小时；实行通行证制度，黑人随身要带几十种证件，像特定区居住许可证、寻找职业特别通行证、迁移通行证、旅行通行证等。警察有权随时检查，如没有，将受到监禁和罚款。最后，甚至发展到连公园的椅子都写上"白人专用"的字样！在这种野蛮、残酷的种族隔离政策统治下，活着尚属不易，哪里还谈得上受教育？我明白了，闻名世界的长跑冠军伊夫特为什么连电子荧光屏上的数字也看不懂！在他东奔西跑地跟从别人上下飞机的焦急中，我感到深深的悲哀。1984年获诺贝尔和平奖的南非黑人大主教图图说："原来我们有土地，白人有上帝，后来他们说'让我们祈祷吧'，于是我们就闭上眼。当我们睁开眼时，他们有了土地，而我们有了上帝。"这段话在诙谐中藏着无比的深刻。机枪、大炮对着长矛、弓箭，原住民黑人沦为入侵者白人的奴隶。白人明白，黑人越没有文化，越好役使。

在开普敦时，我站在开普敦城标志性的景点——海拔一千零六十七米的桌山上，远处隐隐可见关押曼德拉的罗本岛。用望远镜仔细地望过去，环岛的路，高大的电网，西南角上几间房子，这大概就是曼德拉的囚禁处了。我心里想，曼德拉为了黑人兄弟被关押了二十八年，最后十八年，就是被关押在罗本岛上面积不足四平方米、连平躺都很困难的牢房里，真是一条了不起的汉子。1994年4月，曼德拉当了总统，他取消了公园凳子上"白人专用"的字样，他打碎了种族隔离制度，在法律上，黑人可以和白人享有同样的权利了。但是，曼德拉的事业完成了吗？

《救赎》中，阿飞在抢来的汽车中发现一个婴儿。这个连杀人都不会犹豫的家伙，在这个无助的婴儿面前，潜藏的善心被唤醒。最后义无反顾地走上了养护婴儿之路，直到自投罗网，把孩子送回，让堕落的灵魂得到"救赎"。这是电影的制片人给黑人开出的药方。这个电影获得了奥斯卡奖，说明评委赞赏这个药方。这个药方真的灵吗？如今，造成犯罪的原因已经不是单一的种族问题，还有巨大的贫富差距，难以消除的偏见和误解。"救赎"能不能解决这社会中数不清的矛盾？救赎黑人犯罪者的灵魂，那么白人掠夺者的灵魂呢？

　　这时，我猛然想起这南非历史上第一次的书展。书展的主办者那么卖力气，他们和法兰克福这个全世界最大的书展商合作，他们邀请八方宾客参加，他们把书展的海报、宣传品四处张贴，可谓千方百计、绞尽脑汁，他们不就是想要提升南非人的文化水平，让他们知道什么叫庄重、什么叫尊严，从一条什么路走向尊严吗？

　　从南非回来之后，每当我想起那些美丽的风光时，我几乎都会立即想起开普敦城郊那些拥挤、破烂、低矮的黑人住的棚屋，但是我随后会想到书展，想到书展上兢兢业业、忙忙碌碌的男男女女。

原载《散文海外版》2007 年第 3 期

美国演出季

赵 玖

────────

永远的《卡门》

在波士顿中心广场的一家报刊亭前，一张波士顿芭蕾舞团的海报，说不久后将有一场演出——波士顿芭蕾舞团自己创作的《卡门》。听说波士顿芭蕾舞团来华的时间很早，记得那还是改革开放初期，伴随着小泽征尔指挥的波士顿交响乐团来华演出，不久后，波士顿芭蕾舞团也来到了中国。我忘记了那一次演出的剧目，但对曾在黑白电视上观看过的这场演出却记忆犹新，于是毫不犹豫地就选择了《卡门》。

《卡门》是一个艺术的经典。这是被梅里美讲述的寓言式故事，无论用何种方式，也无论讲过多少遍，似乎都不会过时。所以才会有无数的艺术门类，诸如歌剧、舞剧、电影、话剧，不厌其烦的一遍又一遍地重述《卡门》。

在瞬间的静寂中，骤然地，乐声响起。于是一种莫名的激情涌动，因为那是我们多么熟悉的《卡门序曲》。只是《序曲》被扭曲着变奏了，或者就为了那个扭曲的芭蕾。一个怎样的故事？被无数次传颂的、经典的爱情和经典的女人——卡门，一个将永远不会被艺术遗忘的名字，简单得不能再简单了。一个发生在西班牙的故事，出自法国作家梅里美笔下。主人公卡门是一个美丽的波西米亚女人，在卷烟厂伤人后被逮捕。龙骑兵唐霍塞难以抵御卡门的诱惑将她放走，唐霍塞为了得到卡门而将她的情人杀死。然而卡门是一个向往自由的女人。她不能忍受任何禁锢，包括爱情的，最终死在唐霍塞的刀下……

那么卡门是什么？自由的象征？爱情的化身？抑或罪恶的来源？

《卡门》就是这样的一个波希米亚女人的故事。讲述了爱情和自由，毁灭与死亡。但是看看在波士顿芭蕾舞团的《卡门》中，原有的人物都变成了什么？一个发生在现代大都市的故事。在这里，卡门成了时装模特，唐霍塞变成赛车手，而另一个和卡门有着关系的男人，则成为一家夜总会的老板。在这出波士顿的现代芭蕾舞中，我们看到的只剩下《卡门》那个堪称经典的人物和故事的"核"了。

伴随着故事的都市化，《卡门》的舞蹈也变得异常现代。这应该是现代芭蕾的一个非常成功的版本，因为它没有沿袭任何传统的范式。显然，创作者在进行着一种非常大胆的尝试。舞台上，演员的肢体不再是伸展而飘浮的，而是被嫁接其中的那种迈克·杰克逊的典型舞姿所肢解。舞蹈由此变得新异而扭曲，很多动作大大地超越了人们的想象。但随之而来的，则是舞蹈的不再优美而流畅。在如此标新立异中，芭蕾似乎除了足尖和托举就什么都没留下了，那是用完全不同的另一种舞姿在叙述卡门的痛苦和挣扎。音乐自然也面目全非，尽管在混乱的交响中还能找到比才的"斗牛士"旋律，但那旋律却总是稍纵即逝，似是而非。

便是这样的一个全新的《卡门》，尽管和我们观念中的芭蕾完全不同，但观众席中还是响起了经久不息的掌声。我们起劲地鼓掌是因为我们看到了一场全新的表演，相信在第二天的波士顿报纸上，一定会出现对这出舞剧的种种评判。赞扬、诋毁，或者毁誉参半。但有一点是确定的，那就是你不能不赞赏舞团的锐意创新，不能不承认这是对传统芭蕾的一种勇敢的反叛。而在美国那样的国度，人们对反叛总是满怀敬意。

夜之旋律

从波士顿来到纽约的那个下午阳光灿烂，颂扬纽约的太阳是因为，在波士顿我们已经很久没见到阳光了。还因为当晚会有《歌剧院幽灵》在百老汇演出，好友张华已提前为我们预订了座位。于是陡然地兴奋起来，那是因为我曾那么迷恋韦伯为《歌剧院幽灵》所作的音乐。

是的，《歌剧院幽灵》，那是我们早已谙熟于心的歌。

哦，我的天使。哦，克里斯蒂娜。哦，那个始终戴着面具的剧场幽灵。这是个人们早已熟悉的故事。讲述的是发生在巴黎歌剧院的一段悬疑的往事。小说写于1910年，出自法国悬念小说家加斯通·勒鲁之手。如此一部被尘封于岁月尘埃中的小说能有如此灿烂的结局，最应该感谢的是作曲家安德鲁·劳埃德·韦伯。如果没有他将这部小说改编成剧本，如果不是他为剧本谱写出那么感人至深的优美乐章，如果他不曾将这个古老的爱情悲剧演绎得如此寸断肝肠，《歌剧院幽灵》就不会有它今天的地位。

一个再简单不过的故事，神秘而凄美的一场悲剧。克里斯蒂娜原本是歌剧院默默无闻的小演员，一个偶然的机会，她顶替剧院生病的首席女演员上台演唱。她那天使般美妙的歌声立刻被观众喜爱，旋即她便成为巴黎歌剧院的新宠。克里斯蒂娜之所以如此出类拔萃，是因为一位神秘的老师始终在暗中指导她。这位被克里斯蒂娜称作"音乐天使"的老师，其实就是歌剧院人人谈之色变的那个"幽灵"。"幽灵"是一位真正的音乐家，然而他的面容却不幸损毁。丑陋的外表让他不得不戴上面具，并终身栖息于歌剧院迷宫一般的巨大地下室内，成为传说中那个亦人亦鬼的"幽灵"。克里斯蒂娜的精彩表演引来英俊富有的拉乌尔子爵的注意。当克里斯蒂娜欣然接受了拉乌尔的爱意,"幽灵"的报复行为也就随之开始了。克里斯蒂娜并不知道自己已打动了"幽灵"的心,她只是痴迷于"幽灵"为她展示的那个音乐的世界,而她爱的男人唯有拉乌尔。从此,痛苦深深地啃咬着"幽灵"的心。他爱,却爱而不能。在如此绝望的时刻,男演员那么感人的咏叹,那是"幽灵"最后的诉说。他曾经报复,却幡然悔悟;他那么深爱克里斯蒂娜,却最终放她寻求自己的未来。如此切近的,那个头戴面具的"幽灵"就在我们眼前。在他的音符中,那么沉痛地诉说,那是一种濒临绝望的刻骨铭心,便是最后的唱段让"歌剧院幽灵"永远留在人们的心中。这是唯有戏剧才能完成的一种塑造,也是唯有舞台才能调动的一种情感。就为了那个只能生活在面具背后的男人,为了他的不幸,人们落泪。以至于直到大幕落下,人们的眼睛依旧是潮湿的。最后的尾声凄冷而空茫,从此"歌剧院幽灵"的身影从巴黎歌剧院永远消失,却留下了这部久演不衰的音乐剧。

这出在百老汇上演的戏剧可谓辉煌。从歌唱到表演,乃至舞台设计都表现出一种近乎壮丽的斑斓。尤其"幽灵"的扮演者感人至深,以至于人们把所有的掌声都给予了他。只是直到谢幕我们都不曾看到他的真面目。他最终没有把演员的面容展示给观众,而是让"幽灵"的形象在人们心中永存。

走出剧场,依然难以平复心中的激情。不断回首,夜色中,高悬于百老汇大街上的《歌剧院幽灵》的海报。那么简洁,一片黑色。和角落中的,一只白色的面具,便已经永恒。

麦考的疯狂与柔情

Blue Note是全纽约最著名的爵士乐表演场所,经常有大腕级人物在此献艺,所以每个周末的演出都非常火爆。在论及纽约的音乐场所时，Blue Note 竟紧排在卡耐基音乐厅和林肯表演艺术中心之后，名列第三。Blue Note 的排行之所以如此靠前，是因为在这里，人们可以期待一个个音乐风潮的到来。

之所以选择这个晚上在 Blue Note 吃饭，是因为在当晚的节目单中看到了 McCoy Tyner 和 Savion Glover 的名字。一看到这两个名字就知道这晚将会有杰出的爵士乐演奏，同时还会伴以激动人心的踢踏舞表演。

我们被带到一个离舞台很近的地方，在几乎人挨人的桌椅前坐下。慢慢地，每一个桌子前都挤满了人。这个时候来 Blue Note 的人显然不单单是为了吃饭，而是笃定要在这里看演出的，无论怎样拥挤。

于是人们热心乃至疯狂地期待那位爵士乐的演奏家。大师的出现真可谓"千呼万唤始出来"，一遍一遍的掌声，然后，人们回头，朝向楼梯的方向。方才看到，一位老人，黑人。十分优雅地，就那样从楼梯上走下来，然后坐在钢琴前。用那种黑人所特有的沙哑的嗓音，那么苍老地诉说。

是的，这位著名的爵士乐大师就是麦考·提纳（McCoy Tyner）。热爱并熟悉爵士乐的人应当对麦考的名字并不陌生。他现在经常在英国特别是伦敦的夜总会中演出，而我们能在纽约看到他实属不易，这也是我们后来才知道的。不久后我们回到波士顿，很多美国朋友都为我们亲耳聆听了麦考·提纳的钢琴演奏而羡慕不已。

麦考的爵士钢琴当然令人激动，这是当他弹出第一串音符之后我们就感受到的。尽管酒吧里昏暗拥挤，但麦考的音乐却像飘浮的光环一样把所有人的心都聚在了一起。那所有的旋律，所有乐符的游走。那么神奇地，钢琴就成为爵士乐的一种载体。麦考让古老的钢琴放射出爵士的异彩，就那样跳动着、摇摆着，就怂恿了每一位听众内心的起伏与跳荡。

麦考在演奏中恍若置身无人之境，因为他在演奏中所追求的只是自我。我们能看到的只是他在琴键上来回晃动的双手，却不知道他所触到的究竟是哪个琴键。但爵士的旋律却已经在他指尖动荡不定了，那么摇摇晃晃地、五彩缤纷地流淌着。爵士乐的重心总是响在弱拍上，尤其用钢琴表现的时候就更是色彩鲜明。麦考演奏的姿态那么优雅，他身体的晃动也格外迷人，所以人们才会将麦考定义为绅士般的演奏风格，尽管，他的钢琴曲中依然回荡着那来自非洲的忧郁和悲苦。麦考在多年的探索和演奏中，慢慢地证明了他是世界上少有的可以横跨爵士乐与商业需求的天才。他的钢琴演奏技巧不仅卓越，在即兴演奏中表现出来的风采和创造性，更是令人叹为观止。

杰出的麦考·提纳，将被爵士乐史永远铭记的麦考·提纳。此刻他就坐在我们面前，疯狂并柔情地演奏着。在纽约，在 Blue Note，这个激动人心的晚上。

不可思议的塞翁

这个晚上我们之所以下决心走进 Blue Note，在某种意义上就是为了塞翁·格洛文（Savion Clover）。那晚，塞翁"踢踏"的舞姿被炫目地展示在 Blue Note 的海报上，让人们面对这个满头小辫子的漂亮黑人不能不驻足。是女儿首先认出了塞翁，说她在大学二年级的时候曾听过塞翁的讲座。那是在缅因州的伯顿大学，塞翁被学校请来，演出并做了讲座。女儿说当时就觉得没有人是像他那样跳舞的，从此就记住了这位年轻的踢踏舞王。

是的，这个天使一般的塞翁，这个著名的黑人舞蹈家。由于混血，塞翁已经不那么黑了，甚至色泽刚好体现出一种男人的美。作为最年轻的踢踏舞大师，塞翁拥有一股不可思议的力量。当他穿着踢踏舞鞋站在舞台上，弓着背，双脚踩出一连串快速而猛烈的节奏时，没有人能真正知道他究竟发出了多少声音。

塞翁的进场引发了长时间的掌声，他站在他特意带来的那块踢踏木板上展开他的双臂。塞翁的出现并没有终结麦考·提纳的演奏，因为这一次他们是同台献艺，想来这不会是两位大师的第一次合作。

然后在麦考的音乐声中，塞翁就开始了他的踢踏。那是一种怎样的舞蹈？塞翁踏出的那数不清的舞点就仿佛天籁之声。而塞翁和麦考的合作也堪称珠联璧合，在爵士的乐曲中他们将各自的艺术默契到极点。相信麦考在琴键上那即兴的神来之笔一定会在这一时刻出现。塞翁与麦考的交流发自他们的眼神，无论塞翁舞蹈，还是麦考演奏，他们都会不停地相互示意，微笑或者目光。那已经不仅仅是他们之间艺术的碰撞，而是他们在轻轻抚摸对方的思想与灵魂。塞翁在永不停歇的舞步中，就像一个舞之精灵。他的舞步是那么激越、那么摧枯拉朽、一泻千里地，仿佛"大珠小珠落玉盘"地，配合着那飞舞的发辫和抛洒的汗水。

较之从前的踢踏舞，塞翁·格洛文表现出来的是一种更加强烈的风格和复杂多变的节奏。塞翁尤其注重拍击的力道给观众带来的那种猛烈叩击的感觉，于是在他的脚下，踢踏不再是一种纯粹的打击，而是舞步的响声所形成的一种音乐的节奏了。塞翁拥有一股不可思议的力量，他在创造舞蹈的同时也创造了音乐。他凭借着对节奏的天才掌控和对情感的深邃表达，使他的舞蹈超越了踢踏能力本身，而进入一种神圣的艺术境界。为此塞翁才能够将自己对踢踏舞的理解上升到"足下表达"的境界，才能让自己的表演永远充满激情和创造性。

在塞翁的表演中，你真的永远无法知道他的双脚究竟拍击了多少声。你只是被他飞快拍击的节奏所吸引，被他疯狂跳跃的舞姿所迷惑。那就是塞翁，一个勾魂摄魄的艺术的精灵。

塞翁是唯一的，就如同麦考是唯一的。当他们汗流浃背地携手谢幕，无论观众席中响起怎样热烈长久的掌声，都不能再把他们唤回。

后来知道，如果愿意，其实还有一个能让我们继续停留在激情中的途径，那就是等待这个晚上10：30开始的第二场演出。我们可以坐在原地，或者换一个更好的位置。只要我们愿意买票，就能够再一次聆听麦考·提纳，看塞翁踢踏出那舞之精灵。但我们最终还是走出了Blue Note，出门时竟看到酒吧门口已站满排着长队在风中等候的人们。尽管人们在夜风中瑟缩地裹紧了外衣，但我们知道，他们的等待是值得的。

一年一度的"秀场"

离开纽约前的那个晚上，朋友坚持把我们带到芭蕾演出季的开幕式上。因为是开幕式，太太小姐们的服饰就显得更加夸张甚至过分。她们不是长裙拖地，就是将胸部以上的整个身体裸露出来。在这样的场合裸露就是原则，年轻的女孩子可以在这个准绳之下将她们年轻的肉体展现出来。但是对于那些唯恐落后的老女人呢？如此标准应该说就近乎残酷了。为了达标她们也会竭力地袒胸露背，于是松弛的赘肉，粗糙的皱纹，看上去实在勉为其难。只是这一刻肌肤的好坏已无足轻重，重要的是你有没有露，你露的程度是不是很够劲？

这一天林肯中心的广场空空荡荡，也许广场中央的露天演出季还没有到来。于是那些从高级轿车中下来的男女就显得有些孤单，无论他们多么有名，也无论他们穿着怎样名贵的晚礼服，都不会有人簇拥或追逐。中央广场的水泥地面光秃得就像一面岩石。关键是他们的服装本来只适合行走在红地毯上，但此刻他们穿着奥斯卡典礼般的盛装姗姗而来，却只能在风中走过粗糙的地面。但此刻他们已别无选择，只能振作起来默默向前。

其实在这些名人的背后，还有着一些真正喜爱舞蹈的嘉宾会在开幕式中到场，他们是芭蕾舞团最忠实的观众。此前一直不明白为什么美国的各类演出常有爆满，后来才知道在许多文艺团体的背后，都有一支忠实的俱乐部成员队伍。其中的富有者可以为艺术团体投资，甚至专门资助某一个演员。而另外的一些成员则是真正的爱好者，他们的奉献就是年复一年日复一日地观看这个团体的演出。他们对这个团体的节目可谓耳熟能详，如此日久天长，他们就不再单单是观众，而是成为这个团体的一个熟人，一个亲属，甚至一个成员。所以美国的各个演出团体对俱乐部成员总是格外关照。

开幕式的节目自然是舞团中最有代表性的。而这个开幕式之所以重要，其实并不在于表演，而是出席开幕式的那些名人。在美国芭蕾舞团经理人的简单开场白后，便从幕布间请出了凯瑟琳·肯尼迪。这是每次芭蕾季开始的时候都要到场、也都会上台致辞的嘉宾。

凯瑟琳·肯尼迪一袭灰色长裙，她依然是那么美丽，也依然对芭蕾有着不渝的爱。她温婉的声音响起，在剧场的大厅中回荡。看着她，会情不自禁地想到前总统肯尼迪，那个美国人心中的英雄。想到被刺杀的那一刻，他是怎样倒在杰奎琳的怀中；甚至想到玛丽莲·梦露，那段被世人传颂的风流故事；看着她，还会想到她那位漂亮的母亲杰奎琳，想到杰奎琳和希腊船王的那段晦暗的婚姻；看着她，还会想到坠落于马撒葡萄园岛附近海域的小肯尼迪，想到他驾驶的飞机，怎样从冰冷的海水中被打捞出来……

凯瑟琳·肯尼迪就站在那里，在大都会歌剧院宁静的幕布前。她被耀眼的灯光照耀着，她很美，一看便知是杰奎琳和肯尼迪的美丽的孩子。如今她是这个家庭唯一的血脉了，所以人们爱她，宝贵她。

事实上开幕式的演出令人失望，一个个令人疲倦的芭蕾片断。但我们最终仍觉收益良多，单单是看到这开幕式的气势，就足以让人耳目一新了。并且从此不会忘记，这个纽约芭蕾每年一度的盛会，这个纽约名流永远不可或缺的"秀场"。

梦

来到维加斯通常是——当你住进酒店，四处观光，并且经历"输"与"赢"的惊心动魄之后，你便自然会想到在这种地方，你还能做什么。于是那些在各个酒店展示的令人眼花缭乱的"秀"（show 表演）便翩然而至，并时时刻刻地诱惑着你。所以看"秀"也就成为拉斯维加斯不可或缺的一部分，甚至是这座璀璨赌城最华彩的篇章。

《梦》上演的舞台在五星级的 Wynn 中。走过装潢典雅的走廊，我们终于来到这座如体育馆般的环形剧场。观众台如扇形一般向四面放射，在位子上坐定之后，才恍然看到，原来表演的舞台是在一片水中。噢，原来这也是一场水中的"秀"！

表演开始之后，我们便知道，《梦》是个奇迹。那是关于艺术的、理想的，也是维加斯在我们的心中变得有意义起来的理由之一。

《梦》的表演者来自"太阳杂技团"，成员都是世界上最优秀的杂技演员。看得出所有主创人员和演员的齐心协力，他们向往的是一种怎样的境界呢？

太阳和梦想。梦幻中所有故事都围绕着那个子宫中的婴儿，在剧场中心的圆形舞台上发生。舞台一会儿浮起，成为陆地；一会儿沉落，变为水域。池中的水也是不同层次的深深浅浅，为不同的表演提供不同场地。有的舞蹈用脚面在水中踢出斑斓的水花，有的演员从几十米高空突然坠落水中。而那些空中飞人恍若天兵天将，不知道从什么地方倏然而至，在惊险中完成着他们各自角色的阐释……

《梦》已经不再是那种简单的令人目瞪口呆的惊险表演，而是成为一出真正的戏剧。这幕戏剧有着非常前卫的理念及哲学意义的思考和追求，无论创意编排，还是演员的技艺都堪称一流。加上所有的表演都依托水上，就让这个"梦境"显得更加不可思议。

谁能想到杂技能做成这样？谁能想到杂技居然能承载起如此饱含寓意的故事？

舞台上的所有画面所表现出来的只有一个主题，那就是一个灵魂在自身中的顽强挣扎。这大概就是《梦》的全部理念：被潜意识所战胜的所有事物的起因、发生和结果。

《梦》当然是一出真正的戏剧。无论编导的创意、演员的表演，还是舞台设计、服装化妆，几乎都和传统的戏剧一样，甚至包括背景处传来的那些对话和音乐。就这样，《梦》把前卫的舞台剧、杂技和艺术戏剧（传统叙述式的）融合在一起，便组成了这个创作者想要我们看到的：一个美学和道德的新视觉。

这就是《梦》，在空中和水中变幻着，让观众在90分钟之内完全忘掉了自我；这就是《梦》，被它的创造者们满怀热望地期冀着：或许能因此而改变人们未来的生活；这就是《梦》，再现一段虚拟的梦境。被诗意所勾连，触摸你的灵魂，或许你便会回忆起什么，那些已经被你遗忘了的，那久久的往昔。

《梦》只是娱乐吗？还是把我们带到了一个更远的地方？《梦》是在用诗意引诱我们？还是在启迪着我们的灵魂？《梦》是在卖（作为娱乐产品）？还是让亲爱的观众分享一个宝贵的思想？总之，《梦》是完美的，像午夜中的一段冥想。在Wynn，在拉斯维加斯，幻觉一般的，那个伸手可触、而又遥不可及的地方。

原载《文学自由谈》2007年第3期

瑞典美人（外一篇）

李建纲

————————

自从格列达·嘉宝和英格丽·褒曼开创她们的好莱坞时代以来，瑞典就成为至少是欧美各国电影厂的共同的美女宝库。

关于瑞典美人的神话，早已听得心向往之。来到瑞典，才知道那不是神话。瑞典真个是美女如云或者如水的地方。宝哥哥说过，女儿是水做的骨肉。瑞典本就是个水做的国家，美丽的波罗的海使她处处妩媚而妖娆。波罗的海中没有鲸鱼，没有鲨鱼，没有凶猛的鱼类，却有美味的大马哈鱼和美名远扬的美人鱼。安徒生笔下的美人鱼蹦上岸来，化而为美女！瑞典美人，天下闻名。刚刚去职不久的世界最高长官，联合国秘书长，尊敬的安南先生，娶的就是一位瑞典美女。这位瑞典美女更是一位名门闺秀，她的舅舅名拉乌尔·沃伦伯格。说起这位沃伦伯格，我们必须脱帽致敬！他是二战时期瑞典驻匈牙利的外交官，他利用外交官的身份，冒着生命危险，想方设法保护了数万犹太人免遭希特勒的杀害，因而被称为瑞典的"辛德勒"。这位瑞典"辛德勒"的外甥女儿，真是又高贵又美丽，也只有她配做联合国秘书长的夫人。许多国家的电影导演，缺少理想的女演员，就漂洋过海到瑞典来寻找，自从格列达·嘉宝和英格丽·褒曼开创了她们的好莱坞时代以来，瑞典就成为至少是欧美各国电影厂共同的美女宝库。近年有一位叫安尼塔·埃克贝利的姑娘，在意大利演电影而名满天下，被称为瑞典的金发女神。

斯德哥尔摩是瑞典首都，更是一座美女之都。

我在这美女之都的街上走着，特别是在国王大街、王后大街和老城一带，走着走着，就走到美女堆里去了。美女在我前，美女在我后，美女在我左，美女在我右，使我蓦然惊艳。美人一样的高挑身材，一样的金发碧眼，一样的顾盼生辉，一样的芬芳气息。误入这样的群芳丛里、美人阵中，那感觉真是妙不可言。

我发现同是瑞典美人，美妙各有不同。那一头金发，有的长发披肩，有的留得极短，形状或鸟窝，或刺猬，或干脆亮亮地剃个秃瓢。颜色则或红或绿或蓝，黄是不用染的了。移民的文化交流，在这里也产生了效果。印度人的鼻翼上穿银珠、眼皮上贴金片，非洲人把头发编成满头小辫子，在瑞典姑娘的身上，都得到很好的移植和发展。在老城，见有五位少女，一般儿高，一般儿装束，一般儿长发垂肩，一般儿编了两条花辫盘在头顶，一般儿鼻翼上穿银珠，眉梢上也嵌着银珠，耳朵上则戴了一耳轮的耳环，露天的肚脐眼儿上文了一般儿的小小花朵，甚至手举的火炬冰激凌也是一个模子出来的。五个人一字儿排开，边吃边走，是模特的步态。肯定连她们自己也觉得太出众了，忽然停步，手举冰激凌摆出姿势，以芸芸大众为背景，由一位给其他四姐妹照相。我一直傻傻地跟着她们，这时一阵聪明涌上心头，忙走到举相机的姑娘身边，半生不熟地说："我能帮您照相吗？"她们一起大笑起来，我接过相机，给她们照了五人合影。我觉得我是照了这一辈子最漂亮的一张相，也是做了这一辈子最漂亮的一件事情。

瑞典青年人还以文身为美，女性尤然。在皇后大街那一段步行街上，有摆地摊的，有为人按摩的，有卖唱的，其中就有一对矮小的亚洲移民夫妇，专为人文身。不知是否是我国人，我上前搭讪，他们不予理睬，或不懂我的汉语。在他们的图案样本里，却有中国的福字和龙字虎字。为妻的手拿样本给过路人看，一口流利的瑞典语。为夫的拿着修脚刀之类的小工具，用一种稠稠的黑色油彩，在白种人的皮肤上画一个简单的图案，或一个汉字，画一个要一两百克朗。大多人文在上臂的外侧，也有文在别处的。我见一个花季少女，当众褪裤，露出白生生的臀部，文在尾闾。那地方别人不容易看到，自己要看也费事，可能是专为献给某一个人的吧。

但大多数人不文身，有的姑娘甚至不修饰自己，一件首饰也不戴，金发纷披，素面朝天，本色迎人。走热了把外衣脱下来随便往腰上一扎，看上去也挺美。还有不少女士，以吸烟为美。衣装得体，肩挎软皮昂贵皮包，名牌化妆品的效果显而易见，但这一切似乎都是为衬托那一根香烟的。一根洁白细长的小纸棍，用两根纤纤手指夹着，时而优雅地举起，轻轻置于两片红唇之间，然后一边徐徐地把烟喷出一种形状，一边向男人美目盼兮，动人极了。在斯德哥尔摩，吸烟的女人比男人多得多，有些商店特地在门口和各处设置了精美烟缸，专为招徕女性顾客，十分有效。

当我们说到女人的美丽的时候，千万不要只顾了年轻的姑娘和少妇，而忽略上了年纪的仕女们。瑞典的婆婆奶奶们，在衣装打扮上，一点也不比她们的女儿甚至孙女差，也许有过之无不及，脂粉更浓郁，衣着更鲜艳。薇妮一位朋友的外婆，曾到薇妮家来赴宴。我一见之下，先是一惊，马上一敬。老太太年近整百，头发白如银丝，且甚稀薄，却是一丝不苟地梳着。脸上薄施红粉，嘴唇鲜红，双耳钻石耳环。穿着藏青色的上装，下面是枣红底有黑色花纹的裙子，系了一条和裙子同样花色的丝巾，脚穿一双咖啡麂皮和黑色皮革相拼的考究的中跟皮鞋。鞋以上是肉色透明丝袜，她的裙子是短裙。这一身打扮，真是又漂亮又得体，把老太太衬托得简直不是老太太了，那么优雅，高贵，淳美！大家纷纷上前和老人拥抱，一边夸奖：您看起来真棒！

在街上走着的老太太，多半如此。天气甚冷时，也有外穿棉大衣的，但你知道她里面穿着什么？只要一进房间，脱去外衣，便开放了一朵鲜艳的花。也有些老太太行走不便了，需要拄杖或扶一只可行走的小凳似的小车，这是因为瑞典天气寒冷，而她们常年裸露双腿，落下了风湿症。可是，要瑞典的女士不裸露那双秀丽的小腿上街那是不可能的。

美是一种精神。追求美的瑞典女性，能使人强烈地感受到那种几乎是与生俱来的上进心，那种对生活的鲜活而蓬勃的欲望，那种独立的精神和主动性。按我们的标准来看，瑞典女人十有八九是女强人。不过瑞典的男人也不含糊，他们善于欣赏和鼓励女人的美丽，善于爱护和享受女人的美丽，他们艳福不浅地生活在因女人的美丽而美丽的世界中。

斯德哥尔摩的康有为岛

那年冬天我到斯德哥尔摩后，便有几位中国朋友热情相告，沙丘巴登这个地方是一定要去看看的，因为那里风光绝佳，还因为那里有一座小岛，直到现在还被人称为康有为岛。

沙丘巴登是离斯德哥尔摩最近的郊区小镇。雪后初晴的一日，从南城斯鲁森登上了紫线小火车，不到一小时，当我忽然惊异于小火车直接驶入了一座冰雪雕琢的山水画廊时，它就到了。

从火车上下来的人，有穿着滑雪衣背着雪具的大人和孩子，这里有最好的滑雪场。但多半人是为了那湖那岛而来的。那湖叫盐湖，是一个很大的湖。斯德哥尔摩到处是湖，市区的湖有精心雕饰的花岗石湖岸和华美的桥梁，仿佛是城市的装饰品。而这盐湖却坦荡浩渺，朝着蓝天，一派天然的野性。湖水被阳光洗过，蓝得透明，又亮得耀眼。水光荡漾的湖面上，有几只天鹅悠游于天光云影之间。岸边有茂密的芦苇，无数的麻雀和水上小鸟，在里面飞起飞落。又有雄奇的巨石列成屏障。一列帆船，落帆收桅，停在那里。为了行人的方便，沿岸铺了一米宽的用小方木拼接起来的走廊，蜿蜒望不到头。便有少妇推着婴儿车，老人牵着小狗，在上面漫步。也有跟中国家鸭一模一样的野鸭卧在当道，把脑袋藏在翅膀下睡觉，人走过也不理。岸边有露天的咖啡馆和酒吧，食客们，其意不在酒和咖啡，而在阳光、湖水、小岛和鲜美的空气之中。他们是为了这些特地坐火车而来的。

斯德哥尔摩建筑在两万四千座岛屿上，人们认为上帝可能选了其中最美的十来座，安置在这盐湖的周边。也只有这些美丽的小岛，能配得上这美丽的大湖。每一座小岛都是一座小山，每一座小山都是一位冰雪美人，她们惊鸿照影，把自己最美的身姿映入湖中。积雪使她们通体洁白，但树木又使她们五彩斑斓。每一座山都是森林密布，多的是松树，鱼鳞松、红松、马尾松。我从来没有见过这样漂亮的红松，两人合抱的树干红润细腻，笔直向上，直冲云霄，绝无旁枝，直到三十米以上，才突然张开大翼，要凌空飞去。这样的大松树，居然触目皆是，在森林中，它们最是英雄出众。所有的树冠和树干的一面，都积着雪，却更衬托出勃勃的青翠。这雪这松，使沙丘巴登的风景，更增添了十分。而松林之中，是错落有致的一座一座的小洋楼，多半是木制的。尖顶的，塔顶的，穹顶的，样式不同，而色彩绝异，方圆一里之内，绝没有两座是同样色彩的，仿佛建造时就约好了，你红，他黄，我必蓝，甚至有灰和黑。在白雪绿松中，格外鲜艳夺目。有的门前高高的旗杆上，轻飘着长条的国旗。我看见一座略高的山顶上，有一座天文台，头盔似的金属圆顶，反映着阳光。我素爱爬山，也想去看看那天文台。我顺着山路，踏雪而上，穿过树林，经过一座座的小楼，走了大约半个小时，只见到一户人家，在修理他们的游艇，此外再没有见到人。一座座的篱笆围绕的庭院里，整齐地堆着劈好的木材，停着的一辆两辆小汽车，车顶盖着厚厚的积雪，仿佛很久没有开动了。游艇或停在仓房里，或盖着大篷布，专等夏天的那两个月在湖上兜风。庭院一览无余，花树都像玻璃玉器雕成，到处是一片寂静。我发现寂静原来也是一种美，是沙丘巴登一种特别的美。我扶着一棵白桦树向下观望，我看到了一幅白绢上的绝妙图画。近处连片屋顶上的积雪，构成了美丽的图案。蓝色的大湖是一面明镜。周围一片粉妆玉琢的苍绿的森林。森林中彩色的小楼，倒像是精致的工艺品摆设。群岛的那面，又是连天的湖水和淡淡的远山。这非神仙的妙手画不出来。沙丘巴登，真是世外仙境。

康有为于1906年到瑞典时，住在这里的盐湖宾馆，就曾经爬上这天文台山顶，向下瞭望。他看到了这神仙境界，回到宾馆写下了这样的话："天下风光之美，瑞典第一；瑞典风光之美，沙丘巴登第一。"（康有为：《北国随感》）康有为这是第二次来瑞典了。第一次是两年前，那一次他周游列国，想寻找心中的理想王国。来到了瑞典，他似乎就找到了。他遍访政府首脑和社会名流，对瑞典王室的开明和君主立宪的政治赞不绝口，他甚至想晋见瑞典国王，面颂国王改革的气魄。这里"社会稳定，人民殷实"（《北国随感》），这不就是他所追求的吗？那一次他没有多做停留，但同时已经对瑞典风光的美丽留下了极深的印象。两年后他又来了，这一次他换了别样心事，世事变迁，他的君主立宪的美梦看来是不能成真了。他想用瑞典的山水来冲洗心中的烦忧，就尽情倘徉于万岛千湖之中，最后来到沙丘巴登这个小镇。世界上多少地方都不能使他长留久住，而这个湖中精灵般的小镇却一下迷住了他。他下榻在盐湖宾馆，这宾馆就坐落在大湖边上，不但建筑气派很大，而且在当时是很豪华很现代的，连王族人来沙丘巴登，也下榻在这里。他在这里一住数月，日日登山或携酒肴与友人乘华丽的游艇浮于湖上，竟油然而生归隐海外山林终老于此之意。他遍访诸岛，最后发现就在盐湖宾馆的对面，有小桥相通的一座小岛，小巧秀美，林木葱茏，巨石如雕，四面临水而没有人家。顶上有约一亩之大的一块平地，他看着看着，脑子里竟然出现了一座中国式的园林庭院。这简直就是天生给他准备的。不久后，他买下了此岛，使他想象中的园林庭院变成了现实，他亲书一匾曰"北海草堂"，悬于大门额上。而这个沙丘巴登最小的无名小岛，也就以康有为岛之名而流传开了。

一百年后，我来登临这小岛。小岛风光依旧，当年的树木都更高大了，巨石也有些苍老。但是，北海草堂已没有了踪迹。那一方平地，依稀有一些断石残垣。有一对老夫妇，坐在一棵老松下的石阶上晒太阳，一只小狗守在他们的身边。那狗见我面生，蹦跳着大声喊叫，老夫人连忙招呼，并向我赔笑。我乘机走上去搭话，说了两句简单的瑞典语，我指一指地下，说："康有为？"老夫人看了看老先生，两人讨论了几句，老先生对我说："恰尼斯康有为？啊，也！康有为！"他也指了指地下。看来老先生真的知道康有为，而这无疑就是康有为岛了，但却没有任何康有为的遗迹。我曾经走进康有为当年住过的盐湖宾馆，因为是冬天，里面没有客人，只有美丽的女招待礼貌地招呼我，让我坐在燃着大块木柴的镀金壁炉边。我看到在大厅里挂着的老国王及家人的大照片、大画像，却找不到康有为的影子，一点儿痕迹也没有，不免有些失望。但我转而一想，这康有为岛不就是最大最好的康有为的遗迹吗？我站在北海草堂的遗址上，四顾水阔天空。我想，在这遗址上建一座中国式的亭阁，把康有为的手书楹联，刻制了挂在大红柱上，既是源远流长的中、瑞友好的一个见证，又是中国文化的弘扬，又给这美丽的沙丘巴登添一新景，不亦宜乎！

回家后，我即给中国大使馆的朋友打电话，却没有打通。不过，我为自己向来迟钝的头脑能想出这么一个国际友好的主意而高兴了一些日子。

原载《雨花》2007 年第 10 期

在孟买，她的名字叫加尔各答

赵 玫

————

仿佛被什么诱导着，一走出孟买机场就以为到了加尔各答。其实并没去过那座叫加尔各答的城市。炎热的天气，汗水，以及恶浊的气味，那是这种热带城市所固有的味道，仿佛整座城市都在腐败。沿街的房子上布满灰褐色的斑迹，到处爬满绿色的苔藓，流水也泛出臭乎乎的气味。黄色的出租汽车塞满街道，至今保持着20世纪30年代的样式。就像《情人》在渡船上的那种汽车。于是一下子又恍若来到了湄公河上。

是的，在孟买，会以为是加尔各答。这种印象来自于杜拉斯有关印度的小说。或者不是加尔各答，而只是越南的西贡，总之，杜拉斯小说中所有东南亚的景象，都有非常本能的一种折射。当走进孟买炎热的空气中，加尔各答的炎热也是从杜拉斯那里得知的，而其实在纬度上，加尔各答远比孟买凉爽许多。

一组关于印度的小说和电影，来自于法国作家玛格丽特·杜拉斯。那是一组被研究者称之为"印度星云"抑或"印度情结""印度系列"的作品。由小说《爱》，连接着小说《劳儿之劫》《副领事》，以及由此衍生出来的电影《恒河女人》和《印度之歌》，或许还有《在荒芜的加尔各答她名叫威尼斯》。

是的，我立刻就想到了杜拉斯的这些作品，就仿佛作品的魂灵追随我来到了这个一如加尔各答的孟买。那空气中飘浮的"印度星云"立刻遮蔽了我。我寻找着，那个朝向恒河的法国驻印度大使馆。那是一座很大的房子，院落中清冷的网球场，靠在那里的一辆红色的自行车，那是大使夫人的。

然后就看到了孟买的街景，那似曾见过又似是而非的迷蒙景象。是的，那拥挤的城市街道，那灰绿色的破旧民居，那气势恢宏的维多利亚建筑。还有，晾晒在阳台上的绚丽衣物，巴士中望出来的一张张苦涩的脸。还有什么？"东印度公司"时期留下来的百年沧桑？那破损的门窗，那锈蚀的栏杆？是的，还有那一望无际的金色的阿拉伯海湾，黄昏中海岛上美丽的伊斯兰大寺，还有海岸上三三两两的行人，还有，杜拉斯无数次说起的那黄昏一样的晨光……

从印度回来后接到法国学者德耐赛女士的来信，想知道杜拉斯之于我有着怎样的吸引力。于是在众多的理由之中就包含那特有的东南亚风情。尤其我刚刚从杜拉斯的印度归来，我说这氛围就如流动的空气，盘踞在杜拉斯所有"印度星云"的作品中。能呼吸得到的，甚至触手可及。那些发生在湄公河流域以及恒河流域的故事，西贡的、永隆的，或者加尔各答。从《爱》到《副领事》再到终于帮助她荣膺龚古尔奖的《情人》。杜拉斯终于沿着来巴黎的路又回到了那个初始的地方，从印度到西贡，她出生的那个中南半岛……

那所有杜拉斯生活过的地方。是的，在字里行间，我们闻到了加尔各答的气味。空气中弥漫的热带调料的粉末，潮湿和闷热中夹杂的爱情。迷幻一般的，就描绘出了杜拉斯的印度，让我们在不知不觉中记住了加尔各答。以至于地理上的加尔各答都不再是加尔各答，唯有杜拉斯描述的加尔各答才是真实的并且魅力四射的。于是按照杜拉斯的地图去寻找。后来，当真踏上了印度的土地。

是的，杜拉斯先入为主。而且是那么蛮横霸道地占据了你整个认知的世界。于是你迷失了自己本来可能的判断力，而只是一味依赖于杜拉斯叠印在你头脑中的那张地图。于是你在孟买看到了加尔各答的建筑，不，不只是建筑，而是加尔各答那所有迷幻的风情。她说，在加尔各答，有着落日一般的晨光。还说，那噩梦一般的酷热让人难以忍受。

于是，孟买；于是，加尔各答。

待我们住进孟买闹市间的那家旅馆，甚至就已经不再是加尔各答了，而是，西贡。还是出自于杜拉斯的小说当法国少女和中国情人在闷热中认真地做爱，门外却是来来去去、熙熙攘攘，人流行走的脚步声。于是在孟买的旅馆给女儿打电话，说这里太像西贡了。女儿问，那么，你知道西贡什么样吗？我说尽管我不曾去过，但肯定就是西贡，炎热而嘈杂的，就像杜拉斯的小说。

是的，孟买哪儿也不是，只是它自己。有着自己的历史，自己的风貌。尤其我们下榻的这家局促的宾馆，据说已经有着上百年的历史了。尽管这里没有德里的阿育王酒店那般恢宏，却也刚好代表了孟买的风格。尤其和孟买街上那些斑驳的灰绿色的房子匹配，以为唯有住在这样的地方，才是到了真正的孟买。

杜拉斯的"印度星云"其实来自于永隆。在居民点的林荫小路上，白人居住区，道旁开满金凤花的街上，寂静无人，仿佛河水也在沉睡。于是她乘坐的那辆黑色汽车在这条街上驶过这个行政管理区行政长官的女人。

来前并不知道孟买是由七个岛屿组成的，甚至在孟买驻留的时候也不曾知道。于是行走在孟买街头时不会想到脚下曾经是大海，更不曾惊叹于距今将近两百年的那个伟大的填海工程。这是由七个小岛组成的一组阿拉伯海湾的群岛，1534年成为葡萄牙人的殖民地。伴随着葡萄牙公主凯瑟琳嫁给英国国王查理二世，1661年，这几个岛屿便作为嫁妆转送给了英国。从此，孟买七岛成为大英帝国的领地，但几座荒芜的岛屿又能给殖民者带来什么呢？

是的，杜拉斯说，他们从老挝迁到这里来。行政长官的女人在老挝曾有一个年轻的情人。杜拉斯说，全部都在这里了。就像《印度之歌》中写的那样。在湄公河上游很远的北方，与这两个情人相伴的这条大河向下流经1000公里，经过的这个地方就是永隆。从此，这个女人就成了杜拉斯独自一人的秘密：安娜-玛丽·斯特雷特。

加尔各答被称作印度最大的城市。这个城市有文字记录的历史，始于1690年英国东印度公司的侵入，到1699年英国人完成了旧威廉城堡的建造。1772年，加尔各答被指定为英属印度的首府。而那时的孟买，却依然是漂流在阿拉伯海中的几个寂寞的岛屿。从此，英国人开始大面积地修建加尔各答，政府区沿着流经城市的胡格利河岸建造。到了19世纪初期，这里已被分割成截然不同的两个区域：英国人区和被称作"黑镇"的印度人区。市区东西方向的尺度很窄，一端止于胡格利河的河岸。这座南北延伸的城市的北部最为古老，拥有几乎所有19世纪的建筑物和狭窄的小街，让人冥想加尔各答那些尘封的往事。

这就是杜拉斯的加尔各答。一个我不曾去到的城市，却以为已经非常熟悉，甚至在那里驻留过。仅仅是因为我读过"印度星云"？或者，还因为我曾经来过这像极了加尔各答的孟买？

维多利亚火车站是孟买最具标志性的建筑，也是最古老也最辉煌的殖民地见证。当初修建时或许是为了那些大英帝国的殖民，而今天人山人海的却只剩下印度人了。是的，维多利亚火车站至今雄伟壮丽，似乎在附近的所有地方，都不可能拍出这座建筑的全景。在国内曾经的殖民地城市中，似乎还不曾见到过类似的恢宏。无论上海外滩，还是天津解放路（原维多利亚道）上的那些高大建筑，都不能和孟买的维多利亚火车站相媲美。在孟买，如此气宇轩昂的建筑可谓鳞次栉比，足以想见当年的那些殖民者如何决意在此安营扎寨。可以佐证孟买一时间成为英帝国骄傲的，还有中国天津的一道钩沉，那就是在英租界旧有的路名中，竟然就有着赫赫的孟买道（Bombay Road）。

那么，这个到处是英国建筑的孟买，为什么就不是加尔各答呢？

加尔各答，这个被称作"宫殿之城"的城市，却是杜拉斯从不曾认真描绘的。尽管在那里，殖民地时期的宏伟建筑星罗棋布，却仿佛从来就没有进入过杜拉斯的视野。在梅顿公园的周边，林立着各种哥特式的、巴洛克式的、罗曼式的，以至东方式的历史建筑。这是怎样的一个迷人的所在？为什么在杜拉的"印度星云"中却不见踪影？

那个从老挝来到永隆的安娜–玛丽·斯特雷特，为什么却又突然生活在印度的加尔各答了？而那个管理区行政长官的女人，怎么又变成了法国驻印度大使的夫人？在地域的迁徙身份的转换中，这个优雅而风情万种的女人唯一没有改变的，就是她的名字，安娜–玛丽·斯特雷特。那么，就是这个慵懒的倦怠的女人，加尔各答的女人，也是永隆的女人。被身边的男人所爱着，但她却不再爱他们。是的，无论"印度星云"的哪部作品里，那个穿着黑裙或白裙的女人都是安娜。安娜–玛丽·斯特雷特。而她生活的地方也只在加尔各答，唯有加尔各答，那个一天中所有时刻都沐浴在黄昏般的照耀中的城市。

孟买一如加尔各答的地方，是那些建筑，以及建筑所分割出来的长长短短的旧时街道。但是孟买没有恒河，有的只是壮阔的阿拉伯海。这片伸向大海的半岛三面环海，有着漫长的海岸线。这里从清晨到午后，再到杜拉斯所迷恋的黄昏，都可以看到美丽的海湾。但是不知道为什么，到海边来的人却非常稀少。于是海滩寂静，没有浪涌。走在堤岸上的人形单影只，然后在金色余晖中，定格。

故事发生在由安娜-玛丽·斯特雷特所纠葛的各种人物关系中。其中的一个叫劳儿的女人，杜拉斯说，劳儿是她所有的源起。还说：我在我所有的书中所写的女人，无论她们的年纪有多大，她们的来源无不是出于劳儿·瓦·斯泰因。

于是将所有"印度星云"中的故事交汇起来，再抽丝剥茧，我们便了悟了那个故事的来龙去脉。叫劳儿的女人和她的未婚夫米歇尔·理查逊在舞会上，但是突然出现的一个黑衣女人抢走了劳儿的未婚夫。从此米歇尔·理查逊跟着那个黑衣女人天南地北，或者老挝或者加尔各答，而劳儿，也就依次变成了萨塔拉（劳儿家乡）的女儿、漫游者，以及海滩上嗜睡的疯女人。而抢走了劳儿未婚夫的黑衣女人，或许就是那个无处不在的安娜-玛丽·斯特雷特。

然后汽车停在了孟买的十字路口。拥挤的街道让我们长时间地滞留在红绿灯前，于是只好望着窗外的街景。那些斑驳的建筑尽管苍老，但却依然能看出当年的华美。所谓的美人依旧，抑或，美人迟暮吧。

街口是一座典型的殖民地时期的楼宇。这座年久失修的五层楼设计精美，灰褐色的肮脏墙体掩饰不住那昔日风采。屋檐下向外探出的半圆形阳台，被锈蚀的但却精美的铁栏杆装饰着。门窗是衰败的，无比的衰败。那错落有致的，以为窗内一定深锁着某个凄迷的故事。静静的，在那个喧嚣的街边，没有人迹。但蓦然之间，不知道在哪个时辰的哪一刻，二楼的一扇木门被推开，一个女人出来张望，中年妇女，印度人，却很有雅利安人种的骨骼。不知道为什么她不穿纱丽，印度的女人都纱丽在身。亦不知道她为什么那么不快乐，那么怀疑的甚至仇恨的目光。她在恨谁？恨着什么？透过车窗，仿佛能看到女人的身后，房顶上那摇摇欲坠却依旧旋转的破风扇，那也是殖民地时期留下的遗迹（现在被当作一种时尚）。于是再度想到加尔各答。在生命的最后时刻，安娜-玛丽·斯特雷特一直站在风扇下，在昏暗炎热和潮湿中，一年四季的夏天，或者，一年四季只有夏天，这一个难以忍受的季节。是的，仅只一个瞬间，那个推门而出的女人就退了回去。转瞬视线中就再没有她了，仿佛是我做了一个梦。但是她留下的影像我不会忘记，也不会忘记她满脸的绝望和抑郁。为什么会有那样的表情？在空门内，她是劳儿一样的女人？还是安娜-玛丽·斯特雷特？

有人说，是上帝要英国人在加尔各答再造一个伦敦。于是加尔各答有了和伦敦同名的圣保罗大教堂，有了和大英博物馆一样的维多利亚纪念馆，有了宛若海德公园那般的梅顿公园……让大使夫人那样的欧洲殖民者，在遥远的加尔各答不再思念故乡。只是，英国人为自己建造的这个家园如今已人去楼空，空留下这些永恒的建筑。

便是在加尔各答，劫掠了劳儿未婚夫的黑衣女人再度出现。以优雅而又恹恹的大使夫人的形象，周旋在包括劳儿未婚夫在内的更多的男人之间。在朝向恒河的大使馆里，在悠然的并且忧郁的情绪之中。爱着她的男人除了她丈夫，还有被她劫掠的米歇尔·理查逊。爱她的男人似乎越来越多，包括青年随从，以及，终于喊出了他爱她的那位副领事。在加尔各答的炎热中我们终于知道了这个女人来自威尼斯。她无意间招惹了那些爱她的男人，她没有错，但是她没有错本身就是错。她是毒药，毒死身边的那些男人。而她自己，这个叫安娜-玛丽·斯特雷特的女人，也是被毒死的。是她自己毒死了自己。杜拉斯说，她只能活在那里，靠那个地方而活。她靠印度、加尔各答每天分泌出来的绝望生活。于是她也因此而死，就像被印度毒死。

孟买迷人的街景，残破不堪的，却又充满着一种莫名的诱惑。这里能看到世界上色彩最为丰富的景象。女人们，被包裹着的，艳丽衣裙。纱丽。唯有印度才有的，那恍若天边云锦。人世间所能有的色彩，甚至，不能有的，在孟买这里也有了。而纱丽后面，是若隐若现裸露着的女人的身体。

是的，杜拉斯不愿意告诉我们真相，她只要我们看到她说出的那些表面的现象。但是她自己心里是明白的，她只要自己心里明白，却要让别人无尽地猜谜。或者这就是小说的魅力，所以杜拉斯从来不讲故事本身，她讲的只是故事之前之后的故事。不过那故事已经囿于其中了。

　　才知道建造孟买依旧和英国的东印度公司相关。在这里，东印度公司不仅为自己建造了第一座深水良港，以供日后掠夺这块丰饶的大陆；还围海造田，将七座孤立的岛屿连成一片，然后孟买成了这座从此被整个世界渴望的城市。孟买的改造工程自1817年起，至1845年终，历时28年。28年后，英国人便送给印度这个样的孟买，就如同当年东印度公司送给印度一个伦敦一样的加尔各答。从此，殖民者和移民者纷至沓来。从此，这里成为印度通往世界的门户。

　　有一天，在她面前出现的，是恒河……

　　恒河，加尔各答的恒河，后来则成为杜拉斯"印度星云"中反复出现的意象。大使馆就在恒河的岸边，大使馆朝向恒河的花园。那恒河的浪涛声穿过树丛。她在恒河里游泳，在恒河里，最终，消失……

　　加尔各答的恒河？恒河流经加尔各答？

　　以为是杜拉斯出现了地理的偏误。加尔各答的大使馆怎么会建在恒河岸边？更不应有人在恒河中游泳，恒河根本就不可能穿过加尔各答。

　　于是翻阅各种地图，就是不见恒河穿越加尔各答。加尔各答只是恒河流域的一座城市，而流经加尔各答的不是恒河，而是恒河的一条支流胡格利河。但是加尔各答的印度教徒，就把胡格利河当作了恒河。于是每天清晨都会有成群的教徒浸在加尔各答的恒河中，沐浴，洗礼，今生与往生，就像恒河穿越瓦拉纳西的那一刻，那个净化和重生的神圣的时刻。

　　所以不是杜拉斯的偏误，而是恒河之于她，之于她"印度星云"的真正意义。是的，她喜欢写关于印度、加尔各答以及恒河的作品。而她的文字中如果没有这些意象，还有什么能支撑那故事的存在？是的，她喜欢她的人物生活在一个"痛苦的、噩梦一般的、难以忍受的"环境里，喜欢他们在黄昏一般的晨光中苦苦挣扎，并热烈地爱着，又为着不知其然更不知其所以然的一些因由而死去。如她所说，循着，让自己消失的路。

于是杜拉斯让那个悠然而悠闲的安娜-玛丽·斯特雷特死于印度，死于非命。因为她坚信她看到了加尔各答的那座英国人的墓地，她在"印度星云"中不停地说着这块墓地，她说安娜-玛丽·斯特雷特的墓地就在加尔各答的英国公墓中。但是她却没有让她死于恒河，更不能理喻恒河之于生命的意义。安娜-玛丽·斯特雷特最终投向了大海，为了不能承受的生命之轻，或者之重。安娜-玛丽·斯特雷特始终在内心保持着一份优雅。但最终的一切都沉了下去，沉没于无边的寂静中。她被每一个浪头淹没，她或许在海里睡着了，或许，在里面哭泣。

在孟买，一座被称为"悬挂的公园"的尼赫鲁公园。城市高楼就像是水泥篱笆，包拢着这个高高在上的鲜花盛开的宁静的所在。于是置身于悬起的大自然中，仿佛不再能闻到孟买的气味，甚至看不到英国人留下来的那些建筑，看不到，那斑驳楼宇中掩藏着的杜拉斯般神秘的女人，看不到那黑暗中哲人一般的玄机。

孟买，就这样留在了眼前，又倏然而逝。而加尔各答，这个上帝再造的城市，我就干脆没有真的看到过。但幸亏有了杜拉斯，她的引导，我才敢于相信，孟买就是加尔各答。

然而真正的答案就像是一场骗局。因为杜拉斯最后说：是我给自己创造了一个印度，一些印度，如他们所说的那样，在殖民地时期……

原来如此！

杜拉斯又说，加尔各答是恒河边的一个城市，在这里，它是印度的首都。所以所谓的"印度星云"完全是建立在对印度的一种"想法"之上。而杜拉斯之所以选择印度作为背景，也许更深的意味是，她想回到她出生的那个地方去。

而我，却一直以为那是真实的印度。大概很多人都像我这样地被她欺骗了，也大概很多人为着不是印度的印度而对她耿耿于怀。

于是为了她的"印度星云"得以存在，她最终以艺术的需要为前提阐明了：《印度之歌》中凡举地理的、人文的、政治的诸多情节，纯属虚构。因此，切勿认真地坐上汽车用一个下午的时间，从加尔各答奔向恒河口看个究竟。也同样，印度的行政首府是新德里，而不是加尔各答。同时她又以艺术的名义再次重申：本剧中出现的印度的城市、河流、行政区域及海域之类的名称，都具有一种音乐感。即是说，杜拉斯之所以把加尔各答、把恒河、把阿曼海写进她的作品，仅仅是为着一种音乐感。

于是我们终于得出结论，杜拉斯的印度是虚构的。一个虚构中的地理学概念，在文学创作中本无可厚非，只要杜拉斯自己能看到。杜拉斯说她确实是看到了，那加尔各答大使馆的围墙，从城市中穿过的恒河流水，从这头到那头，那巨大的水域，两岸茂密的树丛……

她说她本不知道恒河里是否会有这些景致，但是她就是把它们看成是这样。她不仅看到了加尔各答，看到了恒河，还看到了，掩埋着安娜-玛丽·斯特雷特的那座英国人的公墓……

在遍寻我所拥有的几十本关于杜拉斯的书中，我终于找到了那个真相。在《话多的女人》中，杜拉斯说，是的，我去过一次加尔各答，但那时我才17岁。我在那里度过了一天，渡船的中转站。后来，这里，我从没有忘记过。

哦，又是杜拉斯的，一个圈套。或许仅仅是为了辩解？毕竟，她不该写一个她完全没有见识过的城市。

杜拉斯以她的记忆的碎片堆积出了"印度星云"。一个她想告诉世人的印度，一个，她自己的印度。故事就是那样发生的，在那片背景之上，心理的现实主义。对于一个好的作家来说，是的，只有一次。只有一天，就足够了。何况，她从此再没有忘记过。于是，加尔各答在杜拉斯的小说中，成为永恒。

为什么一天就能永恒？

这样的《印度之歌》。我们在影片中根本就不曾看到加尔各答。是的，作者无须了解印度的全部，那悠久的历史，深邃的文化。不，她无须弄清楚那所有纷繁的一切，只要有了关于印度的意念，就足以支撑想象中的一切了。所以在拍摄《印度之歌》时，她甚至拒绝看任何关于加尔各答的照片。影片的拍摄地点甚至也不在印度。就在法国那座荒废破败的罗思柴尔德城堡的外面。但，她却还是看到了印度，看到了加尔各答，看到了恒河凝重而浓厚的、肮脏的河水，就如同，我们在瓦拉纳西看到的那样。

尽管，加尔各答只停留在理念之上，但《印度之歌》依旧成为电影中的经典，至今仍旧在世界各地放映。那一年，它迷住了整个戛纳电影节，但最后只得到法国实验艺术电影协会奖，为影评人留下无尽的遗憾。

在进行着"印度星云"的时候，杜拉斯还没有写《情人》。那或者只是她最终回到童年、回到湄公河流域、回到永隆的一个过渡？为此她说："或者应该比加尔各答走得更远，应该到……到中南半岛南边的稻田旁去……到我出生的地方。"尽管，她对她曾经生活过的那个地方充满恐惧，却始终不能够停止对那里的思念和追寻，直到，她最终写出了让她荣膺龚古尔奖的《情人》，那片，她真正生活过的实实在在的地域，而不是，只停留过一次、一天的那个加尔各答。

哦，这样，在孟买。在我的地图上，也叫作加尔各答的这座城市。

是的，在孟买，我看到了什么？那金色的阿拉伯海湾、那拥挤的车水马龙的城市、那纵横交错的街道、那灰绿色的潮湿的墙体、那阳台上晾晒的艳丽衣裙、那藤蔓遮蔽的木窗、那巴士里望出来的窘困与无奈、那黄昏中晃动的金色人影、那宏伟的"东印度时期"的璀璨建筑、那海上迷茫的伊斯兰圣堂、那顶楼打开的残破的百叶窗、那探出身来的不快乐的妇人、那舷窗一般迷幻的顶楼圆窗、那三角门楣上娟秀的浮雕、那雨水在外墙上留下的流痕、那遥远的加尔各答式的黄昏般的晨光、那拱廊里悠闲老人泰戈尔般的智者的面容、那草地上美丽的棕皮肤姑娘、那沿街乞讨的令人怜爱的小女孩、那廊柱下深邃的关闭着凄迷故事的大门、那手拉着手的年轻的恋人、那辉煌与破败相间的亭台楼阁、那树冠上漫天飞舞的大鸟、那楼顶上掀动着翅膀的自由女神、那曾经吸引着四方游客的华丽客栈、那拱券形美丽无比的回廊、那泰姬陵酒店的庄严与雄伟、那朝向大海的巍峨的印度门、那菜市场来来往往的叫卖与喧嚣、那人挨着人的拥挤的比肩而行、那行走中蒸腾的热汗的味道、那飘散在空气中扑鼻的咖喱香、那街头卖花或行乞的老妪、那橱窗里绘画一般的纱丽面料、那黑暗中海上吹来的阵阵热风、那仿佛加尔各答的属于着杜拉斯的，孟买的一切。

只是加尔各答的今天已然萧条。人们希冀着离开那片安娜-玛丽·斯特雷特的死寂。于是加尔各答几乎成了一座美丽的空城。据说离开那里的人大都会来孟买，因为孟买依旧充满机会和活力。

就这样，在孟买的文章中写想象中的加尔各答，竟然也像杜拉斯那样仿佛真的看到了那座城市的影像。是的，在身居孟买的时候想到了加尔各答，而写着加尔各答的时候又忘不掉杜拉斯的《印度之歌》。

永远是错位的，在这篇文章里。我，并没有去过加尔各答，而杜拉斯，也没有看到过真正的恒河。

在这如此美丽的错位中，便交织了我们的所有的故事。是的，在孟买，本没有加尔各答，也没有杜拉斯，更没有《印度之歌》。但，他们又全都在这里，和我，和孟买，在一起。

原载《作家》2008年第10期

徒步悉尼（节选）

林宋瑜

可以解读的面孔

第一次坐这么长时间的跨洋航班，有朋友开玩笑说陈奂生进城。心想陈奂生进城，架势也莫过于此。乘坐的是马来西亚航空公司的飞机，因为便宜，代价便是付出更多的时间，需要转机吉隆坡。学校可以报一趟来回机票，但洋人的做法是，你得提前几个月把能找到的最低报价报到学院，如果学校能发现更便宜的价格，他们便替你订票。

我有点担心自己的三脚猫英语。是有点狼狈，听、说加上形体语言，可谓手舞足蹈勉强应付。只是要飞机餐时，不像乘坐国内航班时那么自如。一慌张，居然就把Rice（米饭）这个词给丢在了爪哇岛！只好吃牛扒土豆。土豆吃得一干二净，牛扒太腻。

晚上7点过境吉隆坡，出站换登机牌，然后在候机大厅里晃荡，一直到9点以后，飞悉尼。超大的飞机，前后左右全是洋人，高大威猛，已经甚少亚洲面孔。电视和电台的频道很多，任选。可惜操作不熟练，觉得自己实在是笨人，只好很无聊地闭眼睡觉。客舱里有一股很浓的牛油味道，与广州飞吉隆坡的那一段已经很不相同，也不再有任何中文、汉语。离乡背井的感觉就是从远离乡音开始的。

悉尼机场很大，反正觉得转来拐去地走了不少路。Z和C都是在澳洲待了多年的"海龟"，我出国门前他们授我以秘籍。所以我将茶叶和其他食物放进一个专门的袋子，填表时也明明白白地在Yes那里画上钩儿，昂首挺胸地走红色通道。澳洲英语虽与我过去学的英语、美语口音有些差异，但多几个来回也就可以互相明白了。OK！行李并没有被打开检查，顺利过关。

我给Lucy Wang小姐打了电话，然后在二楼出发厅门口等她来接我。这一天恰好是西方情人节，也可能仅仅是西方习俗，不断看到恋人告别的亲密场面。可不是一般地Kiss，非常非常地缠绵，看得我热泪盈眶。

Lucy Wang很开朗，年轻时肯定是个大美人，我们一见如故。她在国内时是画家，来自京城大院人家。现在在悉尼与人合开公司做室内装修，兼做厨具批发，有一个店面。她说出国16年了，什么苦都吃了，什么事也都能做得了。淡淡一句话，岁月沧桑如梦如烟，不过也并没把她的优越感消磨殆尽。

Lucy Wang开着她的蓝色宝马带我出了机场。好像是有意让我领略悉尼，她的车走了无数的地方，以致我有点眼花缭乱。

先是去了她的厨具店，门面还真不小。二楼也是她们公司的物业，做成好几套一室一厅出租给留学生和访问学者，我原先也是准备租住这里的。接着又去了仓库，整整两层，光线有点阴暗，大得让人感到寒冷。她男友的办公室就在这楼下一角，所以Lucy带着午餐去给他。然后就带我去了Central Cityshop购物，那是一个什么都有的购物中心，类似国内的商业城。在里面转了好几条购物街后，她请我在一家越南人开的店里吃越南粉，这是午餐。我很喜欢这种粉里放的新鲜薄荷叶，翠绿绿的，在热汤上散发出特殊的香气，淡淡地刺激味蕾，去越南时我就吃了不少。此时太阳已经西斜，这里现在是夏天的阳光，热辣辣的。对于刚从冬天北半球飞过来的人，这种感觉真好，因为广州的正月，正是湿冷入骨的寒。

又去园林店买盆花，五金店买锁芯，最后去了Lucy一位北京朋友开的地毯店里转了转。到了她的House，已经暮色苍茫。我的大脑也一片苍茫，晚上躺在床上，全是意识流。

Lucy很够朋友，第二天专门休假，又陪了我一天。去参观她们正在做装修的工地，然后到冯博士家吃午饭，他们也是老朋友了。车到半路，车上的导航器却似乎不起作用了，死活就是找不到冯博士的家。已过下午2点，冯博士打来电话催，直嚷嚷你们想把我饿死啊！Lucy说快到了快到了，饿不死你的。冯博士愁眉苦脸。他样子瘦小文弱，典型的书生样，其实却绝非象牙塔里的学院派。念念不忘"立德立功立言"，时时缅怀20世纪二三十年代的中国，那时的人文知识分子，大有社会作为。可是他创办不久的华文报纸正被人搞得一团糟，危在旦夕。这可是他理想蓝图里的《大公报》啊。

为了上网，晚上我们回Lucy男友陆先生办公室的厨房做晚餐，在那里给M发邮件报平安。又给庄博士、杨博士分别打电话，约好见面时间。

一大早，Lucy驱车送我到Kingsgrove火车站，告诉我如何购票，如何走如何回。

开始独自上路。并没有想象中的困难，出了Central Station（中央火车站），就远远看到UTS的标志，虽然还是兜了个大圈才到目的地。杨博士在图书馆门口接我，他是我们的项目协调人，也是导师组成员之一。办完一些手续，就带我参观校园。重要的是，他在学院的研究生办公区给我安排了一张办公桌和电脑，这可以保证我这一个月里的工作学习。于我而言，主要是上网收发邮件。回Lucy的家，为自己做晚餐，为自己泡茶，还为花草浇水。夜已深了，她还没回来。前后花园的树木发出瑟瑟声响，不时听到动物的叫声，偶有汽车经过。周围的房子都是独立House，每一栋都有几百平方米，隔着小街和花园，所以听不到邻居的声音。寂寞从心底悄悄地、不可抑制地爬上来，犹如下雨前的蚂蚁。

半夜醒来，感觉整个House只剩我孤零零一个人。这么多房间，空荡荡的，前院后院都只是矮矮的围墙和栅栏，没有任何像国内城市住宅必设的防盗网。我心里真有点发毛了，拼命默念六字真言，颇有临时抱佛脚的味道，可就是睡不着。透过窗外朦胧的灯光，看见墙上挂钟指向三点多。辗转反侧……再次睁开眼睛时，阳光却已经穿过百叶帘覆盖在脸上。很强烈的阳光，我感觉到了清晨的灼热。

看到餐厅的桌面上多了一份摊开的报纸，还有半杯水。后院的车库却还是空荡荡。显然，Lucy半夜回来过，却又走了。

这一天没有安排，我可以游览悉尼。先在地图上找好目标，就像山村老农上北京直奔天安门，我是直奔那堆海边的白色贝壳——悉尼歌剧院。

画出"海德公园到环形码头徒步之旅"的路线，从中央火车站出来后，开始我的徒步旅程。穿过海德公园的中央大道，犹如广场那些飞禽，走走停停，寻寻觅觅，不必像在国内那样东张西望，捏紧挎包袋，以防不测，以防歹徒袭击。草地上男男女女半裸着晒太阳，互相涂抹太阳油。空气里，除了新鲜，还有慵懒和松弛。我坐在林荫道边的靠背椅上休息，陌生的路人不时微笑示意，鸽子和鹈鹕在脚旁跳来飞去。光透过树缝，在地面上落下版画效果的暗影。那一瞬间，我泪水涌出来，突然想哭。

在环形码头（Circular Quay）的街头咖啡吧，要上一杯卡布奇诺、一块糕点，这样的午餐感觉很美妙。罩在浓郁的咖啡香里，坐上老半天。从这里看贝壳状的歌剧院、悉尼大桥以及海面上自由的风帆。白色的屋顶、白色的帆叶、白色的云朵……这是一个非常美的角度，美得真让我伤感。于是给姐姐发了个短信，竟然夹着粗俗：我已独自上街办事，这里真他妈的美……

用数码相机把歌剧院的每一角落拍个遍以后，便沿着皇家植物园（Royal Botanic Gardens）的林荫道漫步，自己也像变成一只鸽子或鹈鹕，悠悠然自由自在。到处都是把脸和胸、背晒得红彤彤的半裸人。海德公园附近有一个原来是女移民收容所和囚犯关押地，现在改为博物馆。你可以通过图片及实物看到澳洲大陆最初（也就是一两百年前）作为欧洲流放地僻远、荒凉、令人绝望的景象。

从博物馆出来，折回海德公园。坐在路旁的长椅，坐了很久很久。脑子里是一封很长很长的信，是瞬间的感受，后来我发给了M。

第二天继续走环形码头的另一个方向。到礁石区（The Rocks）一带，据说这是悉尼富有艺术氛围的地方。往前滩走，顺着礁石区的指示牌，很快就见到当代艺术博物馆。门口有Free（免费）的标志，窃喜，当然就要进去参观。书报架上也摆放不少花花绿绿的明信片，同样是Free。呵呵，一样拿一张，回去寄给亲朋好友，颇有贪小便宜的嫌疑。正在进行着一个澳大利亚青年画家的主题展，有不少先锋元素，但并不见得很极端。

礁石区充满布尔乔亚的味道。咖啡吧和艺术品店一间接一间，让人目不暇接。由大帐篷搭起的集市（The Rocks Market）在悉尼是极负盛名的，逢周六、日开放。尽是些千奇百怪的工艺品，哪怕一把普通的不锈钢汤匙，也被组合成古怪的风铃。不得不惊叹澳洲人的想象力和创造力。澳洲土著的点线画、木头盘子、乐器，就像麻绳缠着我，令我迈不开步伐。我把头扎进去以后，就抬不起来了，恨不得自己也化作其中一件美丽物件。虽然我的数学极差，但把澳币换算为人民币，还是懂得的。所以一件东西拿起又放下，把情绪弄得波澜起伏，惨兮兮的。

广场有歌手和乐队免费演出，游人端着咖啡、汽水，啃着面包或玉米棒，一边欣赏表演。我现在需要多买点面包，以便应付随时出现的鸽子。它们已被人惯坏，张牙舞爪，不停地发出嗷嗷尖叫。

靠近环形码头的广场却有些土著艺人在表演，你也可以上去与他们共舞。有大帽子放在地上，是要你给钱的。服装实在太怪诞，长长的羽毛头饰和比京剧脸谱还夸张的彩妆让你辨不出他们的面孔。突然，耳朵闯进来一段熟悉的中国旋律，是二胡的声音。非常难听，可以说五音不全。那么一小段，不断反复。循着声音找去，看到一张亚洲面孔，胡子拉碴的。头戴白草帽，另一顶翻扣过来的帽子摆在地上。我走过去，放下一个镍币（晚上告诉 Lucy 这件事，她撇撇嘴说我才不给呢。拉得不好就是混钱来的，不付出劳动不得收获嘛）。

第二天冯老师来电话，说他太太今天休息，开车过来接我去吃上海馄饨，很正宗的味道。他们住 Ashfield，是新移民聚集地，上海人居多，华人称为"小上海"。这里的中国味道显然要比 Kingsgrove 浓多了，到处是中文招牌和中国店铺，而且基本上是简体字。这又与中央火车站附近唐人街的港式风格不一样，显然它是更年轻更有闯劲的新一代大陆中国移民聚集的地方。

师母姐姐带我逛了一天，又是开车兜风。天已全黑了，在他们家吃了晚饭，还拎走一大袋水果。这是我在悉尼吃到的第一餐最地道的中国餐，有浓醇的广式老汤和鲜美的海产品。胃和心都告诉我，还是中国菜令人温暖。

不出门的时候，帮 Lucy 在院子里拔拔杂草，浇水，清理枯枝落叶。颇有"不知天上宫阙，今夕是何年"的恍惚。有时就用电话卡往国内煲电话粥，一点都不担心，因为费用比在国内打长途便宜多了。真不知中国电信是如何计费的。

隔三差五回UTS，无非收发邮件，与杨博士见见面，顺便也到周围逛逛街。我自认为走这条线已经轻车熟路。

从市中心回来，每天都是乘火车在Kingsgrove下车。这是一个小镇，只有一条街。四周全是低矮的房子，独门独院。路上几乎不见行人。沿着街道往Lucy家走，要经过一家"亚洲食品店"，一个中国人开的杂货店。有时就进去看看，与店主聊几句。

这一天因为打算参团去堪培拉旅行，从学校出来后坐火车，就计划从Houstvile下车，那里有华人旅行社。办妥手续，就去超市买了一大堆东西，两手沉甸甸的，搭上bus回Kingsgrove。车子不一会儿就进入Lucy家的那条路，这是一条很长的街，我打算再坐一站才下来。结果bus很快拐弯，沿着一条我越看越陌生的路开去。车子一站一站地停，全是我陌生的地方，街上几乎不见人影。我心里直打鼓，赶紧问司机。我的口音有很大问题，司机一脸茫然，旁边有位像是东南亚人的老妇人替我重复了一遍，我听得出她字正腔圆，司机也明白了，却露出遗憾的表情。因为车已经远离我所说的街道。他告诉我只能坐回去，再重新搭车。我说我住的地方附近有高尔夫球场，有一间小学，离Houstvile并不远，我不知如何返回，我请求他的帮助，所以不停地重复"help me please"，并且像聋哑人似的打手语。大概我表情过于紧张，司机犹豫一下，就把车子一掉头，很快开到一个小站台，说我可以从那里搭车回去。因为我，耽搁了不少时间，车上的人并没有任何不快的表情。就在我准备下车时，一位老太太从后面站起来，她也准备下车。走到我身边，她轻轻问一句："你识唔识广东话（你懂不懂广东话）？"久违的乡音，顿时让我神经松弛下来。司机也笑了，他听到我大声说："哦识（我懂）。"

老太太拉着我坐在小站的候车椅上，告诉我如何坐回 Houstvile。然后指着斜对面的一栋房子，说有什么事就过去找她，她反复对我念叨："唔哂惊，唔哂紧张（不用怕，不用紧张）。"

返回的车子司机也是一张亚洲面孔，我们都使用英语。我担心我的口音，特别掏出地址本，告诉他我本来是要去这个地方的，他笑眯眯地望着我。车子开出不一会儿，司机扭过头来用标准的普通话对我说："你可以下来了，顺着这条路一直走，很快就可以到达 Croydon 路 201号。"真让我喜出望外！

这一天，我掂得出"同胞"二字的分量。

连续几天，返学校，去永正富基金会，与 Lucy 去逛市场。终于又有单独的一天时间。拿出准备好的路线图，便奔著名的邦迪（Bondi）海滩去了。

真正地把一切摊在阳光下：四处都是半裸或近乎全裸的游人——老人、成年男女、小朋友甚至抱在怀里的婴儿，长相奇异的各种宠物狗。当那个在电视或图片里常常出现的月牙湾一样美丽的海滩出现在眼前时，我心里大叫起来。沙滩上躺满晒太阳的人（甚少亚洲面孔）。我出门前尽管涂了一身防晒油，阳光洒在身上，依然感到微微的炙热。真怀疑白种人的皮肤有一种渴求紫外线的因素，他们不停地互相涂防晒油，却又将身子尽最大面积暴露在光天化日之下。因为不是天体浴场，那片敏感的三角区还是有一小块布条遮蔽着，女性则是上身再多两小块。比基尼在这里就是身体向世人做出含蓄表达的象征了。

一位坐在沙滩长椅上全神贯注读报纸的老太太吸引了我的目光。当然也是比基尼打扮，体形也已走样，浑身却散发出优雅、妩媚的气质。头顶英女王式的宽边帽子，上边还缀着一朵鲜红的玫瑰花。年龄一点都不重要。我忍不住举起相机"咔嚓"一声，留住这动人的一刹。起码在中国，尤其公众场合，你几乎找不到一个普通老太太如此的姿态。我的内心，宣誓似的声音：无论我的年龄将有多老，我将如此从容地生活。

从邦迪海滩出发，沿着预定的路线，开始徒步漫游一个接一个的海湾、沙滩。众人慵懒地躺在草坪，接吻，搂搂抱抱，发呆，嬉闹，家庭式的露天烧烤……这是沿途的景象。事实上，凡是有草地和树木的地方，就有露餐和晒太阳的人，悉尼人真是会享乐！沿着海岸线不停地走，起码走了四五个小时，有些地段全然无人，甚至经过大墓园，却没有丝毫的害怕，情绪好极了。听着"哗哗"的海浪声，腥鲜的海风奔面而来，感觉心在飞。

又是一位长者。在一个僻静的小公园，老树底下用面包屑逗鸽子。灰白色的鸽子盘绕着他，真有一种儿孙绕膝的幸福感。我的镜头对着他时，老人头也不抬一下。再走过一个海湾小丘，另一位老人家舒服地斜卧草地，他的宠物狗正与他耳厮鬓磨，亲热得让人嫉妒。边上就是浪花飞溅的海崖。看到我的相机对准他们，老人居然俏皮一笑，冲我摆出夸张的姿势。

周日到中国城乘旅游巴士到蓝山（Blue Mountain）一日游。基本都是来自中国的年轻人，车上是朝气蓬勃的气氛。只是其中的7个人小团体，20岁左右，显然是近年出来的新派留学生。7颗头颅五彩缤纷，服装也相当"卡哇伊"，一路喧哗，女孩嗲得让人目瞪口呆，我总算也见识了小留学生的"风采"。真是一帮讨债鬼，不知他们父母的钱从何而来，如此折腾。

导游是一个幽默的老人。一头银发，总是兴冲冲的，话说得快，我只能连猜带蒙，从他飞扬的表情中得到感染。

从蓝山回来，火车朝西走。半边天晚霞火红而多变，眼睛因为盯着太久而受刺激，泪水往下掉，我已记不得什么时候见过如此绚烂的晚霞了。

来悉尼，时间已过半。因为是学期伊始，学院便有一个例行的新生欢迎会，有茶聚，还有午餐。我不算新生了，不过冯博士和杨博士都让我回去凑热闹。新生年纪参差不齐，既有英俊小伙，也有肥胖大妈。年纪最大的是70出头的老人家。大家研究的国别文化各不相同，却也其乐融融。在这里，读书及专业选择更是一种兴趣与自我提升，急忙忙拿个学位找工作的情况并非第一要素。有位做泰国文化研究的新生，告诉我他是摄影师，有大量关于东南亚的摄影，正在泰国举办摄影展。所以他想更深入地了解、研究那个国家的文化及民俗。看我拿了一大份吞拿鱼面包和一杯卡布其诺，他问我习惯这里的饮食吗？我回答"No problem"（没问题），他笑了说"Lucky"（幸运）。来自山西的陈小姐是这次欢迎会的主持者，她也是我们专业的博士候选人。不过她是在国内取得英语专业硕士学位之后直接过来的，现在已经是三年级，所以我很羡慕她顺溜的英语。院长的气质极好，形象却完全是土洋结合。她是研究中国电影的，曾在中国生活多年。讲一口流利的汉语，穿银灰色暗花纹丝绸旗袍，胸前挂一大块刻着"富贵"两字的银饰，我怀疑这是从潘家园那样的地方淘来的。

Lucy告诉我，如果只待在本国人的圈子里，英语是很难长进的，就像唐人街的小商贩，他们顶多讲些与买卖有关的日常语。她带我去她的朋友Lisa家做客。Lisa来自上海，老三届，曾在北大荒当知青7年。20世纪90年代初，就在她将近40岁的年龄，来到澳洲留学，拿的只是语言学校的签证。当她踏上这片跳跃着袋鼠和考拉的辽阔土地，她就发誓再也不回中国了。她的理由是在澳洲的公交车和商场里没有见到人吵架的。Lisa到了一个比她大将近两轮的澳洲律师家当清洁工，第二年，成功嫁给了这位律师，算是过上了澳洲上层人的生活。Lisa从来没带丈夫回过上海，也不让一般的朋友认识她丈夫。Lucy说，因为他太胖，老态龙钟的。不过人很好，有品位。他爱收藏名画，这一点对曾经是画家的Lucy来说，很知己。

Lisa 的家是在 Double Bay（悉尼的一个富人区）的一套公寓楼里。说是公寓楼，房价却要比 Lucy 的 House 贵两三倍。原因是地段、社会阶层。Lisa 爱摆谱，时时不忘表现她作为主流社会一员的做派，也不时提醒我这位陈奂生式人物端碟捏汤匙的姿势。我并不讨厌她，只是暗自觉得好笑。她英语讲得极好，听着舒服。Lucy 说是地道，连腔调都透出一股浓郁的洋葱味。好玩的是，我们在一家很特别的朱古力店吃完朱古力点心后，就在附近街区的艺术商店逛。Lisa 慢悠悠地要求店员拿来一串又一串价格不菲的珠链，在镜前试了一遍又一遍，不时提一提往下滑的丝绸披肩，缓缓地回过头来问我们："How? Nice?"我认真赞美她："Very nice。"Lucy 悄悄碰一下我："别当真。"店员是个上了年纪的妇女，也很耐心，不停地换，不断地等待。磨磨叽叽起码半个钟头，Lisa 终于放下最后一串，然后从齿缝轻轻吐出一句：I think about（我想想）。店员依然带着平静的微笑，目送我们离开。我不知道她的心态，但我知道在国内，十有八九起码要遭横眉冷对，连我都觉得 Lisa 太过分。

告别 Lisa，Lucy 带我去另一个朋友 Saim 家吃晚饭，还有家庭卡拉OK。偌大的客厅，又没有小孩，任凭我们引吭高歌。这是一对善良而热情的夫妇，自此也成了我的新朋友。Saim 的经历神秘且有点传奇色彩，20 世纪 80 年代初从四川离开中国，在澳门赌城打过工，在新加坡做过地盘工，现在在悉尼像是一个小包工头。太太 Jane 则与我来自同一个城市，早年毕业于华南农业大学，出国前是一名工程师，现在在一家服装公司做衣版。丰盛而地道的中国味晚餐，沉甸甸的礼物，这对本与我素昧平生的夫妇，如此盛情，竟因为我是来自中国的一个读书人。从中国到澳洲，他们走过漫长而辛酸的路，却依然以诚挚的微笑祝福同胞。

在悉尼逛市场

既然PADDY'S MARKETS（帕蒂市场）名声在外，所有的旅游册子都要标出来，据说价廉物美，对我这种穷小资还是颇有吸引力的，说不定可以沙里淘金。

刚进帕蒂市场，乍眼一看，真以为是国内哪个市场搬到这里来了。四处尽是乡音，眼前全是中国造产品。当然，更多是"回国礼品"。譬如各种深海鱼油、绵羊油、羊毛被、袋鼠皮……真奇怪，竟然有这样专业化的礼品。

逛了一圈出来后，就见到对面唐人街"四海同心"的大红大绿大牌坊。沿着德信街走，同样是一家接一家卖"回国礼品"的店铺，不过有的打上"免税店"的牌子。"澳宝"真让我动心，但看看价格，再用人民币换算一遍，我就把目光收回来。

我当然多少买了些"回国礼品"，以免亲朋好友说我不近人情。比起逛帕蒂市场和德信街，实际上我更流连忘返于The Rocks Market（礁石区集市）。

据说这是悉尼一个非常有名的集市，周六、周日开放。由彩色大帐篷搭造而成。附近尽是装饰味极浓的欧式建筑，教堂的尖顶直指蓝天，避雷针似的尖。礁石区本来就是非常有意思的地方，自然而然的小布尔乔亚味道。集市的摊档自然也是千奇百怪，几乎都是工艺品。在这里，你会由衷地赞叹澳洲人的想象力和创造力。

当然，我更多是Window shopping，爱不释手的工艺品，拿起又放下，饱眼福也很满足了，绝不敢像Lisa那样端着派头说让我想想。冰淇淋还是要吃的，咖啡也是要喝的，在礁石区集市，吃吃喝喝地一路逛下去，不亦乐乎。

与礁石区集市相似而对我更有吸引力的，是Paddington Bazaar（帕丁顿集市），同样是周六、日开放，同样是主营工艺品、澳洲特产和时尚饰品。乘火车再转巴士，就到了牛津街。这可是全世界著名的同性恋街！

牛津街色彩艳丽，真叫作姹紫嫣红。沿街尽是服饰奇异、成双成对的男男或女女，亲密无间，与异性恋人无异。想不到这一天夜晚正是一年一度世界性的同性恋狂欢大游行，我竟然在黄昏前就离开牛津街，错过这个开眼界的大好机会。也许崔子恩同志对我如此漠视他们的大节日感到失望。

我是冲着帕丁顿集市去的，所以一头扎进摊档就再也抬不起头来。据说这里是澳洲艺术设计师的摇篮，甚至一些世界级大腕成名前就在这里摆过摊档。与其说是一个卖工艺品的集市，不如说是成名前的展示台。

走了一圈，又一圈。以至于一个在卖怪里怪气挂钟（平底炒锅做成的，小提琴或吉他造型的……）的摊主对我笑，"You back again"（你又回来啦）。他的摊档前挂着艳丽而古怪的彩色玻璃风铃，随风轻摇，叮叮当当。真服了澳洲人的创意！

买了个彩色玻璃人像烛台，小心翼翼地捧回来。还有手工牛皮钱包、贝壳胸针、水晶石吊坠。Lucy把我大大表扬一番。她说别看摊位小，租金很高的，她曾想在那里摆个摊，卖她的画，因为租金太高，还是没进去。

Lucy带我去见识另一种市场。

这是一个星期天的早晨。她开着陆先生的大吉普车（拆掉一排座位，充当货仓），然后与我雄赳赳地上路——因为车很大，很男性化，又转了不少的街道，真与平时她开宝马车的感觉不一样。

据说这是悉尼最大的一家农贸产品批发市场，Lucy差不多每个月过来一趟，很多悉尼人也是这样的。当年他们当穷留学生时就常常把这里当作约会见面的地方，因为大家都要来买东西，既便宜又新鲜。几个人合伙买一箱水果、一箱蔬菜、一包肉，就可以对付一两周了。比自己在外面买零售的要省不少钱。看来，每个留学生的生活能力都是从如何省钱开始的。

这么大的农贸市场！我真是开眼界了。所有的农副产品、鸡鸭鹅猪牛羊、海鲜、水果、鲜花……全是澳洲产的，这才叫地大物博。苹果、桃子、瓜菜等，是一箱箱地买，肉类、海鲜也是成包成包地扛，两个人推着个大推车还很吃力，然后堆满了整个车后座"货仓"。Lucy还买了几大把鲜花，她说插在她的商店里，看着就有工作积极性，花瓶也卖得快。

所有的花菜瓜果都散发出一股泥土和露水的清香，所以一卸下货，我就一口气啃掉两个大水蜜桃，午餐当然不用吃了。

对我这个海边长大的人来说，鱼市的美味无法忘怀。

所以有一天回 UTS 之前，先按路线图顺着 Harris Street（哈利斯街）走，一路走下去，便能找到 Fish Market（鱼市），我计划这个中午就在那里大快朵颐。哈利斯街是一条很长很安静的街，两旁的房屋古老而精美，典型的维多利亚风格，造型各异的镂花栏杆和色彩鲜艳的墙面把我搞得眼花缭乱，不知不觉就把一条长街走完，UTS 的主楼标识已在眼前。可是鱼市呢？我怎么没看到？问街边一家咖啡店女老板，才知鱼市早过了。如果返回的话，起码需过五个路口。

所以，真正要尝到鱼市的美味，还得靠 Lucy。

在我回国前，Lucy 特地放了一天假，陪我在城里玩一天。第一站，便是直奔鱼市吃早餐。这其实是一个海鲜拍卖市场，每个工作日的大清早，鱼市开始拍卖前一天晚间捕获的海鲜。商店在卖鱼的同时，也可以为你烹制海鲜菜肴，你就在露天餐厅里坐下来慢慢品尝。这样的鱼市就像超市一样，干净而整洁，隔着玻璃橱窗，挑选你喜欢的食物。渐渐地，也就演变成著名的旅游观光点了。

鲜嫩的海鲜以及腥香的海鲜味让我快流口水了，所以绕着各个鱼档走了一圈下来，我们还是先要上一大盘海鲜拼盘解馋吧，25澳元，折合人民币也就一百多，有大虾、龙虾、生蚝和蔬菜。实在抵食（广东话，吃得开心）。不仅如此，其鲜美的口感是在国内无法体验的。Lucy剥好一只大虾，正往嘴里送，一只海鸥猛扑过来，把她到口的肉一下叼走，爪子还在她手臂上划出红红一道。鸟们在四周扑腾，伺机下手。结果是我们两个人神经兮兮，边吃边东张西望，高度提防鸟盗。

风从海上吹过来，不时有渡轮的笛鸣。我对Lucy说，澳洲人太享受了。

徒步曼利历险记

一个月很快就过去了，按图索骥，我几乎走遍了悉尼的主要区域。遍地开花的各种博物馆是我流连忘返的地方，累了就随便走进任何一家咖啡屋喝一杯。精神物质双丰收，而且付出甚微。

但是有一条线路早早看好，却还没有完成。所以这个周二，计划完成我的Manly（曼利）徒步之旅。

曼利是与Bondi（邦迪）齐名的海滩，那一带也是悉尼的富人区，所以游人少些，游艇多些。

看好路线图，一大早就坐火车到Wynyard（温雅），再转巴士到The Spit Bridge（斯皮特桥）。这里就是步行的起点了。

湛蓝的海水、白色的游艇，与天上同样湛蓝的苍穹、白色的云朵相呼应，四周却又是安静的港湾，美得让我有一种揪心的痛。在桥的一端发现Walking way to Monly（去曼利的步行道）的标识，于是就顺着箭头走进一条林荫小径。

一个人都没有！

拐弯处，有一对年轻恋人正缠绵着，紧紧搂抱并kiss不停，我很快就越过他们，走进越来越茂盛的树林，路径也越来越窄了。最后只能称作羊肠小道了，路面大概只有一个人走的宽度，如果有人迎面而来，另一个人肯定是要侧身的。鸟鸣不断，而且是乌鸦的"哑哑"声，还有一种像婴儿的啼哭声，后来才知道是一种澳洲特有的鸟发出的声音。

我忐忑不安起来，心里没底。不知这条路还要走多久，退回去又于心不甘，还是硬着头皮往前走吧。

然后开始听到脚步两边有"啪啪啪"的响声，我想可能是我的脚步声惊动草丛里的小动物了。越走越急，恨不得立马冲出这条小径。忽然发现前面不断冒出一些像微型恐龙或像巨型蜥蜴的野生小动物（后来查资料，才知就是澳洲特有的蓝舌蜥蜴和花斑蜥蜴）：青蓝色的、长长的身躯，尾巴在地上拖着，昂着尖头，小的如壁虎，大的像蟒蛇。太吓人了！它们不时从草丛或树丛里跃出，从我面前一跃而过，倏然消失。大的话，尾巴有风一样的呼声。

临时抱佛脚，口中喃喃不停佛祖六字真言，脚下生风，就巴不得飞起来。心想如果被咬着，也许是致命的。两旁密密麻麻的树木，完全是原生态的。感觉随时可能跳出山林大盗、拦路抢劫的歹徒，说不定就遭遇先奸后杀之噩运，真是后悔死了如此冒险的徒步之旅啊！我只有像赛跑似的用力踩地，发出比小动物更加响亮的声音，实际上并不敢真跑，我担心万一跑得太快，踩中一两条，可能会被咬，或者遭遇它们的同类合伙攻击。

不知走了多久，反正脊背湿漉漉一片，全是冷汗。

总算从树隙里见到几缕蓝色丝带般的海水，白色游艇的桅杆也出现了，然后开始有人的声音。我的脚步缓了下来，我知道我接近我的同类了。

又一个港湾出现面前。这是Clonfarf Beach，一个小小的沙滩。有车停在沙滩上，四五条斑点狗在水里狂奔，发出嗷嗷欢叫。一个女人划着独木舟，几个嬉水的人……我仿佛重返人间，长长地舒出一口气，又涌起欣赏美景的悠然心态。

再不敢走小路了。顺着汽车的方向，有一条宽敞的车道。我朝着曼利的方向继续徒步。

澳洲的路标做得非常好，在任何路口都可以找到地图或方向牌，所以并不容易迷路。两旁的房屋都有点高高在上，沿着坡度和台阶，与道路隔离很大的私家花园，几乎见不到人影。这里的房屋弥漫着一股傲气，同样是House，显然与别的区域大不相同。如果经过后花园，就会见到游泳池。我从容地走在车道上，毕竟没有那些古怪小动物跑出来，又几乎没有车经过。离海滩越来越远了，但见不到人的房屋依然让我感到有人气。

此时眼前却又出现多岔路口，而且找不到任何标志。我发愁了，往曼利该如何走呢？四顾徘徊，就是一个人影也不见。只好守株待兔，站在路口等人出现。

起码15分钟过去了，终于有一个高高瘦瘦的男子走来。破牛仔裤超短背心，腰间还露出一截白茫茫的肉，背囊鼓鼓的。男子越走越近，我看到他眉毛间嵌着一颗亮亮的钢珠。十足朋克派头，仿佛从牛津街走出来的人，或者流浪艺术家。如果按国内电视剧的套路，就是坏人，起码是个小流氓形象。所以心里掠过一阵紧张，却仍然硬着头皮上前问路。他很友善地微笑，说Follow me（跟我来），带着我走到一个路口，朝前指说顺着这条路就可以走到曼利。但曼利很远，还需要走两个小时。他让我继续"Follow me"，这实在让我内心惶惶，却也只好跟着，又不敢跟得太紧。他问我是不是日本人，要不要喝水，走了多久了……东拉西扯地问答，我便有点放松，开始反问他，还问他是不是就是去曼利。他说不是。正说着，突然发现两个人又走到像刚刚走过的遇见古怪小动物的那种小径了！两旁又是树荫浓密、路径窄小，我不由自主害怕地往后退缩，嘴里不断地喊："我不想走这样的路，我要走大路……"我的英语突然变得流利起来。男人回头冲我笑（他的牙齿真白！），说前面有很好的风景可以看，这条路很好的，不用怕。我小人之心地阴暗起来：他又不是去曼利，却要带着我走。谁知有何歹心？看他四肢发达，一副朋克派头，万一有事，我肯定死定。我瞪大眼睛，却一步也不肯向前迈。嘴里不断地喊，我刚刚看到一些野生小动物，我不想走这样的路。我当然不敢说我也怕你，只能说怕小动物。算是讲出一半真话。男人看出我的慌张，不断地鼓励：come on, no problem. 只好故作镇静，问他这条路有多长？他笑笑说十几分钟。他的眼睛非常清澈，就像一个干净的湖。这让我又放松一点点，别无选择。于是试探着与他保持着距离，一步步往前走。男人可能看出我的心思，一边走一边回头看我，与我保持着统一的步调。僻静的树林中，听到我们整齐的脚步声。

前方终于出现又一个路口。男人停下脚步，指着这条林荫小径，让我顺着方向往前走，并告诉我 10 分钟后将会有台阶，可以上大路，还有美丽的风光。说完向我挥挥手，拐上另一条林荫道走了。看着这个朋克背影，我有一种冤枉好人的负疚。大声地对他喊，Thank you very much.

我又开始像最初那样大步踩地，发出噗噗声响，"小恐龙们"还是不断出现，但比刚才的稍少了。我四顾张望，口中念念有词，自己给自己鼓气，汗水却又开始爬上后背。但不一会儿，眼前一亮，一块伸出去的礁石就像一个小观景台，湛蓝的海湾绸缎一般柔美，展示面前。正如那个澳洲男人讲的，一路上大概出现三四个小观景台，一路美不胜收的风景。甚至看得到对岸高高的悉尼塔，所有小港湾都是游艇的停泊地。后来才发现，我此刻走的正是 Harbour National Park（悉尼港国家公园）的范围，它由多个岛屿组成。我的心已陶醉，恐惧早已遁形。

　　这条路远不止10分钟，终于真的有台阶向左上方延伸，并开始听到汽车的声音，又一条大车道出现眼前，前方还有大片绿草地。这是Harbour National Park的制高点，从一个圆形大平台上俯瞰风景，悉尼港尽收眼底。一个着工装的人，"突突突"地开着一辆工作车朝我的方向驶着，大概是这一带的管理员，所以我又问to Monly。顺着他指的方向，我一路走去，数不过来的大大小小的沙滩、海岬、小湾，它们犹如幻灯片，至今仍在我的脑海里变幻。一路走走停停，行人越来越多，路开始整洁、宽敞起来。刚刚过去的经历就像梦幻，让我有一种不真实的感觉。情绪已经平复下来，便可以有心情欣赏美景。

　　直到看见渡轮，曼利码头到了。这时，已是下午两点。走了四五个小时的路，又累又饿，还担惊受怕，真真疲惫不堪。便在码头边一家小餐厅坐下来，要了一大碗炸薯条，一角比萨饼，一大瓶矿泉水，狼吞虎咽起来。元气渐渐恢复，就坐渡轮直返环形码头，在海上看悉尼大桥和大贝壳歌剧院，感受另一种美。

　　回到Lucy家，慢慢翻看资料，发现居然漏掉Monly Beach（曼利海滩），它就在曼利码头的后面！还漏掉科索步行街——以沿街的欧式咖啡屋著名，并连接着曼利码头和曼利海滩。痛不欲生到可笑的地步啊！就像去了牛津街却错过狂欢节，老天总要留一点遗憾在你心里。

原载《作家》2006年第5期

卡夫卡，无处不在

李　辉

────────

一

　　走进布拉格，卡夫卡无处不在。

　　未到之前，首先想到的是《好兵帅克》的作者捷克人哈谢克。这当然与萧乾先生有关。萧乾的翻译作品甚多，而《好兵帅克》最能体现其翻译艺术。萧乾擅长讽刺，兼有风趣、俏皮的语言，这使他有可能以"信达雅"的标准体现哈谢克的讽刺艺术，把一个狡黠的、时而真诚时而虚伪的帅克形象，活灵活现地演绎出来。萧乾的《好兵帅克》根据英文版所译，虽非全本，但哈谢克的讽刺精华已在其中，书中的漫画插图，尤令人喜爱。插图中那位胖乎乎的、圆圆脸庞的帅克，生动、传神，令人印象深刻，看过也就挥之不去了。

　　从德国古城纽伦堡坐火车前往布拉格，行程五个多小时。在德捷边界车站，车未换，列车员则由德方更换为捷方。一位年轻女列车员走过来，胖乎乎，圆脸，腮帮子突出一点红，模样活脱一个"女帅克"！随后在布拉格的一个星期里，走在街上，总觉得不少捷克人的模样与小说插图中的帅克形象多少都有些相似。看来漫画作者为这一形象的设计颇费心思，也颇显功力。

哈谢克曾被誉为"捷克散文之父"，《好兵帅克》也被认为是世界讽刺文学的代表作之一。本以为他在捷克会受到重视，可是，走进布拉格，却难见他的踪影。几家书店里，没有找到一本关于他的书，也未见《好兵帅克》。曾听说捷克有一家"好兵帅克餐厅"，我没有找到，当地旅游材料中也未见提及。以漫画形象为主的五花八门的旅游商品，没有可爱的"帅克"。布拉格郊区的维舍堡墓地，集中安葬二百多位布拉格文化名人，我专程前往，没有找到"哈谢克"的名字。有些疑惑。或许，作为游客，我的了解过于肤浅？或许，哈谢克在"帅克"这样一个讽刺艺术形象中，融进了太多冷静、无情的国民性批判的元素，让布拉格人情感上难以接受？这只是我的猜测。在中国，阿Q同样是基于国民性批判的讽刺艺术形象，却从来没有被人们排斥。相反，在绍兴鉴湖旁新建的鲁镇旅游区，由今人扮演的阿Q走在街上，用绍兴话说几句阿Q的名言，以吸引游客。看来，鲁迅故乡人，比布拉格人要豁达得多。

哈谢克踪迹难寻，健在的昆德拉也似乎不属于这里。无处不在的文学家只有一位——卡夫卡。

第一次走出宾馆，沿小巷漫步不到五分钟，即见路旁有一雕像。雕像约四米高，下方为一巨大的躯体，迈开大步，胸口洞开，没有心脏，两臂前伸，没有双手，也没有脑袋。但脑袋位置托起的是一个完整的人物全身。他神态忧郁，右手抬起，指向前方。走近一看，底座上写着——FRANZ KAFKA。

后来买来一张《卡夫卡的布拉格》地图，上面标有布拉格与卡夫卡有关的三十四处地点，这座雕像为最后一处。雕像2003年落成，位置即在犹太人区的中心——卡夫卡成长与生活、工作的区域。雕像出自捷克雕塑家 JaroslavRona 之手。雕塑家说，他的创意得自卡夫卡的小说《一次战斗纪实》。小说曾有这样的描写："我异常熟练地跳到我朋友的肩上，用两只拳头击他的背部，使他小跑起来。可是他还是有点儿不情愿地用脚踩地，有时甚至停了下来，于是我多次用靴子戳他的肚子，以使他更加振作起来。我成功了……"

与卡夫卡不期而遇。于是，相机里有了布拉格之行的第一张留影。

二

卡夫卡已是布拉格的骄傲，在世俗化之后走进人们的视野。

各式各样的 T 恤衫上，大大小小的搪瓷杯上，商店琳琅满目的招贴……精明的布拉格人，巧妙地将卡夫卡纳入通畅的商业轨道，满足不同游客的好奇与需要。这一点，当我参观完卡夫卡出生地纪念馆之后印象尤为深刻。

老城区广场是布拉格的心脏。从老城区广场西北角走出去，不到百米，另有一个小小的空旷处，名为"卡夫卡广场"——1883 年 7 月 3 日，卡夫卡就在旁边一幢大楼的寓所里出生。如今，大楼一层有一房间被辟为"卡夫卡诞生地纪念馆"供游客参观，每位五十捷克克朗（约合人民币二十多元）。走进去，大跌眼镜。所谓纪念馆，见方不过二十平方米，除卡夫卡作品的几种初版本和墙上悬挂的生平图片外，空空如也——甚至还没有断定卡夫卡就在这间寓所里出生。这该是我看到过最简单、最没有历史感的名人故居了。我曾感慨过凤凰古城沈从文故居里缺少实物，但相比而言，却比这里好得许多。毕竟有完整的庭院，有老井，有雕梁画栋，有沈从文晚年写作的书桌……看来，布拉格人太能琢磨游客的心理了，以他们的方式与满怀期待走进来的人，开了一个不大不小的玩笑。

在旅游开发上，卡夫卡无处不在。不过，让人疑惑的是，充分商业化、世俗化之后的卡夫卡，还是那个孤独、忧郁甚至畏惧婚姻生活的卡夫卡吗？一位德国文艺批评家曾这样谈到卡夫卡："作为犹太人，他在基督徒中不是自己人；作为不入帮会的犹太人，他在犹太人中不是自己人；作为说德语的人，他不完全属于奥地利人；作为劳动保险公司的职员，他不完全属于资产者；作为资产者的儿子，他又不完全属于劳动者，因为他把精力花在家庭方面；而'在自己的家庭里，我比陌生人还要陌生'。"卡夫卡的生命特征与性格悲剧，被如此精辟地概括出来。

是的，卡夫卡生前没有归属感，在孤独中匆匆走完四十余年人生，但他却以文学为自己找到最后归属——人类的共同文化遗产。他以文学所表现出的人的孤独、命运的不可知、归属的不确定性，几乎在每个人身上或多或少地存在着，不会随着场景的替换与时间的流逝而改变。就这一点来说，我们都有卡夫卡的影子在心中。

如今，曾让卡夫卡感到陌生的世俗社会，慷慨而精明地接纳了他。他已融入布拉格的日常生活，一个无处不在的旅游资源。

三

感谢布拉格人的精明与细致。一幅绘制明确而简洁的《卡夫卡的布拉格》地图，让我在追寻"布拉格之春"的历史遗迹之外，又多了一个可以细细追寻的历史人物，一个星期的古城漫步，从而更为充实。

布拉格城区不大，完全可以以步行方式畅游。拿着地图，走进一条老街，再走进一条老街——几百年旧貌依旧的城市，想找一条新街也难。不变的街道，不变的广场，不变的建筑，为我们参照地图寻找卡夫卡1924年去世之前生活过的地点，提供了具体的历史场景。

旧城区广场是布拉格的中心，也是卡夫卡的活动中心。从他的出生地只需几分钟即走到这里。广场四周，与卡夫卡关系密切的老房子，随处可见。

广场一角，是著名的钟楼。在卡夫卡出生后不久，他们一家即搬到与钟楼相邻的一幢公寓大楼里居住，他的三个妹妹均在此出生。年幼的卡夫卡，每天从这里穿过广场往东，走进 Celetna 大街，前往位于火药塔附近 Masna 街上的德语男子小学读书。他所走过的商肆林立的 Celetna 大街，后来是他上中学和大学时全家居住的地方。他的卧室在一幢大楼的二层，从窗户里可以俯瞰热闹的街市。

卡夫卡父亲开办的第一家服饰用品商店，同在 Celetna 大街上，占据着与广场面对的最佳位置。作为一名犹太商人，父亲的创业从这里开始。与商店旧址相近，有一家名为 Goldhammer 的饭店，卡夫卡父母的婚礼，在饭店隔壁的一间房子里举行。父亲经商成功，小店主后来成为批发商，而他的批发商店，就在广场的另一侧的一幢大楼。卡夫卡就读的德国中学，也在同一大楼里。如今，大楼一层，新开一家书店，名为"卡夫卡书店"，布拉格人以这种形式，展示卡夫卡与广场的渊源。

老城区广场一角与 Parizska 大街交接处的一座公寓，是卡夫卡写《饥饿艺术家》等作品的地方。住在三楼的他，可以俯瞰整个广场。巨大的胡斯雕像，教堂的钟声，陪伴他消磨孤独的生命。1924 年去世的他，没有活到二战的爆发，看到犹太同胞在广场遭遇的悲剧。当然，他更看不到 1968 年苏联军队的坦克驶进这里，在胡斯雕像前碾碎"布拉格之春"的希望……

就我而言，寻访的意外收获其实不在老城区广场周边，而是与广场有段距离的 Skorepka 街。这条街的拐角处，有一座 Max Brod 公寓大楼——1912 年，卡夫卡正是在这座公寓顶楼的一间寓所里，与费丽丝一见钟情。在随后的日子里，他们两度订婚，均又取消，对婚姻的无名恐惧，始终困扰卡夫卡，直至病逝。

我之所以对找到这个地点格外有兴趣，与自己的一篇文章有关。二十多年前，萧乾先生借我一本英文版的卡夫卡致费丽丝书信集，从中我第一次知道两人的故事，颇感好奇，还忍不住在笔记本上选译过几封，另写一篇短文《卡夫卡的情书》。

就是在眼前这幢大楼里，卡夫卡与费丽丝初次见面。他已二十九岁，却如同一位情窦初开的少年，显得格外狂热与痴迷。他给费丽丝写信后，焦虑而忐忑不安地等待回复。费丽丝终于回信了，他欣喜若狂，当即写下四页长信。在随后另一封信中，他这样描述自己回信时的感觉："十五天前，在上午十点我接到你的第一封信。很快就坐下来给你写了满满四大页的信。我并不后悔这样做，因为我从未像那样带着极度高兴来消磨时间。唯一遗憾的是，我写完了四页，才是我所想说的所有话的开头……"卡夫卡怕费丽丝寄给他的信丢失，还细心地在信纸上方特地加上一句："我真有点神经过敏，担心有些信可能会丢失，大概是你没有把地址写准确。应该这样写：poric有两个勾，分别在r和c上面，另外，你还应该寄挂号。"

在情书里读卡夫卡的敏感。我在《卡夫卡的情书》中这样写道："《变形记》《城堡》中的卡夫卡，是冰冷到极点的忧郁和孤独，读时让你感到无名的压抑。情书中的卡夫卡，却是热得让人难以置信的思念和柔情，读时让你觉得看到一颗爱得近乎发狂的心。卡夫卡写给费丽丝的信，几百封，厚达五百多页。他与费丽丝两度订婚，两度取消，最终费丽丝嫁给他人。生性忧郁的卡夫卡，在爱情上过于敏感，常常产生难以名状的自我纷扰。敏感的另一面，却产生了情书的细腻，促成了滚烫的宣泄。在许多给费丽丝的情书中，他无须掩饰，即便根子里仍是忧郁和孤独，但与小说中的卡夫卡完全是两种形态。"

许多年后，有机会伫立在卡夫卡与费丽丝初次见面的大楼前，布拉格的寻访，仿佛一下子有了亲近的感觉。

巧的是，十天之后，当我在瑞士日内瓦逛周六旧书摊时，一眼就看到了一本法文版的卡夫卡致费丽丝的情书集。赶紧为这本书拍照，与布拉格拍摄的第一张雕塑照片，正好形成一个有意思的衔接。

卡夫卡，真的无处不在。

四

拜谒卡夫卡，难道还有比走在雨中的冷清与静谧更好的意境吗？

细雨纷纷，飘洒在林荫道的葱翠树冠，只有少许水滴，溅到布满青苔的沙砾小道。偌大的墓地，冷清而静谧，只有我们夫妇两人打着伞走在小道上。太冷清了，静得能听到雨敲打树冠与伞，听到脚底发出的被雨水打湿的细微声。

在布拉格去了三个墓地。两个最有名、拜谒者最多的墓地都不属于卡夫卡。

在老城区，距卡夫卡雕像不远处有一旧犹太人墓地。据介绍，在布拉格历史上，犹太教徒曾经只被允许在被隔离的一定地区内生活，而且没有土地的所有权。在一段很长的历史时期里，犹太人一直受到差别对待。旧犹太人墓地就在这一犹太人居住区内。如今，这一墓地里现存一万多座墓碑，最古老的一块墓碑立于1439年。但这一墓地早在1787年就被废弃。环绕墓地，有著名的教堂，二次大战期间，布拉格抵抗组织的最后一批成员就躲藏在教堂的地下室，被发现后全部遇难。墓地和教堂历史悠久，位置便利，吸引游客纷至沓来。我看到有的人头戴小白帽，神情凝重，在苔藓斑斑参差歪斜的墓碑间缓缓走过。我相信他们是犹太人，来这里凭吊先祖与先烈。

另一处捷克文化名人墓地位于布拉格西南近郊的威舍堡。威舍堡是布拉格最为古老的地区之一，斯美塔那的交响乐《我的祖国》的第一乐章，就是以"维舍堡"为题。穿过威舍堡古道，走进一片树林，再往前，圣彼得圣保罗教堂迎面矗立，教堂旁即是著名的捷克文化名人墓地。音乐家斯美塔那、德沃夏克，画家姆哈——我只知道这些名字——

都安葬在此。前来拜谒的人不少，他们找着各自倾慕的名人，在墓碑前献一束花，摆几块石头。

教堂报时钟声敲响，余音袅袅时，又奏起一句斯美塔那的乐句。墓地之美，生者与死者的呼应，尽在其中。

卡夫卡与这里无关。孤独者匆匆辞世，生前本不属于布拉格的主流文化，身后他依然与之疏远。虽然那位德国评论家说卡夫卡"作为不入帮会的犹太人，他在犹太人中不是自己人"，但卡夫卡在精神与宗教上，在血缘上，依然与犹太人的传统不可分离。他被安葬在布拉格东郊一个犹太人墓地。

乘坐 A 线地铁至 Zelivskeho 站，走出地铁口，对面即是犹太人墓地。相信这是城里的旧墓地被废弃后犹太人修建的另一个墓地，那么，距今也有二百多年历史了。显然，管理人员知道，来到这里的游客，大多是为卡夫卡而来。他们周到地在入口处竖一指示牌，标明卡夫卡墓碑的位置，就在围墙前的第一排。

与威舍堡名人墓地相比，这里多了肃穆，多了朴素，墓碑也以简单的石碑为主，远不像威舍堡名人墓地那样注重墓碑设计，更少有构思巧妙、雕刻细致、风格张扬的雕塑。但这里有更多的树，树干上长着更多的青苔；有更多的草，厚厚的草把墓碑后面的地盖得严严实实。一切显得收敛，一切与自然融为一体。

实际上，卡夫卡并没有自己单独的墓碑，他与父母安葬在一起，拥有同一个墓碑。墓碑不大，约两米，灰色花岗岩，被雕刻成不规则的方尖碑状。卡夫卡 1924 年先于父母去世，父亲与母亲分别去世于 1931、1934 年。墓碑上，卡夫卡的名字刻在最上面，下面依次是父亲和母亲。卡夫卡是否去世之后就被安葬于此，墓碑立于何时，未见说明。这似乎并不重要。重要的是，卡夫卡以这种形式永远与父母在一起，哪怕他生前总是恐惧父亲的威严与粗暴，但在他孤独辞世后，仍只有父母接纳他，并以合葬的方式永远同在。

与他们同在的还有卡夫卡的三个妹妹。卡夫卡墓碑下方，另有一块薄薄的黑色大理石，上面刻着三个妹妹的名字。她们分别出生于1889、1890、1897年，去世的时间却模糊地统一写为"1942—1943"——她们没有逃脱犹太人遭遇的种族灭绝之灾，在这期间死于纳粹集中营，遗骨难寻。如今，只有她们的名字被镌刻在石碑上，让每一个拜谒卡夫卡的人，为她们的悲剧命运而难过。

忽然发现，卡夫卡墓碑对面的围墙上，还嵌着一块又一块黑色大理石墓碑，与他的妹妹们的墓碑相同。每块墓碑上不止一个人的名字，而他们去世的时间都是在1944年前后——无疑，他们都是种族灭绝灾难中的罹难者。仔细一看，有几块墓碑上的死者，不是根据家族排列，而是根据他们的职业。一块墓碑为"作曲家"而建，有五位；一块墓碑为"视觉艺术家"而建，有六位。每块墓碑下方，还用捷克文和英文刻上"还有其他许多人"——许多无法寻找到的布拉格的犹太艺术家……他们的墓碑与卡夫卡相对，布拉格人以这种简单却又庄重异常的方式，将苦难时代犹太人艺术家群体汇聚一起，供世人拜谒。

凝望墓碑，只有叹息。不敢设想，卡夫卡如果活到二战爆发。爱因斯坦逃离了德国，茨威格逃离了奥地利，孤独的卡夫卡有可能逃离布拉格吗？他能摆脱与妹妹们一样的、与那些艺术家一样的结局吗？命运的幸或不幸，真的难以界定。

雨下着，落在卡夫卡墓碑上。

回到北京，再看照片，发现雨水已淋湿墓碑上端，正向卡夫卡的名字蔓延……

原载《海燕》2009年第9期

芬兰湾的阳光

汤世杰

———————

　　机会来得总那么突然：瑞航从欧洲飞往北京，已然掠过莫斯科上空的飞机竟发现"故障"，须返航赫尔辛基逗留十来个小时，等待另一架飞机。对此我将信将疑：既有故障，岂能再飞？我宁可相信那就是命数，天意，让我能从聂耳的故乡去到西贝柳斯的故乡。从那时起，我便满心期待着与我心仪的西贝柳斯相遇。住进赫尔辛基一家宾馆已是当地午夜二点，早上七点，我便在透过窗帘散射进来的煦微晨光中迷迷糊糊地醒来。窗帘拉开，嗬，好一片芬兰湾的阳光，晃得我几乎睁不开眼！其时一支乐曲也在我心中悠然奏响：西贝柳斯，《芬兰颂》，庄严、优雅、深情。可惜时间太短，不能前去西贝柳斯故里，只来得及到旅游码头看看。

　　旅游码头既热闹又安静。海边鱼市人头攒动，却悄无声息。靠近我们坐的那条游船边，从一艘跟晨光一起打海上归来的渔船上送下来的鱼鲜活得要命，银光闪闪，活蹦乱跳，像刚从睡梦中惊醒。赫尔辛基堪称吃鱼者的天堂，三文鱼、青鱼、鲑鱼、淡水鳕鱼虽应有尽有，可看来鲜鱼活鱼平时也难买到——鱼市一头有长长一排货摊，阳光透过深红或橘黄的篷布，把货摊上的鱼映得金光灿烂。从长达一米的大鱼到小及拇指的小鱼，全都清洗得干干净净，摆放得整整齐齐，看上去就像是工厂里生产的同一品牌、不同规格的诺基亚手机。

匆匆登上游船，阳光便跳动起来！原想在靠近北极的世界最北之都赫尔辛基，阳光怎么都会比别处要淡，要弱，要苍白，结果却大错特错，那是一种独特到让人咋舌的阳光：倘若同样作为音乐家聂耳故乡的云南阳光明亮如瀑，躁烈如火，西贝柳斯的故乡芬兰湾的阳光却清澈如水、温润如絮，跳跃闪动如同精魂——那怎么都让我想起和理查德·施特劳斯一起，被称作现代音乐中两个伟大"S"的西贝柳斯，想起他的《芬兰颂》。

那条双层机动游船不小也不大，船主是个四十多岁的男人，粗壮、彪悍，既是船长、舵工也是水手，叼着一支粗大的雪茄，跟每个上船的游客打着招呼。游船蓝白相间，那是大海的颜色，蓝的是海水，白的是浪花。或许我们将坐在一朵浪花上畅游波罗的海。先上顶舱，那里正好欣赏波罗的海的景色。怎么看，那个古典油画般浓墨重彩的海港，都在向我炫耀它清幽的斑斓明媚的平静；同样蓝白色相间的超级客轮静泊远处，更远的海面上，几艘硕大舰艇深黑色的船体一派威严。而近处，一艘艘造型古雅、色泽斑斓的木桅游船，桅杆整齐排列，风樯半卷，舟楫跳荡——现代与古典交融，既展示着现代化和富裕，又阐释着优雅与闲适。海鸥不时从头上掠过，甚而歇落到船上，见怪不怪地张望着我们这些来自异国的游人。

我知道，如果游船一直朝东南开，就是俄罗斯，就是历史。1809年瑞典人退出后的芬兰，一度沦为俄罗斯帝国的自治大公国，直到1917年方宣告独立。海风拂来，我没闻到文学作品中常常描写的咸腥味儿，倒在回想中隐隐闻到了历史严峻的血腥。而此刻，芬兰湾的海风清新洁净，甚至有点儿温馨。置身于图画之中，我总在想一个问题：一幅优美如诗的图画，其魂为何？又在哪里？芬兰人有许多骄傲，他们可以说，芬兰寒冷，可从芬兰拉普兰森林雪地走出的圣诞老人，每年都给全世界的孩子送去甜蜜、欢乐和温暖；芬兰遥远，可芬兰的"诺基亚"手机拉近了当今世界人与人之间的距离。若要想用一个人来代表芬兰，则非西贝柳斯和他的音乐莫属。

赶巧，当我回到下层船舱时，还真听到了西贝柳斯的乐曲——是船长播放的，西贝柳斯的《芬兰颂》。叼着一支粗大雪茄的船长，正边驾船边凝神聆听。那用芬兰民歌忧伤曲调组成的交响诗，以一种不和谐的和声号召反抗，最终成了民族主义音乐的典型代表，成了号召芬兰人民反抗沙俄统治的号角，直至被沙俄政府禁止在芬兰演奏。可那举世闻名的乐声，不屈不挠地向全世界诉说着这个位于北极圈的小国为生存进行的殊死斗争，让全世界确信芬兰绝不是沙俄的附属国。据说它甚至比千万本小册子和报刊论文都重要得多，被誉为芬兰的"第二国歌"。

乐曲似乎刚刚开始。铜管乐的铿锵合奏呈现出的主题粗犷、强烈而沉重，表达着受禁锢的人民所蕴藏的伟大力量和对自由的渴望。随后节奏突然加快，在低音弦乐器森然背景的烘托下，铜管乐器和定音鼓带出一串极其刺激的节奏，将我带入那有着紧张的戏剧性冲突的战斗场面；一段高潮性的华彩乐章之后，低音乐器简约沉稳的音型转而成为对胜利的期待，明朗、纯朴，如同一支有着舞蹈性节奏的欢快民歌。紧接着，音色浑圆饱满的木管乐器再次呈现出的必胜信心，与胜利颂歌的主题交相汇融，一个气势磅礴的斗争场面如在眼前。铜管群低沉冷峻的怒吼，犹如一道闪光刺破沉重的黑暗。最后的颂歌庄严舒缓，神圣的光明降临，那是芬兰民族的骄傲。芬兰民族的赞美诗——历经一个多世纪，西贝柳斯的《芬兰颂》此刻听上去依然叫人热血沸涌。我不禁再一次想起云南，想起聂耳。

芬兰至今都没忘记西贝柳斯：大海和阳光没有忘记，冰雪和寒冬也没有忘记。独立后，芬兰政府宣布颁给西贝柳斯终身年金，鼓励他为芬兰民族创作更多更好的乐曲。他甚至被称为"芬兰民族之魂"，头像也印上了芬兰原来的马克钞票。自1950年起，一年一度在赫尔辛基举办的西贝柳斯音乐周，至今已是著名的国际性音乐节，一个没有艺术魅力和杰出艺术家的城市，怎么都算不上有文化根基的城市。1957年，西贝柳斯以九十二岁高龄去世，芬兰政府高调地为他举行国葬，赫尔辛基则为他立了一座纪念碑，六百多根白色不锈钢管高低错落，形似一台管风琴，由芬兰女雕塑家艾拉·希拉图南仅用一天时间完成，每根钢管的处理都展现出芬兰金属处理的出色工艺。好玩的是，听说一位芬兰总统曾将一座西贝柳斯纪念碑模型送给来访的戈尔巴乔夫，接过那个纪念碑模型时，不知戈尔巴乔夫心里到底是甜是苦还是酸。

而西贝柳斯的家乡——赫尔辛基以北一百二十多公里的海门林纳小镇，其纪念方式却独特得到家：除了一座西贝柳斯大理石头像雕塑，小镇既没办纪念馆，也没开放故居。镇中心的奥拉湖畔森林环绕，湖水幽蓝，少年西贝柳斯常到那里用小提琴抒发他对大自然的热爱。森林给了他灵感，他亦终生热爱森林。建于13世纪的"海门城堡"，厚厚的城墙、高高的瞭望塔、城堡外的护城河，历尽沧桑倒更显雄奇深邃，少年西贝柳斯和他的伙伴喜欢在那里玩攻守城防的游戏，祖国至上、独立至尊从那时起便扎根于他幼小的心灵中。养育、熏陶了一位伟大音乐家的小镇，并没以名人故里炫耀于世，招徕游人，一切都坚守着与西贝柳斯儿时一样的古朴、优雅与宁静——艺术源于自然与历史。想想我们，有的地方总想用名人效应发财的乱拆乱建，怎么都痛心。

下船时我向那位船长、舵工兼水手行了个注目礼：谢谢他那一团团香得要命的雪茄味，谢谢他播放的西贝柳斯不朽的音乐——或许那就是芬兰湾阳光永远的魂。对了，船长那天带来的他那个十来岁的男孩，也一直坐在他身边，专注地听着《芬兰颂》——那个芬兰孩子的脸上，满满的尽皆芬兰的阳光。

原载《解放日报》2009年6月13日

在远方

邵 丽

———————

一

我从未经历过那么漫长的等待，天一直不亮。

从中国的北京到德国的法兰克福，需要12个小时。飞机下午2点钟起飞，本应该是夜间两点钟到达，可我是依照着北京时间计算，到了法兰克福就要扣除6个小时的时差。究竟是怎么个差，我这等糊涂的脑袋，至今仍然是糊涂着，没有人能对我解释清楚。但自北京2点钟起飞，飞行12个小时后，是法兰克福时间晚上8点钟，这似乎是铁的事实，我必须得接受。

晚上8点钟，看到的是法兰克福的夜，灯光不如北京的绚丽，更不要说上海，低矮稀疏的楼房蹲在路两边像沉默的史前动物。

车子把一群茫然的中国作家拉到位于郊区的假日酒店。全世界的假日酒店似乎都在城市的郊区，纽约是，巴黎也是。唯有中国的许多城市中心，常常出现这一朵花的标志。房间是提前安排好的，没有晚饭（飞机上已经提供晚餐），我们只需要拿卡去睡觉。我固执着不肯改变手机上的时间，领队告诉我们明天7点叫早，8点吃早餐。明天的7点是法兰克福的几点呢？困倦到已经懒得去想任何。手机显示时间是夜4点，我倒头睡下，被困乏深埋。睡到9点钟醒来，窗外完全还黑暗着，可是依照生物钟，我已经需要如厕，然后刷牙洗脸，然后享受一顿营养丰富的早餐。我做完了前半段的所有事情，天仍然是黑着。直到这时，我才开始严肃地计算起时间，用我的时间往后推6小时。天哪，我饥饿的胃要想在法兰克福的8点钟得到安抚，必须要等到"我"时间的下午2点！

漂在无边的黑夜里，时间阔绰得让人心虚，我从未经历过这样的等待。

天终于亮了，是几十年都不曾有过的透明。空气清新而冷冽，也许是久等生幻，仿佛回到孩童，是除夕的早晨，那种欢喜如同新生。

法兰克福的早晨是一场色彩的盛宴，如打开一幅新鲜的油画。天气晴朗，阔大的天空是用湖蓝打了底子，云是额外用柔软的绵安置上去的，好看得就像是云。与底色隔着距离，悬在蓝之上。透过云朵，依然可以看到底子的蓝。云朵儿一会儿就散了，或者飘到另一处。这样的飘逸俊美，不是云又能是什么呢?!

我给女儿发了条彩信，我说，我这边的天空好美啊。女儿回复：然后呢？

然后就是树。

我从没见过那么多的树，那么多的大树，那么大的树林，那么多的大树林。附近没有别的房屋，大树林环绕着假日酒店，假日酒店依偎着树林，像一对永远也不起争执的玩伴。这样的景致让人疑惑，在电影里我们偶尔相遇。温度已经寒到叫人瑟缩，树叶仍然在颐养天年，洋红，杏黄，碧绿，而且大多的树上挂着紫红的浆果，晶莹剔透。还有历经千百年的橡树，树下掉落着熟透的橡子。

然后呢?

然后在一大片的空地中央，有一棵或者两棵单独的树，同伴说，树冠下面可以摆10桌酒席。

然后呢?

然后我们几个人顺着林间的道路走过一个飘着浓香的咖啡屋。然后我们走进一个房车服务区。一片偌大的园子，有数百年的古树，有人工种植的鲜花和草地，还有一个老妇人在收拾她的蔬菜。菜的颜色非常鲜艳，叫不出名称。我们想走过去拍照，一条漂亮的大肥狗突然就站立起来。那老妇人善意地笑着，我们却不敢走到近前去。

大约有几百辆房车，像是对外来者进行一场奢华的展示。有的是夜泊，有的则是长期停靠在那里。车子的周围有低矮的栅栏，栅栏上缠绕着旺盛的植物，栅栏里有生活用具，还有昨夜洗过的衣服。不知道里面的人是租住，还是以车为家的主人? 男士深感惊叹，他们欣喜这种游动的生活方式，充满着自由和暧昧的想象。中国大约还不行，就算买得起房车，总不能夜间就把车停在大马路上，不安全是次要，主要是排污、清洗、加油、加水。在德国，这样的服务中心体贴入微，哪怕是临时停泊，停车位的环境也像是一个安全舒适的家。

感叹德国的汽车之兴盛，还感叹他们能把车停在天堂里。

二

我们到法兰克福是参加一年一度的图书展示，今年中国是书展的主宾国。时任国家副主席的习近平也来参加书展的开幕式，中国作协主席铁凝带着100个作家助阵。德国的报纸把这次大型的文化活动称之为文化侵略。其实"侵略者"正低首下心，怀揣着对海涅、歌德、尼采、海德格尔、康德、马克斯·韦伯等思想巨擘高山仰止般的景仰。

下午3点多的会议，车子2点多钟还拉着我们在到处寻找会址。没有标志，没有警戒，只有不时出现的书展广告牌，上面有"中国纸"之类的内容。

半个小时之后，时任中国国家副主席习近平，德国总理默克尔就要出现在这样一个世界性的会议上，助阵的我们还正在被一个不识途的司机载着寻找进口。没有欢迎的人群，没有列队的警察。道路上的行人，笃定地走着他们的路。这在中国，是难以想象的。

我注意到法兰克福的街道两旁，现代建筑掺着弥漫着浓重历史痕迹的古建筑并肩而立，时空交错，令人百感交集。树木和建筑融为一体，没有整齐划一的痕迹。我看到一棵幼苗在街心的草地上，被3根木棍保护着，想象是一颗种子飘来，它喜欢，就在这个地方生了根。不远处是一棵大树，看起来有数百年的年龄。一老一少相得益彰，年老的已"廓尔忘言"，年少的则喜不自禁。在德国能看到许多这样的景象，大树和小树参差不齐，却又觉得格外地和谐。宾馆门前的空地上有时只种植一棵芦草，芦花孤芳自赏地开着，像行为艺术家。

我们还正在会场寻找位置的时候，默克尔携习近平已经由公共通道平静出场。只有4个警察立在4个通道上。人顷刻之间安静下来，静得透着庄严，原本是一种生长在骨子里的礼貌。这个国家到处浸淫着这种良好的秩序。

铁凝的演讲非常漂亮，这个女人是可以代表东方美的那种，内敛而厚实，激情而智慧。接着是作家莫言，人不够帅，普通话也不标准，但也自有亚细亚那种混沌的力量感。他说，他的奶奶曾经告诉他，德国人是没有膝盖骨的，推倒了就站不起来，而且德国人生下来舌头是两半的，否则，说不出那种奇怪的语言。他不清楚德国人的祖先把中国人想象成什么样子，他看过一幅西洋画，中国人生活在树上，脑袋上扎着小辫子。莫言先生要表达的是，中德文化需要交流。德国人喜欢这个不甚英俊的中国作家，他的电影《红高粱》在这个国家播种且收获甚丰。接下来是习近平，他极为沉稳，表情平和安详，举止透着大国的底气。在中国，似乎没有谁去注意国家领导人的神态。习近平演讲完毕，掌声四起，明显的有中国元素。中国人从没有像走出国门这样爱国，这样爱自己的领导人。

那一天的冷餐会吃得非常"冷"，促狭得像是一次匆忙的排练。冰凉的饮料更让人觉得寒气逼人。但我们善始善终，晚上又陪同习主席、默克尔总理看了一场上海交响乐团的演出。仍然没看到警戒。

演出开始之前，我们在休息厅吃东西。一位作家看了节目单说，其实这场演出只有郎朗的钢琴是值得中国人享受的，看别的纯属捧场子。同桌的一位不相识的中国姑娘突然笑了，再看节目单上的照片，方知是今晚吹长笛的那位。我们也笑了。姑娘那晚的长笛吹得很不错，德国人很赏识，中国人很赏心。郎朗还是一个帅气的娃娃，德国人不知道许多中国作家，但知道郎朗。掌声过于激烈，郎朗返了两次场。音乐真让人羡慕，它是最好的外交语言，而且不需要翻译。

三

在德国，一定要坐汽车，一定要在高速公路上行走。在高速上行走的每一秒钟，变幻的景色都会是油画般地让人目不暇接。相机可以闭上眼睛拍，按一下快门就是一幅画，丝毫都不夸张。那些陆续展现的森林优雅俊秀。青，绿，黄，红五光十色。哪怕你头发都斑白了，仍然可以像孩子一样尖叫，不会有人责备你大惊小怪。德国最让人感佩的，不是汽车，不是发达的工业，我觉得是这面积广大的古老森林，这不仅仅是靠国家的经济实力得以实现的，这些树是古老文明的根。

若是有可能，就到沿途的小镇上看一看。可以是任意的一个小镇，漂亮的程度相当于北京的高档社区。童话一样的建筑，每座小房子的门前都有草地，草地上停着各式各样的车。镇上的农民不像是农民，是比城里人更安适的乡村绅士。那位40多岁的农民，戴着金丝眼镜，坐在阳光照耀的葡萄架下读德文小说。他点头致意，听不懂我们说什么，但大致能从我们的眼睛里读出欣赏。小镇子上有旅馆，有图书馆，有设施完备的乡村医院。小镇街道上到处都生长着古老的树，树冠华茂，树的年龄也许和镇子的历史一样悠长。我问成长在农村的评论家孙荪老师，中国的村庄为什么没有这样的树？孙荪老师说："有。"他说："小的时候，村庄的每一条街道都有大树，是爷爷的爷爷们栽下的，老得都成了精。男人在树下吃饭，女人在树下做针线活，小孩子在树上树下嬉戏。1958年大炼钢铁，把树都砍了劈柴炼钢用了。"生于20世纪50年代的诗人马新朝说，他记忆中，乡村已经没有树了，他们村子2000多口人，只剩一棵很大的桃树。每年桃子成熟的日子，全村的小孩都兴奋得无法入睡。我的印象里，中国农村的树后来都栽在自家的院子里，现在统一规划的乡村连院子都省略了。中国的城市现在也在注重绿化，投巨资购买树木，但是在新建的城市中，几乎找不到一棵大树。从城市到乡村都找不到古树，我们仿佛丢失了历史。

二战时，很多德国人宁愿冻死饿死都不愿意毁掉大树。这像奥斯维辛的乐队一样，让人感觉到文化的执拗。

田野里到处是一片片的森林，林地与林地之间有农人种植的庄稼，田地像是被梳子梳过一样整洁漂亮，更像是森林公园。始终没有见到一个农人。地头堆放着几只包装整齐漂亮、统一尺码的大圆盘一样的东西。导游说，那是收获后的秸秆，用机器打包，有合适的用途就可直接拉走。德国的田地，看不到任何农业垃圾。

中国的农民，看到自己的新农村很兴奋，围着新房笑得满脸开花。但他们的笑容不是被文化砌起来的，里面满是砂眼；若是让我们的农民兄弟到葡萄架下喝下午茶、读小说，恐怕不只是教书写书和印书的同志需要努力吧。

一个中国的老人说，社会主义初级阶段至少需要100年。我信。

车子在高速公路上行走，几个小时很快就过去了，因为你一点也不会感觉疲乏。近处的天空很高，远处的天空很低，云朵儿一直低到地平线去。你会有一种真实的错觉，再踩一脚油门，就飞到天边了。那样的一种开阔，天高云淡，依稀在童年的田野里见过。污染中国的天空一天天老得伛偻起来。

还有鸟，几百只的一个庞大的鸟群，飞在云之下，飞在云之上。有队列的是大雁，一会儿排成人字，一会儿排成一字，能清晰地看到头雁与后面的雁换岗的情形。我曾经对女儿讲我们小时候，孩子看到雁群都会大声喊叫，大雁大雁排成队，大雁大雁排成行。女儿说，什么样的雁啊，你们傻不傻啊。女儿的头顶从没飞过雁，她当然找不到我们儿时的那种兴奋。女儿现在已经21岁了，她去过好几个国家。今后我一定要提醒她看看天空中有没有雁队，一个天空中飞满雁队的国家才是最值得尊重的。因为这些追着太阳生存的精灵，他们的飞行高度可以超越喜马拉雅山峰。

四

莱比锡是郑州的友好城市，我们这次德国之行还肩负着与友城进行文化交流的任务。领队有点看不起那个小地方，以为是类似我们省辖市的小城。后来我们挂在嘴边的一句话是，只有去了莱比锡才会明白不去的遗憾。这座城市是温情的，宁静祥和，民众的脸上都挂着甜美，步子迈得不疾不徐。城市人口四十来万，城区面积却有我们2个甚至3个中等城市大小。漫步莱比锡的市中心集市广场，可以看到气势恢宏的旧市政厅，已经有400多年的历史。不远处是托马斯教堂，这座华丽的殿堂建于13世纪，典型的哥特式建筑。教堂气势宏大，可以容纳上千人。巴赫在这里工作多年，彩绘玻璃窗上描绘着有关他在此活动的图片。这座城市被命名为音乐之城，教堂的乐团合唱团至今都是德国活跃的音乐团体。莱比锡的音乐大厅接待过很多著名演员，据说中国的几位著名歌手曾在这里演唱。

莱比锡的早餐是德国最好的早餐，意外的丰盛和讲究。在这里早餐不是吃，而是真正的享受。新鲜的小面包，鱼子酱，三文鱼，肉肠、奶油奶酪，还有各种浆果。苹果和梨子都像是刚刚从树上摘下来，色泽红艳，气势非凡。吃完早餐可以静心地喝杯早茶，咖啡自然不必说。茶是自己任意挑选冲泡，我数了案子上茶的品种，有10多样。餐厅是开放的，不查证件，来者都是客，全凭口一张，小姐们只是问声早安。像这样的败家子，在国内的五星级宾馆也不好找。

这也许就是莱比锡市民脸上那种笃定的原因，带有明显的软实力特质，不知要经过几代人的历练。现在完全有理由相信，各国之间的竞争主要体现在餐桌上。

在莱比锡，我们还吃了一顿上海人做的中餐，有饺子，我们申请再来一盘，被告之没有了。导游说，中国的饺子，因为是手工包制，很贵。我们糊涂着表示认可，好像我们在中国吃到的饺子都是机器制造。是机器制造吗？

从莱比锡出发，大约2小时就到了德国的首府柏林。我对柏林的印象就是勃兰登堡门，它是德国复杂多变的历史见证人。1961年，柏林墙建立之后，东西方阵营在此一劈两半。1989年墙倒之后，东方阵营一地鸡毛，德国统一。国会大厦现在是联邦议会的所在地，穹形的圆顶已经成为柏林城新地标。因为太冷，我几乎对这个城市失去知觉。在北京我们分明还穿着衬衣，在这里，温度却降到零摄氏度。身体的每一块肌肉都是僵硬的，我们失去耐心和从容，在柏林墙下匆匆而过。

五

波茨坦相当于柏林的郊区，却是省会的所在地。我看到的全是树，我的眼睛或许一直是盯着这些树。这个城市其实可以作为德国的植物园。我没有看到城市和建筑物，葳蕤的树木花草，覆盖着每一寸土地。我更喜欢香苏栖宫的葡萄，那些葡萄是建筑的一部分，它们年代久远，精灵一样散发着诡谲的气息。这座仿造法国的凡尔赛宫建造的皇家宫殿，处处充斥着阴柔的气息，植物在每一个细节上占据上风，而宫殿和宫殿里四处悬挂的世界名画，都略微苍白起来。

西西里宫之所以著名，一个重要的原因是二战时期曾经在这里签署举世瞩目的《波茨坦公告》。当时在绿呢桌前谈笑风生纵横捭阖的政治家已经被装在盒子里，空留下历史在这里踱步，就像吸烟的人走后留下满屋子的烟雾。较之别的宫廷建筑，它朴实无华，整体风格用现代的眼光看，具有简洁的艺术个性。宫殿内部设施完全保持原貌，签约时的桌椅家具，壁画，瓷器都保存完好。苏俄当年专门为会议制作的宫灯，历经六十几个春秋，依然把持着重要的位置，在大厅的上空流布着久远的皇家气派。

西西里宫长在森林中央，古木参天，让观者顿生敬意。一个总是坐在历史前排的国度，步步都是历史；而参天的树木，好像是它坚定的证人（又说到树，可这绝不是车轱辘话）。曾经，我们信仰的是同一个主义，这个主义在德国被钳制在人文的轨道上，而在中国却常常脱轨。这一点，是五千年文明的隐痛还是暴疾？

从柏林返回法兰克福，我们改乘火车。导游告诉我们，到德国一定要感受火车。

关于火车，我曾经写过数千言的文字，童年的小火车蛇一样地在某一处蜿蜒而行，它所带来的对于遥远的远方的向往，在幼小的心间疼痛。远方在何方？相隔几十年后，在地球的另一侧，却回到儿时，像是寂寞的午后，眼睛凝望远天，大片的鸟儿盘旋着，消隐于天的尽头。在这时，在遥远的异乡，我们脆弱的心灵依然无处停靠。在飞速穿行的德国火车上，我恍然生出哭泣的悲凉，我们还要走多长的路，才能抵达我们心的远方？

原载《中华读书报》2010年9月

佛罗伦斯记（节选）

余光中

唯美之旅

将近两百年前，拜伦去国，自放于欧陆，在意大利流连最久，尤其在威尼斯。其间他两访佛罗伦斯，对文艺复兴的艺术并不重视，却说美术馆中游客太挤，深以为苦。佛罗伦斯游客之多，似乎一直延续至今，因为今年八月，我也在拥挤之列。不过我的心情，进香多于游乐。佛罗伦斯之地，是我的唯美之旅：那许多久仰的绘画、雕塑、建筑，都在中世纪那名城之中。

不到一百年前，徐志摩游学欧陆，把佛罗伦斯的意大利文原名Firenze译成"翡冷翠"；大家艳羡不已，认为绝美。其实这译名根本不合真相，因为佛罗伦斯在鸟瞰之下，鳞次栉比，起伏绵延着一片陶红的屋顶，看得人眼热颊暖，根本不冷，更不翡翠。四野的森林倒是绿意怡人，但是整个市区没有现代的摩天大厦来唐突中世纪，或冒犯文艺复兴，真不失为和谐典雅。

八月初，我和家人从各地飞去意大利，在里伏诺上了邮轮"交响乐"号（Sinfonia），在西地中海漫游了七天，停靠的港口包括蒙特卡罗、瓦伦西亚、依比沙、突尼斯、卡塔尼亚、那颇利，最后仍在里伏诺上岸，去佛罗伦斯小住一星期。我们预定的一家所谓"公寓旅馆"，不偏不倚，正在怀古念旧的市中心。门高厅敞，二楼瓷砖铺地，挑高略如当代的三楼，却有古色古香双扉开阔的电梯辘辘可乘，否则也有宽坦的铁梯三十八级可上。我们（亦即二老）和季珊住的套房，楼中有楼，上面的一半悬空，另有楼梯可扶缆索而上。上面的半楼又房中有房，可住三人。季珊好奇，挑了上楼；我们就住在下楼：长桌上有一大盘，累累盛满了苹果、葡萄、李子、水蜜桃、葡萄柚。青葡萄饱满新鲜，粒粒可口。紫透的李子熟而不酸，出人意外。水蜜桃则软硬适中，汁味俱胜。满盘丰收，视觉上是西洋画理想的"静物"。满口甘洌，味觉上令饕餮客有身如牧神之感。这一盘口福，三人在早餐前先尝，足足享用了三天。

除此，桌上尚备 La Badessa 白酒一樽，高脚的玻璃杯一对。壁灯辉煌，设计别致，有巴洛克风。壁高而宽，各挂人物油画，为文艺复兴体，眼神灼灼，有意无意地随我们转瞳。豪华亮丽的窗帷长垂直落，高可三人。衣橱、书柜之类，不但坚厚，而且顺手。钥匙应手开关，毫不迟钝；体贴的是，为防客人遗失，还系上了流苏花穗。下楼主卧室一隅通厨房，面积不大，却玲珑紧凑，炉灶、冰箱、微波炉、洗碗机、高脚凳，一应俱全。杯壶盘碟，刀叉匙杓之类，各有抽屉，不但成套成组，而且都有烙记，一时我们喜出望外，醒悟这里原来应是钟鸣鼎食之家。准此，则当年梅迪琪望族必更豪贵，可想而知。

更高兴的是，我们的长巷 Via dei Servi，一端朝着西南，尽头有楼巍然矗起，天为之窄，视觉的印象是耐看好看的低调橘色，那便是远近共仰、出现在一切封面上的 Duomo 大教堂了。

米翁晚作

我们不远千里来游佛罗伦斯，志在乌菲琪美术馆，不过珊珊从美国预约的入场是在八月十日，所以到佛城次日，我们便就近去参观大教堂了。Duomo 的全名是 Catedrale di Santa Maria de Fiore，大圆头顶上更拔起的顶阁（capola）独领风光，全名为 la cupola di Filippo Brunelleschi。排队等候进场的长龙令人裹足，我们就退而求次，买票进了大教堂对面的珍藏美术馆，所谓 Opera Museum，发现里面的展品出乎意料的丰富。

在一楼转上二楼的半梯平台上，供着米开朗琪罗晚年的杰作，也就是镇馆之宝"圣恸"像（The Duomo pietà）。这一组雕像不像梵蒂冈也名为 pietà 的那尊那么广为人知。梵蒂冈那尊是米翁 26 岁的少作，线条柔美，韵律流畅，圣母与耶稣的体态都很年轻，母子同命之情简直赋白石以心肠。但是他晚年的同题之作却哀沉得多，不但耶稣的面容布满沧桑，垂头丧气，四肢无力；而且右边来相扶的是抹大拉的玛丽亚，左边来相托却半隐于背景的才是圣母。更特别的是，站在耶稣背后，黯然俯视着他的老者尼可代慕斯（Nicodemus），原是法利赛人，后来皈依，并协助耶稣的丧葬。据说米开朗琪罗将尼可代慕斯的面容雕成自己的相貌，原意是用这件雕像来做自己的镇墓之宝。米翁晚年自伤老去，常陷入深沉的忧郁，对这件苦雕了八年的力作竟感力不从心。他面对这块大理巨石，发现不但太硬，而且质地不纯，凿刀一攻坚，火星就四溅，终于挥锤痛捣，灰心放弃。此刻岌岌然充塞我眼前的未完成作品，注意看时，才发现耶稣已无左腿，而臂也有两截是断后重接。圣母的面容也尚未雕好。据说是事后，另一雕刻家班第尼（Francesco Bandini）与米翁徒弟卡加尼（Tiberio Calcagni）合力修补而成。

馆中所展艺品当初都是大教堂及觉陀钟楼外壁的饰物，后来才收来户内珍藏。其中有浮雕54件：六边框者26件，菱形框者28件，琳琅四壁，印证的全是古希腊的文化生活。所有浮雕都以人像为主，其姿态或背景则表示其发明或贡献。

例如六边框的一、二、三号，主题便是上帝造亚当，再由亚当肋下抽出夏娃，于是亚当耕田，夏娃织布。第四框是牧人的祖师耶巴（Jabal）。第五框是弹琴乐人的祖师犹巴（Jubal）。第六框是铁匠始祖土巴甘（Tubalcain）。第七框是农人始祖诺亚（Noah）。文明一路展开，乃有十四号迪大勒（Daedalus）创始的飞行与科技，二十号是雕刻的始祖费迪亚斯，二十四号是逻辑与辩证的开山祖柏拉图与亚里士多德，二十五号是乐圣或诗圣奥费厄斯，二十六号是几何与算术的大师欧几里得和华达哥拉斯。

菱形框一号的浮雕是希腊神话第一代的农神萨腾（Saturn）；二号至七号则分别是朱彼特，却穿着基督教僧袍，手持十字架与高脚杯，象征信仰；战神Mars状若骑士；日神亚波罗戴上金冠，手持权杖与日轮；爱神维纳斯掌控着一对恋人；众神之使者墨刍立，带着黄道的双子宫；月神就座于海潮，右手托一座喷水池。其他菱形的主题则有些与六边形重复，有些是表扬美德，例如信仰、慈悲、谨慎、正义、节制、坚决、忏悔、婚姻，等等。

圣母抱圣婴的画像或雕像，该是西洋艺术最普遍的主题了，但是圣婴往往显得不够稚气，甚至有些老气，难称可爱。大教堂美术馆此室门楣上半圆拱形的浮雕，皮沙诺（Andrea Pisano）的作品Madonnacol Bambino所雕的圣婴却稚态可掬：圣母用右手食指在他胸口呵痒，他的双手却作势要把她的手推开。这温馨的一景予我莫大的惊喜。神圣的场面未必要排斥欢悦。同样地，馆藏波迪贾尼（Pagno di Lapo Portigiani）的"母与子"，耶稣依偎在年轻而满足的母亲怀里，手捧白球，憨稚可哂。母子的面容都流露着幸福的光彩，似有似无地含着笑意。我仰瞻久之，不忍离去。

馆中另有一间巨室展出两大雕塑家同题的杰作：德拉罗比亚（Luca della Robbia）与杜纳泰洛（Donatello）的连环浮雕，半依半靠在高壁上，叫作"唱诗班"（Cantoria）。掩映在廊柱之间，载歌载舞洋溢着喜悦的，或是成群的丽人，或是一伙孩童，唱着奏着圣经《诗篇》第一百五十首，传为大卫王所作。呈现的古乐器也即《诗篇》所述的长号、竖琴、箫瑟、铙钹。其中德拉罗比亚所作以柔美完整取胜，杜纳泰洛所作以粗犷不羁见长，形成亚波罗与戴奥耐塞斯对立的风格。两种风格我都欣赏，但是杜纳泰洛更引我联想，因为法国现代的"野兽派"一名与他有缘。当时马蒂斯、佛拉曼克等在1902年"秋季沙龙展"的画作，中间有一件悦目的雕品，被评论家认为"杜纳泰洛为百兽所困"乃有此恶名。

啊，乌菲琪

乌菲琪美术馆乃西洋艺术的一大宝藏，展品以绘画为主，雕刻为辅。包罗的时代始于13世纪，终于18世纪，而以文艺复兴最为鼎盛。馆在老皇宫与阿诺河之间，与河上的老桥（Ponte Vecchio）偏斜相对。8月10日，到佛罗伦斯第四日，我与家人终于持预订票列队于人龙，非常兴奋。古人过屠门是大嚼，聊以自慰，我们今天却能入屠门而大嚼，喜悦之情，唯二十年前在荷兰看梵谷大展能相比。

馆藏文艺复兴画最富，其中又数波堤切利（Sandro Botticelli，1444—1510年）所作最多，近二十件。波堤切利在佛城之全盛期，正当达·芬奇离开佛城去了米兰，而波莱沃罗（Pollaiuolo）与维罗凯俄（Verrocchio）也相继而去，最后他的靠山，梅迪琪家的劳伦佐（Lorenzo de Medici）又告逝世。其间，他以"圣母与圣婴"为题的作品风行一时，但是他赖以传后迄今的，却是以异教希腊神话为主题的两大名画：

《维纳斯之诞生》与《春之寓言》。

《维纳斯之诞生》取材于意大利诗人波利齐亚诺（Poliziano）之作品，画的是维纳斯自浪花诞生，踏着贝壳，一路随波涛漂到塞浦路斯。图左有男女相拥，正是吹她到岸的西风之神柔拂（Zeohyr）和微风女神奥莱（Aura），看得出两仙都口吹灵气。于是玫瑰缤纷漫天飘落，和千层叠浪的动感相应，形成轻快的节奏。图右有一丽人在岸上展开华衣迎接，她自己穿的是缀满花朵的银袍，可能就是高雅三女神（The Three Graces）之一。中间的主角当然就是爱神，丰浓而迤逦的金发一路披肩而下，一手护胸，一手掩私，正是含羞的肢体语言，天人合一得恰到好处。

《春之寓言》简称为《春》（Primavera），是一幅巧组人体的群像，也是灵与肉、神与形互为表里的哲理抒情诗。画中有六女二男，加上一位不分性别的天使：人体与真人大小相当，因此观众的临场感也更真切，害得我们时而近视，时而远观，进退为难。密密的金橘林中，被春之气息所召，西风之神柔拂自天而降，正俯身要抱克洛丽丝（Chloris），后来就娶了她，赋她以催花之力。她回望风神，果然口吐野花。她左边的丽人披着银袍，颇似《维纳斯之诞生》里在岸上迎接的那一位，应该就是花神Flora了。满地点缀的杂花野菌，和树上的累累金橘相映成趣。

画面正中央，头向右侧，左手按裙右手召唤的丽人，该是爱神：不但神情悠然自得，不像在《维纳斯之诞生》中那么惘然若失，还带羞涩，而且显得高出其他神仙，简直君临仙界。其实她只是立足点较高，但仔细看时，林中地面却是平的。所以画中竟有两个平面：上面的树顶保持水平，下面的地平却向观众倾侧过来，好让爱神站得高些、显些。此外，爱神的眉眼，左右其实不齐，不过观众并不觉得。如果我们头向右侧，就不会觉得有何不妥；但是如果我们向左歪头，就会惊觉她右边的眉眼高出左边许多，简直怪相！原来艺术能补现实之不足，所以李贺敢说："笔补造化天无功。"

画面真正的焦点、亮点，是在左边三人舞：高雅三女神，面貌姣好，神情从容，体态高挑而富弹性，兼具丰盈与修颀之美，薄纱轻掩之下，肌肤仍不失冰清玉洁，白皙晶莹。倒是腰身并不强调纤细，反而有点富裕。其实这倒是文艺复兴时期的美感，在拉斐尔、达·芬奇、狄兴笔下也是如此。三女神的舞姿也多变化，手势高举则越首，平举则齐胸，低扣则过腰，真是婀娜而不乱，转侧而不失呼应。画面极左是天帝朱彼特的使者墨赶立（Mercury），戴帽佩刀，脚穿带翼筒履，却背着众女神，只顾举着卡杜锡魔杖，去勾树顶的金橘。

《维纳斯之诞生》与《春之寓言》已为全世界的艺迷与观众所宠爱，说明意大利的文艺复兴已为西方的人体美下了定义，立了典范，使人惊艳而又艳羡。这典范比好莱坞的丰乳细纤腰或是时装展的高挑偏瘦，又不相同，因为从早期的圣母与爱神一直到近期的雷努瓦或莫迪里安尼画面的世间女子，腰身大半是偏于富裕。至于文艺复兴与美之典范的温婉端庄，也不同于好莱坞的轻佻或伸展台的冷傲。另一方面，男性的刚毅与俊美也由绘画与雕刻来立像：上帝的威仪、耶稣的悲苦、墨赶立的倜傥、大卫王的坚毅，无论在教堂、画廊、广场或卡片上，都到处可见。在佛罗伦斯最常见的四张脸，是耶稣、大卫、维纳斯、但丁。

另一现象使我感到惊讶，便是以文艺复兴之高雅，竟有许多名作以暴力为主题。波堤切利早年创作了一套双折的绘画，主题是犹太女侠朱帝丝（Jrdith）为救自己被围攻的危城，夜入敌营，把亚述大将霍洛弗尼（Holofernes）斩首，提回城去。左图示亚述王内巴切乃沙（Nebachadnezzar）发现大将身首异处，大惊失色。右图示女侠得手后持刀而回，女侠头顶霍洛弗尼的断头在后追随。另一佳例是且利尼（Benvenuto Cellini）的铜雕杰作《波修斯》（Perseus），显示希腊英雄屠妖之后，左手高举妖头，右手执着宝刀，身姿非常英武。又一佳例仍是雕品，便是著名的《莱阿可昂》（Laocoön），主题取自荷马与魏吉尔的史诗：据说莱阿可昂是特洛邑的祭司，力劝本城不可将希腊人留下的木马拖进城去，又把镖枪搋入木马的肋下。此举得罪了智慧兼艺术之神雅典娜；当时莱阿可昂正率领两个儿子在祭拜海神波赛冬，雅典娜便派遣两条巨蟒上岸来，将父子三人一起缠住，窒息而死。那件雕品要表现的，正是父子临难奋死挣扎的神情。公元前 2 世纪由三位艺术家（Agesandrus，Athenodorus，Polydorus）用一整块大理石雕成，直到1502年才在罗马出土，引起极大轰动，后来由梵蒂冈收藏，更导致艺评家温克曼（J. J. Winckelmann）与莱辛（G. E. Lessing）的不同诠释。我在乌菲琪意外发现这件名作，十分兴奋，瞻仰久之，奇怪观众竟然没有争相围观。后来才知道那只是佛罗伦斯雕刻家邦迪耐利（Baccio Bamdinelli）的仿制。

乌菲琪的馆藏岂容一日匆匆览尽？波堤切利的作品独占五室，观之犹未尽兴，全馆四十多间展室，名家名作多达五百多件。艺术家绝大多数是意大利人。来自他国的，如艾尔·格瑞科、冉伯让、哥耶、鲁本斯、委拉斯开兹、德拉库瓦等，往往只得一幅。镇馆之宝大半是意大利文艺复兴的名画名雕，全靠梅迪琪家族定制于前，捐赠于后。这许多代的政经豪门，不但财力雄厚，而且品位高超，始能建立乌菲琪不朽的传统。不知台湾的亿万金主，亦有志见贤思齐否。

但丁故居

佛罗伦斯对文艺复兴的贡献，并不限于艺术，也包括文学，因为广义的西方现代文学（相对于拉丁文的罗马文学），正是由但丁，佛罗伦斯之子，率先推动的。是但丁，在一般作家仍习于用拉丁文写作的传统下，把他的母语佛罗伦斯的方言提炼为诗的载体，写出灵魂在人性与神性之间、历经地狱、炼狱到天国的挣扎、奋发与得救，成为现代最伟大的史诗。一入佛城，但丁博大的精神、鹰隼矍铄的面貌便处处可见，不但大理石像高供在圣克罗且的广场和乌菲琪画廊的中庭，而且《神曲》的名句也处处立牌钉在《神曲》中提到的地点，包括《炼狱》第八章涉及的老桥（Ponte Vecchio）和《天国》第十五章涉及的但丁路一号（Via Dante Alighieri 1），竟达三十二处。

到佛城第二天下午，我们按照地图，在卵石砌成的巷弄中找到了但丁的故居（Casa di Dante）。地址是圣玛格丽妲街一号（Via Santa Margherita 1），当地的传说是但丁出生在这一带的某一座屋里，但是今日所谓的故居其实是建于1875年，原址本为中世纪的一座古塔；到了1910年，佛罗伦斯市政府为要营造中世纪街景的风味，又再加以修复。专家争论不已，唯一的共识只能确定就在这一带而已。耸立在游客面前的是一幢三层砖屋，临街的墙上悬着方正的海报旗，红底上的白圆圈里有但丁的侧像，下面供着但丁的半身铜像。在巷中遇见一队游客，为首的向导高扬着领旗，却不是来拜但丁。我不由得想起多年前在德国的吕贝克，和黄维樑参观汤默斯曼的纪念馆，观众寥寥；我告诉维樑或能得诗，第一行就是："所谓不朽，就是礼拜三只来了三个游客……"

那一天在但丁故居见到的游客倒并不寥寥，但也不算济济。《神曲》三卷各为三十三章，加上序诗共为百章。论观点则其中的宇宙论、天使论、神学均以汤默斯·阿奎纳斯的系统为据。论人物则不但引述古罗马史，还包括意大利近代史与当代史，甚至涉及但丁自己的朋友与敌人。但丁认为他那时的教会已经违背了神旨，简直就是"娼妓"，因此《地狱篇》的途中他竟见到七位教皇。所以《神曲》所述虽然是灵魂神往上帝的历程，应该以天人合一为主题，实际上由于刻画生动，却十分人间世，于世道人心，颇着墨针砭。然而但丁绝对不仅是志在移风易俗的道学家，而更是正视人生洞察人性的艺术家，所以艾略特强调："但丁与莎士比亚平分天下：无人堪居第三。"

我们在故居的陈列馆中徘徊了大约一小时，那地方规模不大，收藏也欠丰，只能称陈列馆，难称博物馆。陈列馆共有七间，依次是但丁当年在佛罗伦斯，但丁的早年，但丁在佛城的政治生涯（1301—1311年），但丁的流放生涯（1311—1321年），但丁的图像，但丁的遗物。

诗人的遗物不在佛城，因为他被故乡放逐，二十年不得归来，死在拉凡纳（Ravenna），也就葬在他乡。我逐室参观他的文物，一面怀念诗人黄国彬，三大卷《神曲》的中文译者。三十多年前，他为了要译这部伟大的史诗，曾从香港来意大利留学一年，一面学习意大利文，一面亲近但丁的遗迹余韵。穷二十载之功，他终于用中文为但丁招魂。

佛罗伦斯既为文艺复兴之古都，兼又气候晴美，风景绝佳，自然吸引北方的作家，尤其是苦于肺病的一些。19世纪初，英国女诗人巴蕾持（Elizabath Barrett）与白朗宁（Robert Browning）便常住在此城，她更在此逝世，有墓地可以凭吊。小说家劳伦斯也奔赴晴爽的南国来此，并写成名著《亚伦之杖》（Aaron's Rod）。另一位女作家乔治·艾略特也两度来佛罗伦斯，不但同情意大利人的复国悲情，还写出像《罗摩娜》（Romola）这样的以15世纪的佛城为背景的历史小说。最有名的也许是雪莱了，他盛赞此城为"流亡之都"（Capital for Exiles），其实这称呼也可含负面的意义，因为当年放逐但丁，而且不准生前还乡的，正是此城。雪莱的名诗《西风颂》也是他住在此地时写成的，采用的三行一节连锁体，就地取材，正是取自但丁的《神曲》。雪莱自述其灵感来自"佛罗伦斯近郊阿诺（the Arno）河畔之森林，当天刮起狂风，气温又暖又爽，水气汇集，下注而成秋雨"。

回望名城

8月12日，临别佛城的前一天，一家七人带着依依不舍的心情，搭乘公共汽车去东北郊外的费耶索雷（Fiesole）。晨风凉爽，蝉声迢递，二十分钟后便抵达费镇的车站，正当坡道的起点。冒着响晴天的艳阳，沁着微汗，我们凭直觉循着盘旋的坡道一路朝上攀登，希望能到绝顶，去恣览脚底那名贵而高雅的文艺古都，好把深心的记忆停格在美的焦点。在两处三岔路口都选对了捷径，我们一面艰苦地盘旋，一面间歇地停步，越过松杉的阴影，夹竹桃、绣球花的艳姿，怯怯窥望隐士居一般的庭院与楼窗，暗暗叹羡，是谁家的神仙眷属，竟能高栖在佛罗伦斯中世纪的红尘之上，偶睁天眼俯视人寰？我心中有一丝奢望，也许衔环铜兽睥睨的高门会忽然敞开，好客的楼主会笑迎我们进去……于是一段奇遇就展开了，说不定竟是梅迪琪豪门的支系呢。

费耶索雷在公元前原是伊楚利亚，然后又是罗马帝国的重镇，后来因为佛罗伦斯兴起，在12世纪渐告衰落，直到15世纪才因梅迪琪家族的支持与本镇艺术家的奋发得以新生。在远古时代，它早已受到希腊文化的影响，尤其是间接从意大利南部的希腊属地所传来，所以镇上的考古博物馆迄今仍展示希腊的陶罐与铜雕。至于罗马的遗迹则见于博物馆后已废千年的半圆形露天剧场（Teatro Romano），二十二排的弧形石座可容三千观众。我一路逐排纵落到坡下的圆心，对我家人喊话，共鸣撼耳仍非常罗马。

最后我们攀上了坡顶，走到深庭大院的疏处，篱树铁栏的缺口，可以一览无阻地俯眺佛罗伦斯。比起三天前在百花圣母大教堂穹顶的高瞻远瞩，此刻我们的眼界又超越得多了。但见好几公里下面，除了身影魁梧头角峥嵘的几尊大教堂、宫殿与塔楼之外，其他一律四五层建筑的橘顶白壁，起伏不大却波澜壮阔，直觉上只仿佛白瓷盘里盛着琳琳琅琅的琥珀和玛瑙，映着艳阳，令人目迷而神驰，不能收心。其间蜿蜒隐现的一带钝绿，该是阿诺河了，上面数得出六座桥来。河水向西流，要过比萨才出海。排楼尽处，沿河北岸郁郁苍苍，应该就是雪莱当风得诗的森林了。

脚下这美丽而高雅的名城，也曾历经浩劫与危难，并非一直娴静如此。在中世纪，它历经了战乱，包括诸侯与党派的内战，加上与邻邦甚至教廷的门争。1348 年的黑死病更难幸免：薄伽丘的名著《十日谈》（Decameron），讲的就是当年有十位贵公子与淑女为避瘟疫逃来郊外的费耶索雷，在山上十日，每日每人讲一个故事，共得百篇之多。尽管如此，佛罗伦斯，文艺复兴的名城故都，仍旧挺过来了，而且挺立得那么壮丽而安稳，只因它是全人类文艺的宝库，那么多伟大的艺术家、建筑家、作家、诗人，用天才和毅力支撑着、簇拥着它，不让它散掉，不容它倒下。更可贵的是梅迪琪望族，富而有品，贵而下士，一代接一代，为天才的火炬加油添薪。

原载《海燕·都市美文》2011 年第 1 期

音乐生活

王安忆

———————

一

初到维也纳，见识的第一件事，就是兜售音乐会票的"黄牛"。"黄牛"看起来相当职业化，身着古代宫廷服装，假发、绑腿、白手套、镶金扣的大红紧身衣——最常见的莫扎特的装束形象就是这一款。后来，凡看见这帧画面，无论是印在巧克力金箔纸上，还是马克杯、购物袋、T恤衫、铅笔，想起的不是莫扎特，而是"黄牛"。在维也纳国家歌剧院门前，一位着盛装的"黄牛"向我们推销当晚的芭蕾舞票，可我们意在次日晚上的歌剧《马侬》。那是法国19世纪浪漫主义作曲家马斯内（1842—1912）的作品，作品以抒情美艳著称。他流露出为难的表情，因为那票不好搞，所以价格不菲。在他银色的假发底下，是一张沧桑的脸，他绕开《马侬》，又回到当晚的芭蕾，一股劲地赞扬，态度无限恳切，眼睛里则透着精明，使我想起一类人物，就是上海弄堂里的"爷叔"。虽然人种、所在城市不同，照理，生活背景也不同，可是奇怪地相似着——有些江湖气，又是保守的；挺会算计，却不无豪爽；有一些市侩，又有一股子义气。看到我们坚持《马侬》，他便很大度地领我们到另一位"黄牛"跟前，原来，他们之间是有分工的，这一位大约专司芭蕾舞票，那一位则负责歌剧，但显然，他更希望我们购买另一场交响音乐会的票，对于销售《马侬》兴趣不大。后来，我们知道，《马侬》很叫座，能够由他们支配的票子自然也就有限，我甚至怀疑有还是没有。买卖没有成交，可已经彼此认识，下一日，再看见我们，老远地，那"爷叔"便大喊"马侬"，而从此我们也给他起了个名字：马侬。

　　"黄牛"手里多持有一本册子，里面是剧目的照片与说明，"爷叔"则是徒手，显示出在这一行的资历以及业务的熟练。他们散布在游客聚集的每个地方：斯蒂芬大教堂周围的空场，金色大厅附近，马术学校门前，市立公园约翰·施特劳斯像或者城堡花园莫扎特的像底下，那里总是有观光团体照相留念……推销的心情虽然殷切，却绝非猴急，保持着一定的风度。天底下的"黄牛"都难免是油滑的，维也纳的也不例外，但要优雅一些，服装使然，还是文艺复兴的浪漫主义遗风？头一回去斯蒂芬大教堂，如此庞大的一座建筑，几百年时间里，从主体不断派生繁衍配殿和副楼，占去整整一片街面，不知如何得门而入。绕着墙角走，或是被修葺的脚手架篷布阻断道路，或是铁栅栏，或是紧闭的门，有一处门倒是开着，陡直的石阶通往地下室，只出不进，一名导游守在石阶上，向上来的观光客收钱。出来的人不知是因为从暗处到了日光下，还是有别的原因，各个神情迷离，就像是从地狱出来，而那个导游——是又一个"爷叔"，面相要粗鲁与蛮横许多，他就像地狱的守门人，收缴买路钱，问他如何进去，他简洁地回答说："每人四欧元。"再向前去，最后到了广场，正四顾茫然，一名"黄牛"过来搭讪，打开宣传册子，一一介绍。可我们无心买票，着意要进教堂看看，就询问怎么进去。这其实有些犯规了，他是卖票，并没有指路的义务。他本可以回答不知道，可是他昂头看着空中飞翔的鸽群，说："飞进去！"另有一次，我们打听周日上午，哪一个教堂的大弥撒演奏19世纪维也纳作曲家布鲁克纳的弥撒曲，曾经在某座教堂门上看见通告，过后却再找不到那座教堂，于是，又向一名"黄牛"打听。这也犯了规，"黄牛"负责的是商演市场，教堂里的音乐会不在他们的司职范围。但这位尽责的"黄牛"还是抓住时机向我们推介音乐会，将他的宣传册一页一页翻给我们看，但见我先生没有兴趣，便将册子合拢，臂肘对我一弯，说："他不带你去音乐会，我带你去！"

后来，我们在歌剧院的票房里买到了《马侬》的票。下午的歌剧院的前厅幽暗冷清，与外面的"黄牛"世界相比，真是冰火两重天。灯暗着，只票房内亮着，临窗坐的票务员无论长相还是神情，都与斯蒂芬大教堂地窖的导游相仿，也像美术史博物馆的票务员，还有兜揽生意的观光马车夫，他们看起来就像是一个人——中年，壮实，粗糙，四方的脸形，面部有横肉，这就使他们看起来有些凶，但也许只是厌倦。向他买当晚的歌剧票，他出示了座位图，最便宜的站票总是最先告罄，只有次便宜的楼座上两侧的票，却不能使用信用卡，因为票是退票——我十分怀疑就是门口的"黄牛"返回给他的剩票，此时离开演只有几小时的时间了，谁又知道在这项黑市交易中剧院的票房担任什么角色？这倒与我们无碍，然而，更大的陷阱却在之后才暴露。其实再回想，这位"爷叔"的动作就十分可疑了，他很琐碎地将票子从这个信封倒出来，又倒进那个信封，这两张对对，那两张配配，摆弄来，摆弄去，直到人失去耐心，才将两张票交到我们手中。交割完毕，走出剧院，高高兴兴的，就等着晚上看戏了！

事情看起来很顺利，早早就到了剧院。观众似乎都很性急，拥在前厅里等待入场，票房前则蜿蜒着一支队伍购买退票。两位领票员各守一个楼梯，以倒计时的精确度等待入场的那一刻。终于秒针走完最后一圈，两人共同举起双臂欢呼一声，仿佛迎接一个重大的庆典。簇挤在楼梯下的人们转眼间分散了，似乎被高大的穹顶吞没。正厅、楼座、包厢里空荡荡的，人都不见了，只在最后排的站票席栏杆上，系了一排围巾、领带、手绢，表示占了位置。但依然有一种激越的情绪，在疏阔的空间里流动与聚散。撞上这一日的演出相当幸运，乐队是著名的维也纳国家歌剧院团，饰演马侬的女演员则是正当红的俄罗斯新秀涅特布克，她的传奇故事伴随名声在全世界的爱乐者中间流传。故事说，涅特布克本是圣彼得堡玛林斯基剧院的扫地女工，偷偷学艺，终遇伯乐，然后一举成名。流传的过程中，不知增添有多少枝节，使之越来越接近一出美国旧电影《卖花女》的情节。听一对早早到场的母女和领票员聊天，领票员对女儿说："你母亲说的是什么话？好奇怪！"女儿说："她说的是俄语。"原来这是来自俄罗斯的客人，大约专奔涅特布克而来。观众中多有旅游者，穿着旅行装束，甚至携着背囊和拉杆箱，行色匆匆。于是，歌剧院也不得已放弃了着装上的清规戒律，允许任何服饰的观众入场。满场看去，却也有一半以上人数遵守古训，盛装出席。显然是本地人，不仅在仪表上，连同神情态度，都流露出安居的闲定从容。这部分观众，往往到得比较晚，临开场几分钟才姗姗来迟，显示出是这城市的主人，歌剧院离他们家大约只有几步之遥。问题就出在这里，而我们浑然不觉。

第一遍铃声响起来，剧场里变得喧嚷，人越来越多，站票席上的观众也都逛回来了，插蜡烛似的挤簇着。大幕静默地垂着，显得遥远和深邃。就在这时，领票员引来一位老人，年纪在八十上下，穿着郑重，表情威严，他的座位竟然与我们中的一个重叠。他看了我们的票，遥遥地对左侧一指，然后便在座位坐下，再不理睬我们。这才发现，我们的票子其实是分开在左右两边，我们白白早到这么长时间却没有仔细核查，领票员也没看出这个错误。时间已经很紧，必须在第三遍铃声之前赶到属于自己的座位。歌剧院的楼座极宽阔，这边到那边似乎有半站路的距离，而我们还存妄想，也许有可能在那一头换取并列的座位。分开坐也一样看戏，但对于旅行生活终究是扫兴的。那一头，相邻的座位上是一位女士，虽然没有着晚装，但也穿着整齐端庄，风度相当文雅。她一看情形，立刻明白了我们的处境，她站起身，拉住领票员，急促地对话几句，从态度上看出，她是要得到应许与我们换座，回答是可以，你们自己决定，于是迅速将她的票塞进我们手里，抽走了我们的，临别时，对我们无限的感激，还来得及诚恳地说一句："没关系，好好享受！"转眼间消失在这一侧的通道。第三遍铃声中，我们翘首以望那一侧她的身影出现，倘若晚了，便不能入场，只得等待第二幕。就在铃声落地、指挥台灯亮起的一刹那，她冲下观众席，并且看见我们。她伸手大大地向我们挥动，序曲响起了。

　　事后我们难免要讨论这一次小小的事故中的教训，当然，随之而来的必是那一个温暖的际遇，它使这陌生的城市产生出类似乡谊的感情。我们无疑是遇到好人了，她那么娴雅，亲切，热情，显然受过好的教育，是一名知识女性，也许就是音乐圈内的人，热爱歌剧，不料被两个外国人打扰了，没有一点怨色，反而成全了人家。那位老人呢，不好也不坏，能够一个人来看戏，总要有点雅兴，看形貌也是中产阶级。没有家人陪伴，走过街道，天还在下着小雨，登上楼座，在逼仄的席间找到自己的位子，也不能指望他再做好人好事了。最坏的就是那位票务员！两张单张的票可以想象多难出手，大约在"黄牛"手里也滞留了几日，最后返还给他。终于从天而降两个傻瓜，只关心票价，别的什么也不问，并且对维也纳的窗口服务极端信任，此时不出手更待何时？认真追究，"黄牛"交易其实都有内线，否则无从解释供货渠道，是票务员这类人担任着里外穿联的角色。"黄牛"确是搞乱了市场，也搞乱了人心，可是话又说回来，"黄牛"却是畅通开放的信息渠道，是那位"爷叔"告诉我们可以穿牛仔裤入场，时代已经大不相同。他们将音乐会的节目单传递到四面八方，在最偏僻的角落里都可见到他们的身影。相比之下，正规的窗口就显得冷淡、机械和傲慢，看起来，他们也想有所作为，在景点上都设摊，有穿便装的职员向游客推销票子。在马术学校门口，曾有一位职员告诫我维也纳票务黑市的内幕，不外是低价收进，再高价出手，从顾客身上盘剥一层。但这些售票摊点显然不如"黄牛"活跃，放得下姿态，掌握更多的行情，同业间团结一致，互通有无，为人民服务的态度更殷切。而且"黄牛"有服装，他们没有，就显得职业化程度不够似的。在这资源与服务不对等的情况下，于是产生了票务员这类人物，他们坐收渔利。

走入音乐之乡维也纳，遭遇的人和事似乎多与高雅生活无大干系，倒是充斥了俗世的纷扰。就好比读罗曼·罗兰的《约翰·克利斯朵夫》主人公的少年情史，第一段"弥娜"最合乎爱情的甜美伤感；第二段"萨皮纳"，一个杂货铺女老板所诱发的情欲，罗曼蒂克多少打些折扣，但因为她意大利圣母型的长相，为她带来了文艺复兴的气息，就有了艺术性，再加上她超然物我的形态，似乎是尘世外人，又是那样无果的结局，作为一段哀史也就说得过去；紧接其后的"阿达"就离谱了——那一回，克利斯朵夫结伴郊游的同伴都有些离谱，一个是银行的职员，一个是布店伙计，两位女伴是帽子铺里的店员。他们对音乐谈不上什么教养，也没太大的兴趣，只是羡慕他宫廷音乐师的身份。有意思的是，其中那位布店伙计倒是听过克利斯朵夫的作品，还哼出了一段，这就是德奥体系的乡民了。有一回在巴黎，星期六的早晨，遇见小酒馆走出醉鬼，吹的口哨是格里格的"培尔·金特"。倘若是在老北京的街头，拉住一个过路人，哼的大约就是京剧中的"小开门"了。话说回到阿达，女店员对于爱情终是让人扫兴，一个上班族，朝九晚五，自己挣自己花，当然要比流水线上的女工略胜一筹，不是出卖体力，更不是做人奴婢，出卖自由，可女工和奴婢自有一番哀恋之处，类似灰姑娘辛德瑞拉，无所依托，等来了白马王子，比帽子铺女店员适合做浪漫剧的女主角。

大街上的女店员，经济与人格都是独立的，无须依附于人，却也难免养成剽悍的性格，如阿达，何等的粗鄙啊！她和她的女同事，常是让克利斯朵夫不知所措——"她们不顾体统的好奇心，老是涉及无聊的或是淫猥的题目，所有那些暧昧而有点兽性的气氛，使克利斯朵夫极难受，同时又极有兴趣，因为他从来没见识过。一对小野兽似的女人说着废话，胡说乱道地瞎扯，傻笑，讲到粗野的故事高兴得连眼睛都发亮……"看起来，唯有阿达才能让克利斯朵夫真正开窍。像他这样敏感的天性，不幸又没有受过好的家教，在混乱的亲情中兀自成长，生理和心理可以说都处在蛮荒中，不晓得拿自己的情欲怎么办。与萨皮纳在郊外客栈中度过的那一晚，两人隔了一扇门，激动得浑身打战，就是推不开门去。萨皮纳的障碍在体统中，身为女性，又是守寡的人，在没有得到明确的表示之下，自然不敢轻举妄动，更何况是那样慵懒怠惰的性情，克利斯朵夫呢，主动权明明在他一方，而他坐失良机。到了阿达，情形则完全两样，她绝不会让克利斯朵夫漏网，事情凡到她手中，一律变得简单并且干脆。他们邂逅的当日就一起过宿，也是一家乡下小客栈，两具肉体不假犹豫地胶合一起。即便是女店员，即便是越过感情，直奔性的目的，如书中所写："情欲的巨潮把思想卷走了。"那一幕依然有着自己的神圣感——"整整的一生在几分钟内过去了：阳光灿烂的岁月，庄严恬静的时间……"克利斯朵夫的身体在一个女店员手里完成了嬗变。

罗曼·罗兰在克利斯朵夫的人生中，安排了许多力量型的人物，与另一类精神性人物，比如安多纳德、奥里维、葛拉齐娅作平衡，第八卷"女朋友们"，其中有一位赛西尔·弗罗梨出场，那时克利斯朵夫身在法国，安多纳德已去世，奥里维交了女朋友，自有生活，葛拉齐娅还未长大，进入他的视野，克利斯朵夫平静而寂寞地过活着，在一个小型音乐会上听到赛西尔的钢琴演奏，大为欣赏。赛西尔，二十五岁，矮而且胖，头发浓密，胳膊粗大，就像个乡下人，却是国立音乐学院钢琴头奖的得主。她出身市井，父亲活着时很窝囊，死后自然不可能为妻子儿女留下什么福利，且兄弟不争气，所以是由她赡养母亲，支撑家庭，日子过得很清苦。左右环视，似乎看不出有哪一点眷顾了她在音乐上的才能。倘若归结为天性，她的天性甚至与通常以为的艺术气质是背离的——"她为人正直，合理，谦虚，精神很平衡，一无烦恼：因为她只管现在，不问以往也不问将来。"总之，挺务实的，而艺术家难道不是应该纵情放任？赛西尔显然是乏味了。克利斯朵夫有时会很惊讶地看见——"音乐的光芒像奇迹似的照在这个毫无艺术情操的巴黎小布尔乔亚女子身上。"事实上，也许正是这样稳定的性格才让她担得起枯燥艰苦的训练，进入音乐的自由内心，攫取了乐趣。当今巴黎的音乐界，脱颖而出一位中国裔钢琴演奏家朱晓玫，从她的故事听来，大约也是赛西尔这样的禀性。当然，一个亚洲人要接近西方的艺术，势必有特殊的教育背景打开通道，而赛西尔，则是生于斯长于斯，就连朱晓玫那么点传奇性也没有，但在某种程度上，却可能更接近于事情的本质。

有一晚，克利斯朵夫来赛西尔家吃晚饭，耽搁晚了，天又起了风雨，就留下宿夜。睡在客厅里临时搭起的床上，与赛西尔的卧室只隔一层单薄的木板，听得见彼此的呼吸，可是却没有引起丝毫欲念，双方都平静入睡。关于赛西尔的故事就此波澜不惊地结束，之后，也没怎么发展。对于被称作浪漫史的小说，一个巴黎小布尔乔亚女子，大约再也提供不出什么惊艳的情节，所以，她只是在克利斯朵夫生活里相对来说的空白阶段，稍作填补，但却留下颇有意味的一笔，似乎暗示在欧洲浪漫主义抒情性的表面之下，其实是一种俗世的人生，它平庸却坚韧，结结实实的，是音乐生活的中流砥柱。

然而，罗曼·罗兰并不甘心就此放弃天才成长的奇峻性，稍作休憩，他继续要注入给"小布尔乔亚"澎湃的激情。我时常要揣测罗曼·罗兰在他本国的文学地位，为什么远没有达到当代中国的我们的期望。我们与法国同行谈论罗曼·罗兰，总是会产生分歧。在他们，当然，罗曼·罗兰也不错，是个有趣的作家，但是，并非那么重要；在我们，这位作家无疑影响了几代人，现在，还再接着影响下去。理由也许有很多，傅雷先生的译文华彩斐然，他古今中外贯通，《约翰·克利斯朵夫》可说是一部长篇美文。在中国当代到现代，一批大学问家从事西文翻译，他们创造了一种新白话文体，远远脱出明清话本式的旧文体，又极大程度拓展和丰富了五四新文学文体。共和国以后生长的我们这一代写作人，多是在这译文体中教养学习。傅雷先生的意译几乎是将小说重写一遍，我们无缘阅读原文，就难以比较，证明是评价不同的原因。或者还因为，罗曼·罗兰的英雄崇拜不怎么对法国人口味。克利斯朵夫是个德国人，是理想主义的种气，而他天才的超强吸纳力很快消耗了日耳曼民族的资源，小说进行到三分之一的篇幅，卷四的末尾，惶急之中，踏上驶往法国的火车，他在心里叫喊："噢，巴黎！巴黎！救救我吧！救救我吧！救救我的思想！"将思想的拯救任务交付给法国，是身为法国人的作者别无选择的选择，还是一个有意的安排？小说第七卷"户内"开首之前，作者专有一篇"卷七初版序"，"序"中有这么一段文字："我要呼吸，我要反抗一种不健全的文明，反抗被一般僭称的优秀阶级毒害的思想，我想对那个优秀阶级说：'你撒谎，你并不代表法兰西。'"我们自然不能单听写作者的主述，一旦进入特定的情节，就有一种潜在的更强权的力量主宰人物的命运，但至少我们可以据此假设克利斯朵夫这个人并不为法兰西认同，人们可能更对雨果笔下的冉阿让、卡西摩多抱有热情，那都是被注入神性的存在；或者，索性从天上降到人间，降到左拉的"小酒馆"，抑或福楼拜的"包法利夫人"，以写实主义来做精微的分析与批判。而罗曼·罗兰不巧正在中间，他没有神，亦没有凡人——有凡人，但不是为他们自己而存在，而是为英雄的诞生做铺路石。英雄，就是罗曼·罗兰的世界。

当克利斯朵夫在巴黎闯下大祸，再一次逃亡，越过边境，去到瑞士，投奔同乡哀列克·勃罗姆医生。说起来有点意思，勃罗姆夫妇与包法利夫妇有许多相似之处。勃罗姆他们所居住的小城类似包法利后来迁往的永镇，风气保守狭隘，生活难免枯乏。先生们都是医生，都有一副好心肠，亦同样是乡下人般颟顸的性格，头脑平庸。太太们呢，都具有比丈夫高一筹的才情，内心情感丰富。两位太太年少时的教育也有着共同之处，都是在宗教生活中长成，爱玛是被送进修道院的，阿娜——勃罗姆太太则是在宗教狂祖母手下长大，老太婆将这个儿子的私生女看成"罪恶的产物"，让孩子过着苦修般聊无意趣的生活。所幸她们都遇到婚姻的机会，避免了老姑娘的命运，可世事难料，日后她们都发生了婚外恋情。不同则在于包法利夫人外表甜美可人，情致婉约，更合乎一个情人的罗曼蒂克气质。勃罗姆夫人的情形却要复杂得多，从外形看，她显然缺乏女性的柔媚，甚至是阴沉粗野的，"郁积着一股暴戾之气"，笑起来含着一些杀气，身体是健壮高大僵硬——她的形貌举止多少让人想起《简·爱》中，藏在阁楼上的疯女人，随时可能爆发出原始荒蛮的力量，一旦作用于爱情，那将是多么可怕的灾难！也因此，阿娜的感情就更具有严肃性，接近悲剧的崇高性。事情从开端起就显出不祥之兆。

有一日，宁静的小城忽然涌动起激荡的情绪，一对意大利姐妹爱上同一个男人，相持不下，决定用抽签的方法决定谁进谁退，所谓退让就是主动投入莱茵河。可是抽过签后，退让的那个却毁约了，于是两人发生争执，先动口后动手，最后又相拥而泣，结果作出一个骇人的决定，将那情人杀死！小城里，每户人家的晚饭桌上都在讨论这件情杀案，勃罗姆家也不例外，医生首先叫道："她们是疯子。"克利斯朵夫的意见是："爱就是丧失理性。"阿娜的态度呢，她平静地说道："绝对不是丧失理性，倒是挺自然的。一个人爱的时候就想毁灭他所爱的人，使谁也没法侵占。"这样的爱情果真发生了，结局不难想象。福楼拜的可人儿爱玛是一死，死于债务逼困；罗曼·罗兰的阿娜没有死成，只得继续受罚，那是比死亡更残酷的炼狱。两个"小布尔乔亚女子"，前者顺其自然被放置在现实生活该当的后果中，后者却被升华，升上十字架，成为女体的受难者。这就是理想主义和自然主义的不同价值取向，同时也与古典浪漫主义区别开来，古典浪漫主义的女主角是艾丝米拉达，从天上下降人世的埃及小女神。

勃罗姆夫人也是一位天生的音乐家，克利斯朵夫在琴上试奏他的新作，勃罗姆夫人不学自会，一下子唱出其中的精髓——克利斯朵夫大为惊奇，对歌唱者说道："我竟有点疑心这是我创造的还是你创造的。"阿娜的回答是："我不知道。我以为我唱的时候已经不是我自己了。"克利斯朵夫又说："可是我以为这倒是真正的你。"说来也奇怪，克利斯朵夫总是在平庸的市井中邂逅知音，他的创造者怀揣什么样的用心呢？

二

在一个阴冷的小雨天下午，来到莫扎特的故乡萨尔斯堡。观光客的人潮中，这市镇显得格外的小而逼仄。粉彩色的涂壁和小巧琐细的花饰，使它们就像玩具，木偶戏台上的布景。莫扎特的故居，在萨尔斯堡河两岸各有一处，都是狭小的公寓，可现出生计的动荡和拮据。穿过市镇的河面与两边的街道相比，显得阔大，甚至有些苍茫，特别令人想起罗曼·罗兰的《约翰·克利斯朵夫》里起首的一段："江声浩荡，自屋后上升。雨水整天地打在窗上。一层水雾沿着玻璃的裂痕蜿蜒流下。昏黄的天色黑下来了。室内有股闷热之气。"莫扎特的家里，如今拥满游客，整个萨尔斯堡都被游客覆盖了。雨水的潮湿气味壅塞了房间，有些郁结，但终还是散发出一股清新，因人群的流动带进新的雨水和泥泞。当年的隔宿气早被洗涤一空，无从想象莫扎特一家活动在其中的景象。有一间展室里陈列着那个时代的药材，细弱的草茎和黄白色的云母片，透露出对付疾病的无奈和挣扎，想到那个家庭不断有人夭折的命运，不由得心生戚戚。

欧洲城市里的民居格式大致相同，贝多芬在波恩的故居记忆中差不多也是这样，都是公寓里的一套——几间相连的房间，木条地板，木百叶窗。在维也纳还去过海利根斯塔特的贝多芬旧居，在一条僻静的马路上，以收藏贝多芬一份未曾兑现的遗嘱而著名。走入一个小院，上一个木楼梯，贝多芬曾经在此短暂逗留。也许正处于人生的低潮，于是写下了这份遗嘱，可显然境遇又好起来了，或者说情绪的周期过去，便按下不提。居处是几进小小的套间，迎门赫然一具玻璃柜，陈列着后世称之为"海利根斯塔特遗嘱"的那份文件。参观者除我们外，又来了两名日本女生，大家都在留言簿上写下敬仰的字句。下了这一侧木楼梯，再上对面的楼梯，推门进去，门厅内坐一老妇人，向我们卖票，出示了方才的门票，回说不管用，因为是两个机构，对面是贝多芬研究协会，这里才是贝多芬真正居住过的地方。至于"海利根斯塔特遗嘱"，这里的才是原件，对面只是复制品。看起来，全世界各地都存在文化资源过度开发的问题。不过，实话实说，这一处更像是一个潦倒的音乐家的客居之地——只一大间屋子，家什用物比较多，显得拥簇，于是就有了些生活的气氛，可是，谁知道呢？多少年前一个房客，租住于此，那时候这里一定相当荒凉，是维也纳的远郊，没有人会注意这人是谁，来自哪里，怀揣怎样的心情，又将去往什么地方……所有一切故事都是在之后被丰富起来。如今的海利根斯塔特却有着一股宁静与明亮，并未染上艺术家阴郁的心境。街面上很少人，偶尔见有年轻的母亲领一群孩子走过，不知哪里有一个幼儿园或者小学校，喧哗声一波一波传来。巷口的空地上有一座贝多芬的立像，用粗粝的石材塑成，表情严峻，可更多的是餐饮招牌上的贝多芬画像，有些像啤酒招贴。教堂的钟声按时响起，钟声在蓝天红顶之间回荡，渐渐送远。

中午，我们在一家名叫"萨尔斯堡熊"的餐馆吃饭，门面很窄，走进去，门厅也很窄，窗台壁架上满满当当地堆着那种"萨尔斯堡熊"绒毛玩具，显得更加拥挤。可是却想象不到的纵深，望不到尽头，上楼打探，竟是惊人的场面，几乎有半条街的面积，而且全部客满，似乎海利根斯塔特的居民都集中到这里用餐了。女主人将我们安排在楼下临窗的桌子，点了菜人就不见了，邻座上一位先生主动过来服务，端这端那，看他稔熟的态度，就猜他是女老板的男朋友。而所有的客人都互相认识，全是街坊邻居。爱因斯坦也曾经在这里住过，不远的公寓楼前钉了一大片名人的铜牌，其中就有他的，算是一个老街坊。

在维也纳市里，还有一处贝多芬的旧居，寻找的过程要曲折得多。向无数人打听，回答各不相同，天下着雨，从小雨到中雨，遂又成急骤之势。雨中走过来走过去，直到午前方才走进那幢公寓楼。贝多芬所居住的那一套在四楼，按了门铃，大门便开了，这倒有些意思了，好像我们是与贝多芬预约的访客。推门进去，经过穿廊，来到天井，天井的地面上铺了青苔，四周的后窗蒙了灰垢与水汽，窗下还有一具水斗，多么熟悉的景象啊！在上海殖民时期遗留的欧式公寓里，多有着这样的天井，被后窗一层层环绕，形成桶状，那窗户格子里，都是触类旁通的生活。沿楼梯上去，贝多芬的邻人们都闭着门，上班的上班，上学的上学，身后有一批来自美国的访客超过我们，楼梯上顿时脚步杂沓，家居的安宁被打破了。博物馆有两名职员，一个年轻人，看起来有些颟顸；另一个是老人，有一具断臂，显然是主事的，交割钱票，介绍须知，回答各种询问。贝多芬在此地租住的时间也不长，生活相当漂泊，但重要的作品也是在这个时期写成的。而莫扎特还未活到贝多芬命运跌宕的年纪，就早早凋谢，留给世人一个神童的印象。

时代已经变更，可在欧洲有时候却又觉得没多大变化。在火车站，猛一回首，所见那铁轨、电缆、隧道、站台、站台上候车的旅客——早春的寒冷阴潮气候中，男女多是穿黑色大衣，裹着围巾，刹那间所有的色彩都褪去，褪成黑白两色，成了黑白老电影，那些二战的故事片。或者，在塞纳河岸，对面走来的路人，他们的脸部线条，表情姿态，甚至于手里牵着的狗，都像是从文艺复兴时期油画上直接走下来的。在那里，有一种极其稳定的秩序，潜伏于时间的深处。

萨尔斯堡的太阳一落山，未等暮色升起，就萧条下来。游客散去，商店打烊。和所有的旅游地一样，一旦游客离去，就剩下一个空城。市面冷清，扇扇门闭得铁紧，窗户里也看不见灯亮。试着推门，不料推开了，店堂里大约三成客。歌台上无人，寂寂地立着音箱、话筒、谱架，时间正介于狂欢之夜的前夕，座上客多是老派人。一个身躯魁梧的汉子安静地享用他的晚餐，砧板样的餐盘上是一具巨大的猪腿，汉子耐心且文雅地用刀切割，一片一片送进嘴里。这就是莫扎特的街坊吗？他让我想起《约翰·克利斯朵夫》里的"于莱一家"——众人都以为《约翰·克利斯朵夫》是为贝多芬作传，尤其第一卷"黎明"，作者自己都承认来自贝多芬的传记材料，可他同时也声明，约翰·克利斯朵夫不是贝多芬，他是贝多芬式的"英雄"，而千真万确，萨尔斯堡就让我想起克利斯朵夫。父亲去世，家境更加窘迫，不得已从老房子搬出，迁到另一处，在我看来，就是从萨尔斯堡河的这一边搬到那一边，然后就邂逅了于莱一家。

这是一段凄凉的日子，搬到菜市街，住进莱家的出租屋，方才知道这一回是真正的落魄了。家中虽然长年拮据，父亲嗜酒不只使得债台高筑，更使家人蒙受许多不堪的羞辱。然而，世代相传的宫廷乐师身份，毕竟跻身于小城的上流社会。他们有着自己独立的住宅，面向莱茵河，视野开阔，紧邻的院落中就有参议官的遗孀，即弥娜的母亲家的祖屋，算得上是高尚的区域，而于莱家，却是地道的小市民。菜市街，听名字就知道是什么样的地方，总是在平民聚集的旧城区，那里房屋挤簇，人车纷沓，景象要庸俗许多。于莱老先生是一名退休公务员，精气神被琐碎的事务消磨得差不多了，剩下的那一点又在失意和暮年的心境里殆尽；女婿是爵府秘书处的职员，作者用一句歌德的名言形容，就是"郁闷而非希腊式的幻想病者"，说白了就是毫无浪漫气质可言的多愁善感；女儿阿玛利亚原本是健康活泼的，可在父亲和丈夫的消沉情绪影响下，也变成悲观主义者，她的抑郁是以焦虑为表现，不停地劳作，同时不停地抱怨，房子里充斥着她的脚步声和叫喊声；两个孩子，男孩莱沃那，女孩洛莎，在紧张的气氛里养成两种截然相反的性格，一个是格外的静默，另一个则是加倍的聒噪——说到"聒噪"两个字，便想起20世纪80年代，上海作协在金山召开一个中国当代文学国际研讨会，汪曾祺老先生注意到我的发言稿里用了一个词——"聒噪"，专门问我这个词的出处。我想了一会儿回答，《约翰·克利斯朵夫》里面描写于莱一家时用到。汪曾祺老先生一拍案：所以嘛，傅雷的译本呵，他是什么人？大学问家！我便知道用了有渊源的词，得到了前辈的激赏。就这样，于莱一家的聒噪打扰了克利斯朵夫，我想，不只是一个音乐家本能地对噪音排斥，更是因为这种喧嚷所透露出的软弱人性，生活在走下坡路，他们只得随风而去。

初读《约翰·克利斯朵夫》的时候，正值青春年少，读到此处，只觉气闷，尤其是刚经过"弥娜"一节之后，良辰美景一下子沉入黯淡的尘世，情何以堪。因此，对于莱一家更添厌憎之心。可是，随着年龄增长，阅读经验积累，这一节在不知不觉中呈现出趣味。有意思的是，即便是这样碌碌无为的人生，也有着些微的音乐生活。虽然，他们的认识全错，全与克利斯朵夫拧着，可是克利斯朵夫是专业人士，还是天才，而他们不过是普通的爱乐者，连爱乐也谈不上，不过是单纯的消遣而已。小说中写道，于莱老人诚挚地邀请克利斯朵夫弹奏钢琴，他一开头，老人便与女儿大声地交谈起来，谈的又都是一些庶务。只有几曲俗丽的老调才能让他们安静下来，可是反应又过于强烈了——"那时老人听了最初几个音就出神了，眼泪冒上来了，而这种感动与其说是由于现在体会到的乐趣，还不如说是由于从前体会过的乐趣。"这有什么不好呢？一场音乐会里，返场的耳熟能详的小曲子最使观众疯狂，各人有各人汲取音乐的路径。然而，克利斯朵夫更加生气了，好像被亵渎了什么似的。于莱家的女婿对潮流略有了解，却也和他的岳丈一样排斥现代音乐。罪过就更大了，克利斯朵夫认定他坚持古典不是出于什么认识，也不是像他的岳丈单单因为听不懂而不喜欢，其实只是一种虚无主义，因为不得意所以就不认同自己的时代——"倘若莫扎特与贝多芬是和他同时代的，他一样会瞧不起，倘若瓦格纳与理查德·施特劳斯死在一百年前，他一样会赏识。"在罗曼·罗兰写作《约翰·克利斯朵夫》的20世纪开初的十年时间里，现代音乐正以瓦解调性拉开帷幕，宣告着一场革命发生，罗曼·罗兰不会预料到一百年后的今天，现代音乐走入怎么样的困境，许多勇者先锋掉转车头，走向复古主义。倒不是说于莱翁婿有什么远见，而是像他们这些小市民，也许持有极朴素的审美观念，从官能出发，以顺耳不顺耳论。当然，才情所限，他们无法承当克利斯朵夫的知音，可是，谁才是他的知音呢？

克利斯朵夫对宫廷里的音乐早腻透了；为了生计，教中产阶级家庭的小姐弹琴，揭开了沙龙音乐的底细；幼年懵懂中按下琴键发出乐音，使他浮想联翩："它们有如田野里的钟声，飘飘荡荡，随着风吹过来又吹远去……"这种感性的愉悦在训练中被压抑，然后又在更复杂的音乐结构中升华，要求着更大的满足——德奥体系一上来就走出音乐的原始性，进入文明阶段。书中几乎没有涉及民间音乐，克利斯朵夫跟随萨皮纳去乡下参加她教子的洗礼，宾客多是乡下人，乘船走在归途，人们唱起歌来，唱的是什么？四部合唱。克利斯朵夫的舅舅，一个游走乡间的货郎，曾经唱过一支歌，从描写中推测像是一支民歌——"又慢，又简单，又天真，歌声用着严肃的、凄凉的、单调的步伐前进，从容不迫，间以长久的休止"，显然是单旋律，自由体，可是谁知道呢？说不定从哪一首赞美诗即兴演变，或者是哪一部歌剧里截取下的一个动机，因为歌唱者的情感和阅历变得接近原创。接下去，舅舅引导外甥聆听夜声，那不只是听觉，还是视觉与触觉融为一体而纳入——圆大明朗的月亮，晶莹的水面，浮动的雾气，蛙鸣，蛤蟆叫，蟋蟀野唱，夜莺呢喃，风吹枝条——又是风，看来文字对于声音真是无能为力，那是极其虚无的存在，任何修辞都太过托实，而且伤感主义，法国人大约就因为此而不怎么欣赏罗曼·罗兰。舅舅说："还用得着你唱吗？它们唱的不是比你所能做的更好吗？"舅舅说得全对，称得上真谛，可是要将这些自然的恩赐收揽起来，重现于世，还是需要经历枯燥乏味甚至如同数学一样机械的人工步骤，这就是音乐。

知音就好像打碎的宝石，散落在四下里，不期然间闪烁一下，随即又熄灭。那一个走穴到小城的法国戏班子，名排末尾的女演员，饰演奥菲利娅。她与莎士比亚的奥菲利娅浑身上下无一点相干之处，相反，她高大健壮生气勃勃，她的声音富有音乐性："纯粹，温暖，醇厚，每个字都像一个美丽的和弦；而在音节四周，更有那种轻快的南方口音，活泼松动的节奏，好比一阵茴香草与野薄荷的香味在空中缭绕。一个南欧的奥菲利娅不是奇观吗？"她几乎要将克利斯朵夫唱哭了！次日，他便去拜访女演员。这法国人和德国的布尔乔亚女子赛西尔完全不同，她们都有才能，赛西尔是以诚恳劳动实现上帝恩赐的禀赋，带有天道酬勤的意思；法国人高丽纳则完全不意识也不珍惜自己拥有的才情，仿佛造物主是出于偶然选择了她，她无须学习和用功，自然就判断得出什么是好的什么是不好的音乐。有一回，克利斯朵夫给了她一个和声生辣的小节，她不喜欢，理由是："我觉得它不自然。"克利斯朵夫自觉有义务将她的本能推进到理性的范畴，启发道——"怎么不自然？"他笑着说，"你想想它的意思吧。在这儿听起来难道会不真吗？"他指了指心窝。高丽纳说："也许对那儿是真的……可是这儿觉得不自然。"她扯了扯自己的耳朵。这又在另一方面切中音乐的本质，就是感官性，关系到享乐主义的人生观念。假如说赛西尔是以物理性的认识进入音乐的核心，那么高丽纳就是从官能进入。曾在卢浮宫看见过一幅画，不记得作者是谁，显然也算不上特别著名的收藏，但印象却很强烈。画面上是无数双纤手，从堆纱叠绉的袖笼里伸出，相互环绕间，绰约是美人的细腰。旖旎到颓靡的格调，真可谓声色犬马，大约可与高丽纳作一比。这样快乐佻佻的天性，尤其是对凡事紧张严肃的克利斯朵夫不谓不是一服心理药方，然而两人到底量级不同，一个轻，一个重，一个肤浅，一个深刻，幸而时间短，倘若持续久了，新鲜的乐趣过去之后，就会露出破绽。

当克利斯朵夫与宫廷绝交，出版的乐谱又大大亏本，只得在一所中学谋个音乐老师的教职糊口，百事不顺的处境里，得了一个"粉丝"的来信，奉承地将他与勃拉姆斯相提并论，又让他大大地生了气，他可是最讨厌勃拉姆斯了，但"粉丝"的名字和地址还是在不经意间留在了记忆里。这一日，他去拜见童年的偶像，著名作曲家哈斯莱，不得其宗，失望而归，又阻滞于归途中，正所谓人倒霉喝凉水都塞牙，不由想起了那位老"粉丝"——大学教授兼音乐导师彼得·苏兹博士，于是投奔而去。老苏兹为迎接克利斯朵夫组织了一个亲友团，成员有法官和牙医，都是爱乐人士，在苏兹的影响下，又都做了克利斯朵夫的"粉丝"。这场聚会甚至比萨皮纳教子的受洗仪式更具有质朴热烈的乡村情调：美食、美酒、弹琴、唱歌，畅快极了，唯一的遗憾是那位牙医出诊去了。

这两位提到牙医时，令人神往地说道："嘿！要是他在这儿，他才会吃、会喝、会唱呢！"心情愉悦的克利斯朵夫便作了一个慷慨的决定：多留一天！牙医卜德班希米脱出场的一幕也带有乡村谐谑剧的效果，一切都是热闹得过了头，夸张到荒唐，却百分之百的诚挚。那卜德班希米脱的长相就是谐谑剧的人物：高大，肥胖，方脑袋，红头发，大眼睛，大鼻子，厚嘴唇，双下巴，短颈脖，爱说话，爱笑……就是这么个"又笨重又庸俗的"大块头，却绝无仅有地传达出克利斯朵夫的思想——"他从来没听见一个人把他的歌唱得这样美的"，这也是一个造物主漫不经心拼凑起来的怪物，竟然把那么艰深的才能随随便便摁在了如此粗糙拙劣的器形里面。这又是一个浑然不自知的天才，一旦要自觉起来，刻意地追求某一种效果，情形立马变糟了。克利斯朵夫分明觉得自己的音乐在被作践，于是心情大坏。

怎样才能将碎片收拾起来，集为一体，打造成完整的崇高的样式，建立起克利斯朵夫与世界的通道，因而走出孤绝？克利斯朵夫离开德国，去往法国，将拯救的希望寄托于邻邦，那里会有什么命运等待他呢？音乐在巴黎几呈泛滥之势，到处是演奏会、新作品、乐评人、乐评报刊、音乐团体、歌唱学校……用罗曼·罗兰的话，或者是傅雷先生的话说，就是"制造和弦的铺子"。汹涌澎湃之中，真正的音乐却少之又少。克利斯朵夫很快就厌倦了，他挣脱出音乐的裹挟，"想去访问巴黎的文坛和社会了"，结果也是失望。文学界也差不多，一派繁荣中是病态的实质，至于社会，说起来就有点意思了。克利斯朵夫对巴黎的强烈印象——"就是女人在这国际化的社会上占着最高的、荒谬的、僭越的地位。"这个说法要是遇上女权主义，明摆着就是找骂，但他只是为了说明巴黎的颓靡，就像前边说过的卢浮宫的那幅不知名的画，女性往往不幸成为都会浮华的代表。鲁迅先生《南腔北调集》中，《上海的少女》那一篇，写到城市的势利眼，如何在其中讨生活，首先是"穿时髦衣服的比土气的便宜"；"然而更便宜的是时髦的女人"；于是，"惯在上海生活了的女性，早已明白着这种光荣中所含有的危险"。为什么独独是女性？我们同样不能简单地将鲁迅先生视作男权主义。现代城市的消费型经济很容易将女性作对象，追根究底是产生于男性中心的模式，却将女性推至前台。出生于20世纪初的西蒙·波瓦正在成长，第二性的理论尚处于准备中，我们只能将罗曼·罗兰的女性观理解成一种修辞，那就是用以代指矫情与空虚。事实上，当他进入到具体的描绘中，男性也同时登场了，他们甚至比女性更"女性"，轻浮造作有过之无不及。所以，我们更有理由认为，"女性"在此只是象征性的用语，当然，很不谨慎。然而，就是在这一个莺莺燕燕的世界里，生出被克利斯朵夫视为神圣的葛拉齐娅。人生向晚的时节，克利斯朵夫请求与她结为伴侣，葛拉齐娅的回答堪称爱情经典，她说："我们没有让友谊受到共同生活的考验，没有在日常生活中把最纯洁的东西亵渎了，不是更好吗？"以此可见，罗曼·罗兰其实对女性保持着圣洁崇高的观念。

话说回来，当克利斯朵夫从文学界和社交界败走麦城，空手归来，命运安排他邂逅了一个新朋友——奥里维。此时，奥里维所住的地方和克利斯朵夫在德国的居处，菜市街于莱家的出租房相似，狭窄的小街，黑黢黢的门洞，肮脏的楼梯，墙壁上满是涂鸦，楼道里充斥着孩子们的吵闹声，同样也是——"墙壁每分钟都给街车震动得发抖。"手头略为宽裕的克利斯朵夫动员奥里维搬出来，两人合租公寓，于是，他们住进了一幢六层楼老房子的顶楼，作者称这所老公寓为——"那是一个社会的缩影，一个规矩老实，不怕辛苦的小法兰西，可是在它各个不同的分子中间毫无联系。"我想，这大约就是作者对法兰西精神规划的空间轮廓，它既不在上层，也不在底层——底层的社会固然可映照天地不仁，激发起悲悯之心，可从另一方面来说，并不利于内心生活，它以受折磨的方式接近着肉体感官。克利斯朵夫在寻找思想的知音，他需要有精神的余裕，而巴黎，正是以一个布尔乔亚的社会主体迎接着他的知遇。因此，这一次搬家意味深长，虽然没有制造具体的情节，可是却促成了认识的嬗变，在英雄的历程上又推进一步。

好了，现在可以看看这幢楼里的居民们。小说中介绍，楼房的结构是每层两套公寓，一套三室户，一套两室房，没有仆人的房间，但底层和二楼却是将两套打通，所以另当别论。这样的公寓楼，在巴黎随处可见。去过我的《长恨歌》法文版译者乐老师的家，就是两室户型的那一款，和上海殖民时期的老公寓相仿，大多没有厅，窄小的过道直通房间，开间不大，但天花板很高，顶角有花饰。有趣的是电梯，挤在楼梯井中一线天，只能容两个人，或者一个人和一只箱子。墙壁和地板缝里，都是隔宿气，简直是有体温的。有一日大清早，在蒙马特，街上人迹寥寥，只见一个女孩子穿着单薄的T恤，手里握一根超市出售的长棍面包，神色惶惑地在一幢幢公寓楼前试探着推门。很显然，刚到巴黎不久，临时出门买面包，找不到住处了。所有的楼房看上去面目相似，石砌的墙面，门楣上多有一帧浮雕，刻着使徒或者圣器，看多了也觉出恹气。就在这时候，不知哪一幢楼上的窗户里直浇下来一盆水，紧接着响起孩子得意的笑声。每一个城市都有这样的坏孩子，无所顾忌，缺乏管教，惯会恶作剧。走过蒙马特的慢坡，远远看见一座天主教堂，门庭冷清，没有观光客，却停了一驾马车，车主走开了，马遗下一大堆粪便，热腾腾地冒气。走进去，见一位神甫正与一位教民谈话，大约就是所谓的"告解"，另有一位黑人妇女安静地坐在一侧等候。过一时，又有一位神甫到来，较那一位年轻，他向我走来，带着询问的表情，意思是有什么需要帮助吗？我回答只是看看教堂，神甫转而迎向那位等候的妇女。两人面对面坐下，女人从椅子滑到地上，双手合在胸前，神甫的手按在她的头顶，沉默了许久。这一幕令人感动，似乎是，即便在这样偏僻清贫的地方，游客都不来，上帝依然没有忘记照应他的子民。

　　我想，克利斯朵夫和奥里维合租的公寓要比蒙马特地区阶层略高一些。在他们所住的顶层六楼，另一户住的是一位神甫，四十来岁年纪，被罗马教廷视作异端受到贬抑，且又不屑于抗辩，与邻里也不打交道，依作者的话，便是——"他的傲气使他把自己活埋了。"五楼，与克利斯朵夫和奥里维同一侧的底下，是四口之家，丈夫是工程师，日子过得有点窘，出于自尊也保持着独来独往，但事实上原因还不止于此。年轻的夫妇曾经全身心投入一场持续七年之久的"德莱弗斯事件"，和所有的革命一样，胜利之后接踵而至的是成功果实的分配和争夺，于是，陷于消沉。五楼的另一套房子住着一名电气工人，出身低贱，经过教育和努力，终于过上了一种知识分子的生活，从此再不愿回到小市民中去，而中产阶级却无法摈除成见接纳他，他的尴尬处境也体现在他的邻里关系。他刻意地疏远周遭的人，却企图接近克利斯朵夫，以为音乐代表着上流社会，可却轮到克利斯朵夫躲着他了，因为——"他更喜欢跟一个平民谈谈平民的事。"四楼的两家，一是婆媳两代守寡人，另一户则有些神秘了——一位华德莱先生带着一个十来岁的小姑娘。华德莱先生据传是革命党，参加过1871年的暴动，被判处死刑又不知怎么逃脱了，经历过生死劫难之后，他大彻大悟，退身为无政府主义，放弃暴力，投入温和的改良工作，这工作听起来无论是目标还是用途都相当渺茫："他要创造一种为普及音乐教育用的新的世界语。"那女孩与华德莱先生并无血缘关系，是一对工人夫妇的遗孤，这就有点接近中国现代京剧《红灯记》的剧情，国际共运的故事都有些相似之处。克利斯朵夫曾经试图联络小女孩和工程师的一双女儿结伴，但双方家长都不热心，宁愿让孩子们寂寞着。三楼的大房型公寓是房东自留的一套，可从来不住，空关着。小一套的租客是一对教师夫妇，年龄在四十岁或五十岁，过着清贫简朴的日子。其实是真正的爱乐者，知道克利斯朵夫的大名，但出于谦逊的性格，也因为对音乐抱有过于严肃的态度，他们敬而远之，从不敢生出半点前去结识的念头。二楼打通了的公寓，为一对有钱的犹太夫妇独占，但他们一年里有半年住在巴黎乡下，与邻居形同路人。六十岁左右的先生是考古学家，人极聪明，出身优裕，照理能够拥有丰富的精神生活，可性格害了他：刻薄，褊狭，与社会不相融。这性格也带累了他的太太，本来是乐善好施的内心信仰，却也染上了傲慢病。一整个底层住的是退役军人和三十岁未嫁的女儿，相依为命地度日……就这样，人们携着各自的历史，关着门户各自生活着，互不往来，互不了解，许多才情被压抑着，终至萎缩，许多思想内耗着，无法惠顾众生，可是——克利斯朵夫不得不承认——"可是大家都在那里工作：怀疑派的老学者，悲观的工程师，教士，无政府主义者，不管是骄傲的或是灰心的人，全都工作着。顶层上更有那泥水匠在唱歌。"这都是自食其力的人，不是吃俸禄佃租的贵族，也不是赤贫，这就是城市的主体社会——小市民。他们的能量涣散于封闭的个体中，就看克利斯朵夫的鼎力，能否将其收揽、积攒、凝聚，进化成更高级的文明。

萨尔斯堡蜿蜒的街道，两边是小小的店铺和公寓楼，莫扎特挟着琴跟了父亲去到山顶上皇宫里演出，为自己和家人挣衣食，像极了约翰·克利斯朵夫的少年时期。但他身体孱弱，易感风寒时疫，靠那些疗效叵测的药材也管不了什么事，年纪轻轻便夭折，贝多芬的身体也不怎么样，都没有活到克利斯朵夫的身心和谐的日子，在生命的终点，听见颂歌合唱："你将来会再生的。现在暂且休息吧！"也就是中国人所称作的"功德圆满"。他们都缺乏克利斯朵夫强悍甚至于粗粝的体魄，就像那个一个人吃一大个蹄髈的萨尔斯堡大块头。看来，罗曼·罗兰塑造他的英雄，首要人物是增强体格，给他一副好身坯。谁的身坯最耐折磨？市民。不仅是身体手脚在劳动中有锻炼，更有繁杂的人世打磨神经。再说了，克利斯朵夫不是那类征战或者垦荒的模范，原始性的，而是音乐家，文明社会的英雄，他需要学习与训练的环境，就只能将他托生在市民的阶层中了。

维也纳斯蒂芬大教堂，流连在外墙根，墙上的圣徒雕像连绵不断，墓碑铭刻也连绵不断，有一位光头黑衣男子也在伫立仰望，他与我说，这里曾是莫扎特成婚的教堂，还藏有莫扎特的遗骸。我问他从哪里来，他回答了一个陌生的地名，就在附近，再要多问，他忽然害羞地退却了，说："我只是一个厨子。"一个厨子，这就是莫扎特的乡人。

三

前面说过，我们曾经满城寻觅演奏布鲁克纳弥撒曲的那一所教堂。不过几日，看见一所教堂门上张贴告示，下一个周日上午将举行大弥撒，演奏的曲目是布鲁克纳的作品。当时的印象清晰而且肯定，也很自信记忆力，所以未作任何记录。临到那一日，一早就出门找教堂。周日商店多不营业，沿街的门窗紧闭，早春的天气一片清冷，卵石地上蒙着寒霜，脚步踏上，四下里都响着清脆的回音。几乎是在一刹那，广场中间，拱门底下，街巷里，突然冒出早起的人们，渐渐汇成三个一群，五个一伙儿，朝各自方向走去。可我们再找不到那个教堂，记忆中的那个门上不再是布鲁克纳的曲目，而且，维也纳的教堂远比想象的要多得多，转弯就是一个，过街就是一个，而所有的路人，都在往教堂走去。过后才知道，这一日是耶稣的一个大节日，每个教堂都举行大弥撒。大弥撒是带乐队合唱队加入的仪式，在旅游的潮流中，就演变成了音乐节目。当我们疑惑地徘徊着的时候，有一位游客招呼我们随他同往，去往的教堂已排起长队，却是维也纳男童合唱团，也是这一天大弥撒中最热门的，起早的人们多是来赶这一场，可我们还是要找布鲁克纳。而布鲁克纳就好像人间蒸发，再也不见踪迹。我相信我们至少已将维也纳的教堂搜索了一半以上，一个多小时里，不歇气地穿过一个又一个广场，叩访一个又一个教堂，都有大弥撒举行，可都没有布鲁克纳。也不知道是哪一根筋别住了，我们谁也不要，就要他！后来，隔年的2011年中国国际艺术节，柏林爱乐在北京上演音乐会，曲目正是布鲁克纳的交响乐，从电视上看见堂皇的音乐厅里，乐队演奏的场景。那时节的渴望已然平静下来，大师的身影回归进他的同时代人的名列，复又化为西方音乐史上的一个标记。也不是说它抽象，音乐总是具体的，现场亦总是有预期之外的戏剧性，而是背景，背景不同了。在维也纳，一座教堂里，面对着它的教众，即便其中掺杂有一半还多的游客，看西洋景似的，布鲁克纳也是回了家乡，就有一种原典主义的意味，将音乐单纯的本意辐射开去，穿越时间与空间，和我们这些异乡人，也是异教徒，萍水相逢。

终于是没找到布鲁克纳，四顾茫然中，却听见哪里传来乐音，循声而去，推开一扇沉重的木门，高大的穹顶下，有女声回荡，安详而壮丽。声音来自后上方管风琴的位置，乐队与合唱队在排练，为十一时的大弥撒做准备。席座间有数十人仰头聆听，听一会儿，离开去，又有新来的，交互错往中，渐渐聚起更多的人。有一位先生，中年肥胖的身形，摊开着乐谱，安营扎寨的样子，过去借他的谱子看，他抬起头，转过来，是一张天真灿烂的笑脸，就好像遇见了同道。他慷慨地让出谱子给我们，告诉说是舒伯特的弥撒曲。他的脚边放了一只拎包，因为陈旧，黑色的皮革已经磨损，又因为塞了太多的乐谱臃肿得走了形，看上去很像我们上个时代里上班养家的男人手里拎着的包。他的衣着同样陈暗守旧，灰色的夹克棉袄，宽大的也是没型的裤腿。他一定是附近的居民，因为没有旅行的装备，也没有旅行者那种刺激紧张的猎奇表情，而是松弛和安心，又有些怠惰，流露出居家的气息。他胖墩墩地满坐在座椅间，从头至尾没有挪动地方，眼睛在一行行乐谱上流连，核对着乐队奏出的每一个音符，当演奏中断，眼睛就移回去，从头再来。时间在向十一点接近，有神职人员来发放祈祷词和弥撒曲目录，顺便有一行文字，敬请每人交付八个欧元的奉献。教堂里不断进来人，转眼间满了大半。也有起身离去的，那是一些穿着休闲、神态闲散的人，显然是本地人，趁早进来蹭听一会儿排练，然后及时抽身，给难得一来的观光客让出位置，给自己呢，也节省下一份"奉献"的开支。人潮如同灌水般涌入，只见神职人员不停地搬来折叠椅加座，走道上都站满了人。后来知道，这是维也纳的又一个大教堂，圣·奥古斯丁教堂，重要地位不亚于斯蒂芬，而且，以舒伯特弥撒曲为演奏主题的又是一场最隆重的大弥撒。我们无意中撞了个正着，因为来得早，占了个好位置，回头看看，"舒伯特"——那位忠实的爱乐者长得真有点像舒伯特，"舒伯特"没动窝，还有一对来自美国的游客也是从排练一直坐到此刻，再是我边上的一个背包客，不知来自哪个国家和地区，他大约是刚到维也纳，不期然撞上一个大庆典，茫然无措的样子，老看着我们，我们做什么，他也做什么。我们这一丛人因来得早，彼此就有些相熟，生出情义似的。

一名着黑色长袍的教士来点蜡烛了，举着长长的引火杖，一盏一盏点燃蜡烛。在此同时，顶上的吊灯从前排往后排，顺序亮起，顿时大放光明。钟声响起。身在教堂内部，钟楼上的钟锤变得遥远，分不出是这一座还是那一座，无数铜钟敲击，钟声穿行，真是神圣辉煌！教堂里人头济济，却鸦雀无声。钟声满城回荡，足足有一刻之久，然后静寂下来，仪式开始了。

乐队与合唱队在教堂后上方，于是，乐声就好像在天庭响起，尤其是女声，有一股说不尽的富丽堂皇，蕴含深厚的慈悲，引导情绪向上，再向上升起。神甫以德语布道，听不懂说什么，但从动态表情，以及听众反应的活跃，可猜出言语风趣俏皮。这一谐谑的段落过去，又是庄严的乐声，令人肃然起敬。高耸的穹顶几乎像是直入云天，彩色玻璃闪烁着神秘的瑰丽，乐音沿着石壁攀援，于壁饰、圣像、浮雕之间回旋环绕。

我们曾经在巴黎圣母院参加过一次弥撒，有点经验，当进入到互相握手的桥段，便主动与前后左右的邻人们握手。一直从排练听过来的人们自然不消说了，大家热切又开心地摇着手，另一些较为陌生的听众，则惊异这两个亚洲人竟也懂得规矩，反应更为强烈。坐在后排离开老远的一位老妇人，她一定是当地人，可能就住在本街区，这样的年龄独自一人外出，至多只能去到家门口的教堂里了，她从那么远处，努力欠过身子，执意要与我们握上一握。为让她达成愿望，半排座位的人都让道于她，我们也极力抻长身子，两下里终于牵上了手。大弥撒在乐声中结束，人们鱼贯走出教堂，捧举奉献箱的人员早候在各个出口。我们向"舒伯特"告别，再次问他索查乐谱，他慷慨地倾囊而出，供我们一一翻检。他显然很激动，不停地说今天的乐队很棒，合唱队很棒，指挥很棒，演奏棒极了！离开"舒伯特"，离开相伴三小时之久的邻人，年轻的背包客的眼睛一直跟随我们，大有不舍之意，在他的旅途中，我们很可能是相守最久的伴侣了。走出圣·奥古斯丁教堂，阴雨连日的维也纳竟放晴了，阳光洒下，气温也上升，真是春暖时节。每个教堂都涌出人潮，汇集起来，再分流出去。鸽子飞起来，又降下来。观光马车拉到了客，马蹄在石卵地上"嘚嘚"地响。

我曾经请教一位德国文化领事，为什么西方人格外地重视诗歌？是不是因为戏剧来源于诗歌？他沉吟一时，回答道："完整的顺序应该是这样的，戏剧来源于诗歌，诗歌来源于音乐，对诗歌的重视可能更基于对音乐的敬意。"这么说来，音乐是起源性的，那么音乐又生自于哪里呢？我还听一位生长于巴伐利亚的朋友说过，他的艺术教育，包括音乐、美术、文学，都来自于教堂。果然不假，人们都知道，英国"达人秀"中脱颖而出的苏珊大妈，就是她所在那个小镇教堂里唱诗班的成员。

还是回到约翰·克利斯朵夫，我们有必要检验一下他的宗教生活。

当然，如克利斯朵夫这样被派作天才的人物，他是可从万物万事中听取乐音的。小时候，随了祖父乘坐在马车上，朦胧中——"马铃舞动：丁、当、冬、丁。音乐在空中缭绕，老在银铃四周打转儿，像一群蜜蜂似的；它按照车轮的节拍，很轻快地在那里飘荡；其中藏着无数的歌曲，一支又一支的总是唱不完。"这是天才的禀赋，但禀赋是需要物化才能够实现于人世的，像孩子的祖父，禀赋始终不能成形于可视可听的存在，是因为天分不够强大，也因为本身气质孱弱，不足以将内在造化为人工，简单地说，就是缺乏表现力。而克利斯朵夫则一定要完成使命，作者必须为他提供条件，按部就班，接近目标。极小的时候，祖父带他进教堂——德奥地方，遍地都是大小教堂，它是每个村庄社区的政治经济伦理的中心，克利斯朵夫在教堂里，接触到了管风琴，这可是一件人类文明的产物，是将天籁转变成人手可以操作的一架机器，它将灵魂在天地间的感悟模仿成为可辨析的声音。作者这么描写道："忽然有阵瀑布似的声音：管风琴响了。一个寒噤沿着他的脊梁直流下去。"后来的钢琴也是，那一个一个琴键发出的音响，其实是将田野树林的美妙动静收揽起来，再整合成乐音，又在天才儿童的听觉里，还原成自然。接着，他接触到歌曲、歌剧、交响乐，音乐的物质部分越来越铺陈开来，也将对自然的收揽与回放处理得越来越复杂和困难。这一切的起头，就是教堂里的管风琴。

音乐的器物性不断扩张着数量和质量的同时，宗教也在克利斯朵夫身心里繁衍着意义，好比一棵大树，越生长越发出枝杈，歧义派生，旧的歧义上又派生新的歧义。首先，关于创造。头一回看歌剧，听祖父说到作曲家，小克利斯朵夫不由得骇然："怎么！这是人造出来的？"称得上石破天惊。可是，接着，舅舅，那个行贩高脱弗烈特却否定了人的创造力，认为一切都是"一向有的"。然而，世事难以抗拒，题名为"童年遣兴"的独创音乐会开幕了，一个音乐家的职业生涯就此起步，要度过许多日子，克利斯朵夫方才从歧义中走近那个千条江河入大海的归宗之地——其实，他毕生所在做的就是要创造出舅舅所说的那个——"一向有的"存在，就像爱斯基摩人对雕刻的理解，将本来没有的去掉。究竟是上帝创造世界还是人创造世界？这个问题终于和谐为一体，是上帝选择了他最忠诚的子民的手，开辟了"一向有的"万物的源泉。

那么，人们如何被上帝选择呢？被选择的命运又是怎样的？菜市街于莱一家的聒噪中，唯有一个静谧，就是那个准备进教会的男孩子莱沃那。克利斯朵夫和莱沃那在圣·马丁寺的回廊底下，进行了关于宗教的对话。克利斯朵夫期望莱沃那能帮助他从信仰中汲取生活的力量，可是莱沃那则对人生毫无兴趣，认为那只是短暂的滞留，从无穷无尽的时间里错误攫取的一段。这可是重重打击了克利斯朵夫——其实，他真的有点像中国的贾宝玉，凭临虚无境界。区别在于，贾宝玉所在的大观园是天上人间，而克利斯朵夫，却是硬扎扎的人世，遭际命运都是残酷艰难，连自己的身体也助纣为虐，一并的折磨他：饥饿，劳顿，欲念——这是困他一生的桎梏，也因此，对生命的渴求也就变得更加强烈，甚至野蛮，全然没有贾宝玉的优雅，情欲也止在意淫之间。可无论前者后者，一律可完成使命才可谢世，退回莱沃那所谓的无穷无尽的时间，也就是《红楼梦》里"大荒山无稽崖青埂峰"。这必定的使命在克利斯朵夫可视作罗曼·罗兰在篇首题词中写的，"献给各国的受苦、奋斗而必战胜的自由灵魂"，那"受苦、奋斗而必战胜"的经历体验，在贾宝玉那则是一个字——劫。总之一句话，不熬过就参不透。有一则中国寓言，说的是一个吃饼的人，一连吃到第三张饼方才饱了，他猛醒道：倘若上来就吃第三张饼不就早不饿了？这实在是觉悟中的迷途，莱沃那就是那个吃饼的人，宗教似乎是为他们的遁世建立的避难所，其实不是。陀思妥耶夫斯基的《卡拉马佐夫兄弟》中，长老目睹卡拉马佐夫一家乱糟糟的丑剧之后，就要逐他们家的小儿子阿辽沙出修道院，长老说：

"这里暂时不是你的地方，我祝福你到尘世去修伟大的功行。你还要走很长的历程。你还应该娶妻，应该的。在回到这里来以前，你应该经历一切。"同样，克利斯朵夫必须经历命该经历的一切，不躲滑，不偷懒，不取捷径，尽职尽能地步到终点。

这就来到宗教最重要也是最后的命题——死亡。克利斯朵夫第一次接触死亡的概念，是在衣橱里翻出几件陌生的孩子的衣物，方才知道曾经有一个小哥哥，在他出生之前死了。这使他十分震惊，一个人竟然能够消失得无影无踪，不是吗？生活照常进行，该吃的时候吃，该睡的时候睡，有说有笑，没有一丝缝隙，是为那个生存过的人留着的。似乎是为加强印象，不几日，街坊家里，一个玩伴弗理兹得伤寒死了。如此贴近的死亡更加显得可怕，这说明，死亡无所不在，不定哪一天就会落到自己头上。上帝的关于"天国"的描绘也安慰不了他，因克利斯朵夫是这么一个现世的人，他要求实际的证明，任何理论的诠释都说服不了他。小说写道："这些关于死亡的悲痛，使他在童年时代受到许多磨难——直到后来他厌恶人生的时候方才摆脱掉。"

我想，克利斯朵夫"厌恶人生"是不是意味着一种裂变，精神和身体趋向分道扬镳，在最后弥留时刻，他好像分成两个自己，一个看着另一个——一个肉体，"又病又猥琐的肉体"——"好吧，它把我关也关不多久了。"他的一生都是被这个肉体拖累，欲念总是最大的敌人，这欲念不单是指性，还是指热情与创造力，每当这些能量达到某一个饱和度，井喷般冲出地表，携带着毁灭性的危险，疾病就来临了。克利斯朵夫要么不病，要病就是大病，疾病使亢奋的精神颓败下来，同时也是松缓紧张，让身体暂时得到休憩，迎接再一轮的勃起。而当疾病都救不了他的时候，他便动手自己解决自己，那就是在与阿娜发生不伦之恋的时候，当然，是与阿娜联手。阿娜是他所有女朋友中与他能量最接近的一个，也是他最后一个肉体的女朋友。他们两人一样的疯，又一样的宗教狂，触犯上帝的戒律，就有同样的自毁的倾向。那一幕写得惊心动魄，终于没有死成，却也如同行尸走肉。克利斯朵夫逃离阿娜家，一个人关闭在北欧的小村子里，这一回，疾病并没有应约来到，似乎是身体已经丧失调节的功能，从一张一弛的戒律上脱轨，抑或是终于脱胎换骨。肉体离他渐行渐远，等到下一次疾病降临，就已是最后的时刻，就是"它把我关也关不多久了"。

极富意味的是，面对这最重大也是最本质的命题的时候，克利斯朵夫并没有像之前的两难境地那样，走过一个二次否定的过程，螺旋式地上升到原点，让对立面两相合一，在西方哲学是辩证逻辑，东方哲学则是一元世界。具体地说，克利斯朵夫并没有与死亡和解，而是寻找了另一条出路，那就是音乐。他的垂死的耳畔，响着汹涌起伏的乐声，他的意识急促地跳跃着行走在刀锋上，他一忽儿想道："让我的作品永生而我自己消灭吧！"相信留存了自己的"最真实，唯一真实的部分"；再一忽儿想到音乐的虚无，附在时间上流逝，一去不回，"我们的音乐只是幻象"；可是乱梦过去，乐队又奏起颂歌，世界又复活了，恰似小时候的经验，一个孩子死了，生活照常进行，乐队照常进行，他努力追赶着——"别这么快，等等我呀……"克利斯朵夫将死亡的救赎交给音乐，这意味着他其实承认了莱沃那的无穷无尽的时间观念。音乐确实具有与时间同样的物理性，瞬息即逝，但是它毕竟充实了时间的空洞，就是迷乱中所出现的那个物名：堤坝——"人的理智必须有那个堤做保障。"音乐使无意味的时间有了意味，莱沃那是那吃饼的人的第三张饼，克利斯朵夫则是勤勤恳恳从第一张吃到第三张。然而，作为一个哲学命题，他还是不能够形而上地解决，他必须要赋予存在以物质的形式，这个形式就是音乐。克利斯朵夫，或者说罗曼·罗兰是相信人力的，天地自然非经过人力而不可显现，例如教堂里的管风琴，就像一种化学试剂，使得无形转为有形。这就是英雄的来源，理想主义的来源，我猜测法国人不怎么看好克利斯朵夫说不定原因在此。

法国人是信命的，克利斯朵夫和奥里维在他们合租的公寓里，足不出户八日八夜地讨论法国精神——奥里维是隐匿在一整个公寓的小市民里的精英知识分子，他具有一种"安安静静的宿命观"，他为法国人的慵懒颓靡的性格辩护道："对于这样一个民族，你不能绝望。它有那么一种潜在的德性，那么一股光明与理想主义的力，即便是那些蚕食它破坏它的人也受到影响。"事实上，这也是身为法国人的罗曼·罗兰对他民族的期许，然而法国人似乎并没有领情。对精神价值至上的法兰西民族来说，罗曼·罗兰无疑是太崇尚行动与实践了，在他的世界里，没有未知的力量，即便是上帝，他也相信是由被选择的人事人物分担了神职。看起来极像是那么回事：他企图以音乐来实现宗教，然后再以小说来实现音乐。这两者都透露出野心，一种将世界物化的野心。他要将存在的虚无全截留住，如同筑一道"堤坝"。

我们很少有人能如傅雷先生那样谙熟法兰西文字，我们只能隔着傅雷先生的中国文字阅读罗曼·罗兰。那是极富修辞性的中国文字，是中国一代知识分子在西方启蒙运动及浪漫主义潮流影响下所形成的语言，从中国精练雅致的贵族美学中走出一个新天地。张可先生翻译的法国泰纳（1828—1893）的《莎士比亚论》，选引莎士比亚数首十四行诗之后，这样写道："这种热情洋溢的矫饰描绘，趣味横生的刻意雕琢，真可与海涅以及但丁同时代人媲美，它们表示绵绵不断的欢乐梦想集中在一个目标上面。"他又说："他们有声有色地表现自己的思想，运用丰富的比喻；他们纵使在谈话的时候也充满了想象和独创的风格，措辞亲切大胆，有时滔滔不绝，但又往往不遵规矩法度，因为他们只是按照突发的感兴侃侃而谈。"……如果没有这些学贯中西的前辈创造出的新文体，我们如何能见识那一个恣意汪洋的文字世界！这些连绵起伏的状语和形容词，漫长的句式，环环相扣的比喻，将感情大大激发张扬。你可以说是滥情，可有时候真的需要滥情，将压抑着的身心做一个解放。在这解放中，许多不自觉的思想与情绪变为自觉，继而繁衍滋生，由外在到内在，丰富了精神。

傅雷先生翻译的《约翰·克利斯朵夫》，或许就是在这里，唱和了文学青年的心。先生几乎将世界万物都交付于文字，多少不可表达的表达了，多少潜在的浮出水面，多少无语的有了语汇。爱、恨、死、生，在中国人的意境中，或尽在不言中，或顾左右而言他，在此全被最直接最热情的表述覆盖，一层不够，再加一层，两层不够，又上第三层，叠叠加加，繁繁密密，山重水复，水复山重，你可以说是堆砌！人到中年以后，安静下来，会倾向于平白如话，可是，假如青春的时候没有阅历过这锦绣文章，就好像没有体验过爱情一样。年轻是必要癫狂的。中国20世纪上半叶的译文体，就是癫狂的文体，它培养了现代文学写作，更重要的是，它养育了我们的浪漫主义精神。

话再回到音乐。音乐这东西，倘若脱去文字的修辞——这些修辞可说是为乐评的传统建立了基础——脱去修辞，它可能显现出两种极端相反的特质，一端是极度的物理性，我曾经听上海作曲家金复载先生讲解音乐，他说音乐的所有成分都可用"数"的概念解释。在物理性的另一端，则是极度的抽象，它所予以表达的内容，其实相当暧昧，无从界定，最终还是归于感官。在这两极之间，是否存在有略微折中的形态？

《约翰·克利斯朵夫》里有一个人物总是感动我，那就是孩子的祖父，约翰·米希尔，一名退休的大公爵的乐队指挥。当年轻的大音乐家哈斯莱光临小城举行个人音乐会，约翰·米希尔被邀复出，屈尊担任合唱队的指挥，因为乐队要由哈斯莱亲自指挥。小克利斯朵夫"童年遣兴"音乐会大获成功，被皇亲贵族团团包围——"他瞥见祖父又高兴又不好意思的，站在走廊里包厢进口的地方；他很想进来说几句话，可是不敢，因为人家没招呼他，只能远远地看着孙儿的光荣，暗中得意。"

这个老人，一辈子和闪烁不定的灵感周旋，没有能够攫住它，只能将孙儿的胡乱哼哼记录下来，编辑成乐曲。这个细节可视作象征，象征着音乐从玄思到实有的过程，一个物化的过程。

约翰父子，克利斯朵夫的父亲曼希沃和祖父米希尔，每周三次和邻居共同举行室内音乐会。曼希沃担任第一提琴手，米希尔操大提琴，再有一个银行职员，一个老钟表匠，隔三差五地又加入一个药剂师。听众都是附近的街坊。演奏者以对待机器的态度对待手中的乐器，严谨而刻板地一曲一曲演奏，听的人呢？喝着啤酒，并不过量；抽烟，空气因此变得浑浊，但并不妨碍他们的专注，按照拍子摇头顿足。作者写道："他们对于音乐，容易学会，容易满足；而这种不高不低的成就，在这个号称世界上最富音乐天才的民族中间是很普遍的。"

老祖父就代表了这个普遍的人群，他体现了音乐里最实际可操作却也绝不可少的性质，那就是劳动。

尾　声

看见过调音师做活吗？无限的耐心与专注，对比着琴键和音叉间的振动频率。频率，在这里就是频率，完全没有克利斯朵夫头一回从琴键上听见的——田野上的钟声，随风远近，羽虫飞舞，喃喃细语……

在巴黎圣叙尔皮斯教堂听管风琴音乐会，如今，全球性的旅游业发展趋势之下，无论教堂音乐会，还是大弥撒，都成为观光活动的一部分，真正的教区居民，有是有，却有限。不再是克利斯朵夫的时代，约翰父子的音乐会上，来的都是邻居街坊。管风琴装置在教堂的后壁上方，为便于观看，在祭坛前设一幅投影荧屏，只看见，演奏者忙个不停，将音栓一会儿塞上，一会儿拔下，乐音就在这紧张的操作下响起来，连贯成曲调。演奏持续有一个半小时，有古典作品，也有演奏者自创的曲子。结束之后，人们走出圣叙尔皮斯教堂，绕过广场上著名的四主教雕像喷泉，分散在辐射于周边的各条街道。有几位和我们同路，络绎走在蜿蜒的长巷中，两边的门窗大多暗着，有几扇亮灯的玻璃门，是旅馆，有人推门进去，不见了身影。然后，我们也走进我们的旅馆。这样徒步走到本街区的教堂，听一场音乐会，使音乐变得很日常。

约翰·克利斯朵夫穷其一生，就是和平庸作斗争，试图将自己从俗世中拯救出来。他曾经两次邂逅高贵的精神，都是以爱情为代表，一是安多纳德，一是葛拉齐娅。安多纳德几乎是灵光一现，稍纵即逝，她实在是太精致，因此太脆弱了。这一个真正的贵族，可惜生逢这一阶层的末世，就像断了翅膀的天使，落到巴黎的市井，经不起那股子粗野的生气的摧残，早早夭折，天人两隔。留下她的同胞兄弟奥里维给克利斯朵夫做朋友，也是同样的美丽纤细。他在红尘中流连得稍久一些，来得及恋爱结婚，于是就有了一个儿子乔治。葛拉齐娅，出身意大利的古老家族，意大利人天生比较强壮，也比较守旧，在缓慢的社会进程中，保持了家业。那地方至今还有许多老贵族呢！幼年时候，葛拉齐娅的形象就像是拉斐尔画笔下的小圣母，多年以后，再次相逢，则成了一个"俊美的罗马女子了"。事实上，她就像是克利斯朵夫的圣母，看着他受苦受罪，直至尘埃落定，恢复平静——"现在你已经越过了火线"。而他和她，永远是两股道上跑的车，永远不会交错，一个是圣母，另一个呢？是"亲爱的疯子"。好比《巴黎圣母院》里的艾丝米拉达和卡西摩多。克利斯朵夫注定必在俗世间，与俗物打交道，他期望音乐能带他从芸芸众生中脱颖而出，可是连音乐自己的高尚性都受到质疑。颇有意味的是，最后，奥里维的儿子乔治与葛拉齐娅的女儿奥洛拉好上了，这两个孩子都要比他们父母逊色一些，奥洛拉略有些瘸，心思也欠细腻，依作者的说法："她很快乐，爱享受，精神非常饱满。没有书卷气，也很少感伤情调。"乔治是真正属于他那一代，用现在的话说，很"潮"的年轻人——"轻浮，快乐，最恨扫兴的人，一味喜欢作乐，喜欢剧烈的游戏，极容易受当时那一套花言巧语的骗，因为筋骨强壮，思想懒惰而偏向于法兰西行动派的暴力主义，同时又是国家主义，又是保守党，又是帝国主义——"总之，乱七八糟一锅粥。他们使我想到《呼啸山庄》里，希克厉他所用于报复的一对小儿女，卡瑟琳和哈里顿，他强行将他们"混搭"一处，培育毒怨仇恨。但是，他们并没有如其所愿再次上演互相残害的惨剧，而是真的爱上了。也和这一对一样，一个二十，一个十八。爱情选择了年轻的，也许是肤浅的，却有生机的种子，灌注它的力量。

如今，作为一个旅行者在欧洲游荡，一方面，觉得所有的情景似曾相识，和文艺复兴时期的油画，西方小说和电影里的描写全无二致；另一方面，又时常会诧异，自己忽然在了什么地方啊！我的在场本身就表明了一种变化，那就是现代旅游业正改变着这地方的某些性质，生活中的经典元素在进一步地世俗化。

在旅游旺季的罗马，歌剧院在卡拉卡拉大浴场举行演出，八九点钟的时间，还亮着天光，人们聚在入口处，一边拍照，一边等候进场，外国人和外省人占了一半以上，本地人总是穿着光鲜隆重。有一家人极像是来自乡下，无论老小，身体都敦实健壮，饱满的脸颊红扑扑的。放人的时间一到，便打开随身携带的旅行袋，掏出西装一一穿上。那小男孩的一套明显大了许多，就像是借来的，但更可能是有意做大，可以多穿几年。西装很新，也是难得穿的缘故，硬邦邦的，有棱有角，裤腿堆在鞋面。虽然不合身，却是完整的全套，也有衬领，扎着一个蝴蝶结。经过检票口，徐徐进入，暮色渐浓，中世纪大浴场的断壁残垣退到天幕前，空茫遥远。两具大烟囱间的舞台变得很小，背景上张起巨大的荧屏——又是荧屏。人们都在互相拍照，说话声散得很开，天空无边无际，几可望见地平线。一对盛装的夫妇由领票员带上梯级，先生和夫人都有着硕大的身躯，表情威严。我们小声说："黑手党的老大来了！"

"黑手党"夫妇就停在我们这一排，然后，面对面地挪进座位，夫人鹰隼般犀利的目光从坐定的人们脸上一一扫过，好像在审查她的邻座是什么东西。场子里坐满了，照相机的闪光此起彼落，萤火虫似的。天彻底黑下，转而成一种蟹绿深蓝，星星出来了，嵌在穹顶，四周的残垣反逼近过来，成为一道剪影。这一幅场景确实挺壮观，而且具有历史的意蕴。乐队谱架上的灯亮起来了，指挥走上来了，音乐会开场了。

在这样无遮无拦的露天场地，交响乐队是拿它无可奈何的，音响上人们一定动足脑筋，可效果还是不怎么样。乐音一旦出来，即刻在空廓中稀释，变成单薄的一片。与演奏同时，荧屏上出现影像，画面紧扣曲目的标题——《罗马狂欢节》《罗马的喷泉》《罗马的松树》，为听众作视觉的阐述，好比 MTV。巨大荧幕之下的乐手们更成了豆样的小人儿，奋力拉奏手中的乐器，乐声细弱地进行。可有什么要紧呢？此时此刻不单是要听什么，视觉、感觉、嗅觉——天空里有着露水和青草的气息，还有冥想。你就想象吧，多少时间在这里流淌，音乐只是装饰在时间上的附丽，从废墟上漫过去。音乐会结束，回到市区，已是午夜，可冰激凌店还开着，游人还在街上穿行，凑着路灯在地图上检索，手指头上挂着数码照相机。罗马的夏夜，就是一个永不止息的大欢场。

罗马另一回音乐生活的经验，也别有意趣。走在闹市区忽然斜穿过来一位武士装束的年轻姑娘，递上一份歌剧的广告。这才发现，临街面的，咖啡店，其实是一所剧院，咖啡座只是一个小小的前厅。演出的剧目是著名的《茶花女》，剧团和演员却是不知名的。一是想丰富度假的内容，二也是对那座剧院好奇，再则票价也合理，比前一日的"卡拉卡拉"便宜一半还多。座位只分两等，显见得是个小剧场，于是买了次等票。演出前半小时来到剧场，门前已经排起入场的队伍。凡剧场演出，不论大小高低，一律是郑重的，用北京话说，就是"事事的"，上海话则为"像煞有介事"。人们很规矩地沿马路站成一列，等待放人。终于，门开了，却不能全进，而是由一位西装革履满脸堆笑的先生来领。五六人一放，五六人一放，经他检查了票，然后指点是堂座还是楼上包厢。堂座前排为头等，后座及包厢为二等，不对号，自由选择。略加对比，上了二楼。这座剧院，说实话破旧得可以，壁上的花饰全凋敝了，油漆也剥落了，包厢的栏杆边缘，天鹅绒垫布掉落下来，还吸饱灰尘，地板上染着不明所以的污迹，气味也很不好闻。但就这么小而旧，却五脏俱全，该是剧院有的，一样不缺：堂座、楼座、前厅、过廊、酒吧、乐池——极窄的一条，舞台上凡有名有姓的角色也都挤下了。

　　乐队很简约，但各声部齐全；演员呢，不能作大幅调度，就如清唱剧似的站在原地，稍作表情。这一支小型的演出团体，就和浙江县级的越剧小百花差不多，四处走穴。它还令我想起约翰·克利斯朵夫家乡小镇曾经来过的那个法国戏班子，女主角也像那个饰演奥菲利娅的女演员高丽纳，长相十分甜美，养眼得很，声音也甜美，而且皮实，三个半小时下来，一无倦意。阿蒙则长得极似下一日我们吃烤鱼那饭店里的伙计，高大剽悍，上半场声音有些喑哑，到了下半场放开了，竟然变得辉煌。中场时候，乐手们走出乐池，与观众一并坐在墙脚的长椅上歇息。香槟照样打开了，至少有一半观众着正装，态度庄严地踱来踱去。相邻的包厢里两位老夫人，假发，浓妆，低胸的晚装，金银玉翠琳琅满目，脸上却始终挂着生气的表情，中途就消失不见了。总觉得她们是愤愤离去，因为不满意剧场的破烂，不满意演出的简陋，还不满意如我们这样的旅行者，穿得乱七八糟就进了戏园子。这剧场再配不上她们了，而她们，真有些像狄更斯小说里那个蜘蛛网下的老新娘。演出结束，演员在化妆间卸妆更衣，乐手们收拾收拾乐器出了剧场，那一个长笛手正与我们同路，在我们前面十数步远，看他穿过熙攘的人流和车流，大步流星，回他的家去。罗马的旅游潮简直了不得，夜夜笙歌。

　　就在写作这篇文章的时候，又增添了新阅历。在布达佩斯，安多西拉大街，有些纽约百老汇的意思，大小剧院三步一个，五步一座。那晚，本是奔国家歌剧院的瓦格纳《唐豪瑟》去的，不知是我们记错，还是临时变动，剧目竟为《费加罗的婚礼》，因为刚在布拉格看过，便转而走入下一家剧院。这里两天前曾经上演音乐剧《西贡小姐》，这晚则是一出陌生的轻歌剧，英文名叫《吉卜赛公主》，决定试一回。这一家剧院与国家歌剧院不同，即便是在冬日的旅游淡季，国家歌剧院还接待游客观光，观众也有相当一部分是旅游者。这家显然本土化得多，更接近上海的"共舞台""美琪大戏院"一类，满座之间，唯有我们两张亚洲面孔，招来众多好奇的目光。

下午四时许去买票，尚有三分之一余票，到了六点半入场，已经全满。门厅里设有面包摊和饮料摊，供作简单的晚餐。人们衣着整齐，气氛照例是隆重的。我们的座位是在最左侧的两个，看见两位女士正与领票员争执，听不懂说什么，但猜得出大概，领票员的意思是她们的座位应当从右侧进，而那位年轻的不时指一指年长的，表示她已经上了岁数，倘若走右侧还需绕一个大圈子，因没有中间走道，观众必须从两头入座。争执过程中，那老妇人局促不安地站在一边，捏捏衣角，抻抻袖口，衣服虽简朴，却是整洁的，还留有折叠的印痕。她看上去很像来自外省的某位亲戚，比如从宁波来上海做客，于是带她去看戏。最后，她们终于没有服从领票员的意志，而是从这头挤到了那头。

《吉卜赛公主》在我们这闻所未闻，却为布达佩斯人熟悉，后来回家查找，才知道是一出名剧，为匈牙利作曲家卡尔曼（1882—1953）所作，甚至，与我们还有些渊源。据记载，20世纪的1939年和1940年，上海俄侨组建的俄国轻歌剧团将此剧献演于兰心大戏院；1943年11月13日，上海虹口提篮桥地区避难的犹太艺术家又在东海大戏院演出。

剧场里的气氛蒸腾极了，许多对白引起会心的大笑，甚至话未出口，已经笑在前头了。那些节奏明快的段落，观众似乎老早等着的，一来到便全场随了拍子鼓掌，于是演员很"人来疯"地再来一遍。要是让克利斯朵夫看见这一幕，他又要气死。可是这就是音乐生活里的大众，也是中流砥柱，思想的重任就由少数天才扛着吧，就像耶和华扛起了十字架。

《吉卜赛公主》散场了，同时有好几个剧场也到剧终，几股人流潮汇集起来，又分流出去。我们走在旅馆所在的长街上，夜深人静，只听身后有急促的脚步声，于是停下来，靠边等待，让后边的人先过去。那人道了谢，走到前面。我们的速度也不慢，紧随其后，竟然看见他也走进和我们同一所旅馆。等我们走进去，他所乘的电梯门还未来得及关上，于是，我们就乘了同一架电梯上楼。又一回惊讶地发现，我们与他住同一层，而且门对着门。双方都有些错愕，有些喜悦，晓得都是看戏归来，看的不定就是同一出，互道了晚安，各自回房。次日早晨起来，看他的房大开，进出着打扫的清洁女工，已经人去楼空。

原载《十月》2012年第4期

爱尔兰：文学与记忆

戴 睿

———————

　　走出都柏林机场，一时感到失语。之前印象里爱尔兰点缀着各种文化符号，它们此刻全都隐匿。城市的道路干净宽阔，建筑整齐朴素，海鸥在空中滑翔、鸣叫。夏秋季节的天气总是一个样，阳光打在皮肤上微微发烫，海风清凉，推来大片的云朵。间或风急雨紧，未及归巢的海鸥会被风吹跑。雨后沿着海岸的克朗塔夫公路慢跑，海草气味中错身而过的爱尔兰人笑着挥挥手。

　　在这里，人能够很快安定下来，进入一种日复一日叫作"生活"的状态。46A路公交车日复一日地经过圣三一学院和圣斯蒂芬绿地，赛百味餐厅日复一日地推出特卖三明治，乐购超市日复一日地给临近保质期的商品贴上降价标签。街坊邻居偶然在街上相遇，便互致问候、谈几句天气和球赛，跟着一起的宠物狗来回地嗅他们的鞋。在 Centra 连锁商店买东西时，一个三四岁的小姑娘跑过来撞到我的腿然后摔倒在地上，年轻的妈妈忙把她扶起来，抚着她的头，对我说这没关系。"生活艰难，你得学着坚强，"她说。她们有一样的浅褐色头发，蓝灰色的眼睛就像爱尔兰海。

　　人对时间的感知可以被拉长到比一辈子还要长的尺度上，这时生活便呈现出威廉·特雷弗笔下的样貌，徐而不缓、细而不腻、平而不淡。小说中的尴尬总是被一笔带过，冲撞和伤痛则往往被沉默推延：在短篇里推到文本结束之后，或在长篇里推到已然固化为时间的一部分，从而具有一种宁静坦然的美。

　　这种美和沉默有时却也是恼人的，尤其在试图挖掘一些更宏大的、涉及历史、宗教、政治的话题时。正如科尔姆·托宾所言，爱尔兰人"沉默保守……历经的危险岁月让他们变得阴沉乖戾"。在小酒馆里，微醺的爱尔兰人只对生活琐事喋喋不休，借用毛姆的说法，这时你会找不到线索来破解他们的神秘，你说不出在你身边涌动着的这些众多的生命意味着什么……你的想象就很受挫。

　　值得庆幸的是，故事总有它的讲述者。有一次路过卡尔罗斯旅游纪念品商店，我听到一个熟悉的旋律，它曾出现在电影《毒家新闻》里。电影讲述的是爱尔兰女记者维罗妮卡·盖琳（Veronica Guerin，1958—1996）深入贩毒集团内部调查，揪出毒枭而后被枪杀的真实故事。"哦！盖琳，"我的房东贝蒂阿姨说，"我和她一起吃过饭。很多人不喜欢她，但她的确是个英雄。"我哼出电影中那段悠扬而凄凉的旋律，贝蒂姨妈一拍手，说那首歌叫作《阿森赖的田野》（Fields of Athenry），球迷经常在比赛结束时大声合唱（后来果然在2010年世界杯听到了它，爱尔兰队输球后，观众一遍又一遍地自发地合唱，气势颇为悲壮）。这首歌其实原本反映的是1845—1852年大饥荒，当时严重的马铃薯病害使得爱尔兰人口减少1/3，造成了最深刻的民族创伤。《莫莉·马龙》（Molly Malone）等歌谣则承载了都柏林城里的贫穷和饥饿记忆，市政府还特意在圣三一学院墙外、格拉夫顿步行街北头竖立了莫莉姑娘的铜像，她推着小车无力地叫卖着海贝。听着歌，我突然觉得爱尔兰人的沉默是有道理的，若不是怀着某些特殊目的，干吗要不停地回忆悲惨往事，还讲给别人听呢？

都柏林大学学院的文学课强调"讲述"（storytelling）。作为近现代爱尔兰文学史的核心线索，提示人们去民族叙事中寻找这个文艺的民族的记忆。我便顺着这条轴线在阅读中进行摸索。在大英帝国200多年的蹂躏下，爱尔兰曾严重地失去自己的声音（inarticulation）：经过多次战争和大批新教移民，爱尔兰天主教徒被剥夺土地、放逐到西部的康诺特省（Connacht），盖尔语言和口头文学同时受到戕害：从著名诗人埃德蒙·斯宾塞（Edmund Spenser，1552—1599）到奥利弗·克伦威尔（Oliver Cromwell，1599—1658），登岛的英国殖民者杀掉了大批具有反抗精神的爱尔兰游吟诗人。英语作家被激起的同情和义愤虽然催生了斯威夫特式的作品（尖锐乃至刻薄的嘲讽，我们可以看到英语文学中的这一批判传统一直延续到王尔德、萧伯纳、毛姆，甚至到美国的门肯和维达尔），但没能直接帮助到爱尔兰。丹尼尔·奥康内尔（Daniel O'Connell，1775—1847）努力推进旨在废除英爱合并的伟大政治活动时，英语的使用在爱尔兰已经很普遍，大饥荒则更使盖尔语言几乎断裂。到1901年，只有14%的爱尔兰人讲盖尔语，他们大多数也使用英语，且集中在西部偏远地区。一门古老的语言气数已尽时，可能最好是给它贴上古典学的标签，然后小心地放进学院里。后来的语言复兴运动也没能使今天的都柏林大街上人人讲盖尔语，爱尔兰的记忆和讲述将不得不从英语中重新生发出来。

近代的讲述大概开始于19世纪用英语写作的爱尔兰诗人。托马斯·莫尔（Thomas Moore，1779—1852）是圣三一学院最早招收的天主教学生之一，曾致力于推广优美动听的爱尔兰歌谣，方法是给它们填上新的英文歌词，然后卖出去。在当今的学者看来，那时的文化是破碎的，没有爱尔兰、没有语言、没有系统，"爱尔兰"是一个有待建构的对象。与其他同时期爱尔兰诗人类似，莫尔的创作最初似乎并没有表达民族精神的目标，而是在英国文学传统中为英国读者写作。这类诗歌往往缺乏牢靠的文化指涉，它们只是分裂地、偶然地以陈旧的形式出现在个别作品中。莫尔于1807年开始创作的作品集《爱尔兰旋律》（*Irish Melodies*）是一个小小的突破：语言更优美，更有爱尔兰味儿，受众也更广。1803年，莫尔的好友罗伯特·艾米特（Robert Emmet，1778—1803）发动反对英爱合并的暴动失败并被处死，此事震撼了莫尔，令他在作品中注入了更多影射性内容，于是我们读到了失声的竖琴、逝去的歌者、沉睡的少女、湮没的昔日荣耀——这些意象把一个渐渐开始自我觉醒的爱尔兰温和地、浪漫主义地植入了英国人的客厅，这些英国人对爱尔兰兼具着好奇和敌意。叶芝对莫尔的创作颇不以为然，认为他并非为人民创作，而是在迎合英国人的口味和想象；但今天，莫尔仍被视为民族诗人，他的雕像竖立在圣三一学院西大门外的学院绿地上，他填词的歌谣仍在被传唱，比如那首著名的《夏日的最后一朵玫瑰》。

大饥荒、考古学的兴趣和民族主义的兴起，共同推动了爱尔兰的政治独立和文化复兴（revival）运动，政治家和文学家一齐高调地登上历史舞台。作为复兴运动的领导者之一的叶芝有着明确的复兴策略，他关注爱尔兰的精神和理想，它们存在于遥远的过去；重新获得爱尔兰身份，需要发掘那些迷雾般的凯尔特记忆，英雄时代的荣耀应当被重新讲述。在英国文学传统中，爱尔兰人常以乡野村夫的形象出现，他们缺乏教养、肮脏邋遢、嗜酒；爱尔兰民族则被建构成阴柔的女性气质，歌谣中爱尔兰的化身往往是精灵、女神和少女。叶芝因而针对性地塑造了盖尔语传说中的男性英雄库丘林（Cuchulain），发展出具有中世纪英雄诗色彩的宏大叙事。在与格雷戈里女士（Isabella Augusta, Lady Gregory，1852—1932）合作的诗剧《在贝勒海滩上》（*On Baile's Strand*）中，库丘林被至尊国王（High King）孔胡瓦（Conchubar）引诱，杀死了前来复仇的苏格兰人，而被杀死的复仇者其实是库丘林和一个苏格兰女王的儿子。得知死者是自己的亲骨肉之后，库丘林由于狂怒、发疯而产生幻觉，他冲向大海，挥剑与巨浪搏斗，以为浪尖的泡沫是孔胡瓦的王冠。

托宾在一篇文章中介绍叶芝和格雷戈里女士二人在戏剧创作方面的合作时，暗示了叶芝使用英语写作的焦虑。他虽是写着爱尔兰的故事，培养着爱尔兰读者和观众，却永远无法摆脱宗主国语言，新教和英语背景使叶芝和他钟爱的淳朴的乡村爱尔兰之间永远存在隔阂。戏剧《胡里痕的凯瑟琳》（*Cathleen Ni Houlihan*）中屋内的对话部分完全由格雷戈里女士创作，直到作为爱尔兰化身的老妇凯瑟琳出场，才由叶芝撰写了她吟唱的歌谣。叶芝似乎无法完成对真实的农村生活场景的还原，于是一边鼓励剧作家辛（J. M.Synge，1871—1909，旧译辛格、沁孤）到岛上去亲自体验渔民的生活，一边焦虑地继续用英语写作爱尔兰。这些盎格鲁——爱尔兰背景的剧作家后来终于因为作品中的敏感话题引起阿贝剧院和天主教民族主义者之间的矛盾，并一度导致骚乱；格雷戈里女士后来在写给叶芝的信中戏称，"这是一场古老的战斗，它发生在使用牙刷和不用牙刷的人之间"。

德克兰·凯伯德（Declan Kiberd）的专著《创造爱尔兰》（*Inventing Ireland*）中分析了叶芝诗歌中的童年意象。复兴时期的文本中常以子辈反叛父辈的桥段影射殖民地对宗主国的反抗，在这一影射中，子辈常被重构为纯真无害（innocent）和清白的。喜爱乡土元素的叶芝就常在诗歌中使用"野""孩子"韵脚（wild和child）。叶芝早期对自然风光进行描写时，间或会借向欢乐仙境的逃避来表达对宗主国"文明教化"的不满，但这一类滋养了爱尔兰民族情感的文本却又往往来源于不列颠传统，并悖论式地应和了把殖民地本土文化婴儿化（infantilizing）的帝国主义策略。在这个意义上，叶芝最终也没能完全摆脱掉讲述爱尔兰的盎格鲁视角和这个视角带来的焦虑。他因而时常流露出向后的退缩，甚至在表达对现代工业文明的不满时，也依然站立在古老的爱尔兰神话和生活传统中。早期叶芝所描绘的美好童年，被怀旧和逃避的界限所包围，缺乏改变和成长，甚至后期诗歌《一九一六年复活节》（*Easter 1916*）也可以看作是对《失窃的孩子》（*Stolen Child*）的重写，它仍然传递了童年的幸福和欢乐。《失窃的孩子》韵律感极强，一唱三叹，在结尾有一个小巧的、令人不安的人称转变：从仙女对孩子的第二人称呼唤"来吧，人类的孩子"变成了仙女的第三人称叙述"他来了，人类的孩子"，仿佛在暗示已经丢失的孩子陷入了某种危险。凯伯德认为，复活节起义中死去的人们在叶芝看来都是失窃的孩子。

　　1916年复活节的起义最开始就像一场闹剧。共和派行动之前的保密工作过于到位，以至于都柏林城堡（英国行政机构）和都柏林市民事先都没有任何觉察，起义者顺利地占领了邮政总局，把正在休假的英国人杀得措手不及，市民则感到莫名其妙。起义的主要领导人之一帕特里克·皮尔斯（Patrick Pearse，1879—1916）却是一个真正成为诗歌本身的诗人，他的代表诗作与早期叶芝的截然相反，充斥着死亡、坟墓、永恒的寂静这类意象，传递出一种世界末日式的冲动和"死"本能的力量。他几乎是带着必死的决心——悲壮并且绝望地走上都柏林街头的，他直陈"背叛"的主题，在《吾乃爱尔兰》（*I am Ireland*）一诗中，以库丘林之母的口吻指责自己的孩子出卖了母亲：

I am Ireland:

I am older than the Old Woman of Beare.

Great my glory:

I that bore Cuchulainn the valiant.

Great my shame:

My own children that sold their mother.

I am lreland:

I am lonelier than the Old Woman of Beare.

笔者拙译如下：

吾乃爱尔兰：

吾长乎贝尔神姬。

伟哉吾之荣耀：

吾生库丘林骁勇。

痛哉吾之耻辱：

吾儿鬻乎其母。

吾乃爱尔兰：

吾块乎贝尔神姬。

  背叛的主题曾在很多爱尔兰作家的笔下出现，如叶芝诗剧中误杀自己儿子的库丘林，乔伊斯指责爱尔兰像母兽吃掉自己的幼崽，萧伯纳《约翰牛的另一个岛》（*John Bull's Other Island*）中的爱尔兰卖国贼。复活节起义则被演绎为充满古典悲剧色彩的现实：宣布投降三天后，皮尔斯等起义领导人被枪决。持续一星期的起义把都柏林市中心变成了一片废墟，而几十年后，邮政总局楼顶终于飘起了三色旗。皮尔斯们取得了失败的胜利（triumph of failure）。

10 年后，阿贝剧院首演了戏剧家肖恩·奥凯西（Seán O'Casey，1884—1964）以复活节起义为背景创作的四幕剧《犁与星》（*The Plough and the Stars*）。剧中不同身份、信仰、年龄、性格的人们在一所乔治亚式公寓的封闭空间里展开对话和冲突，每个人都打着自己的小算盘，坚持着自己的生活立场。起义爆发后，市民军大队长的妻子四处哭喊着寻找失去消息的丈夫，试图把丈夫从街头的战场拉回到封闭隔绝的公寓里。她失败了，选择与时代共命运的丈夫被时代吞噬。公寓也逃不掉，大街上的子弹最后射进了窗口——一名暗娼替她挡了枪，但终究没人能躲开时代洪流的席卷，时代不等你先做好一切准备就已到来。奥凯西的写作成功地在爱尔兰记忆中烙下了一块疤，他对历史事件及时的跟进、精准的把握与再现，使爱尔兰故事的讲述脱离神秘和浪漫，变得清晰而有力。这部剧令我这一中国读者感到十分亲切：表现手法上，奥凯西在一个时间点着力，张弛空间，与之相对，老舍的《茶馆》则在一个空间点着力，张弛时间。而以社会变革为时代背景或题材的作品，又往往在民族主义、理想主义、英雄主义、历史使命这样的频率上产生共振。

和平年代终于到来后，爱尔兰故事的讲述也似乎告一段落了。一方面是现代主义的冲击，另一方面是现代国家的建立，使得时间和历史开始变得稀薄，文学和记忆随之变得颗粒化。宏大叙事的时代已经过去，本身作为一种宏大叙事的文学史也随之终结。文化复兴后期崭露才华的乔伊斯是个有野心的人，按照《一个青年艺术家的画像》中宣言式的内心独白来看，他的理想应当是作家、作品能够与国家和民族的灵魂相互融为一体，通过自身的艺术表达来实现爱尔兰的自我讲述。然而顺着时间轴摸索着阅读过爱尔兰的记忆后，我感到乔伊斯的文学理想并没有很好地实现，因为他的天才使他轻而易举地超越了爱尔兰的界限。他的写作从婴儿对世界产生惊奇的第一次震颤，一直铺展到死者灵魂发出最后一声梦呓的回音，无所不包之势就像一片茂密的森林，而爱尔兰恰似一片树叶在这森林里消失了。戴达勒斯把自己建构成民族艺术家，小说却只能成为呓语式的独白，就像布鲁姆在都柏林城里漫无目的地闲逛。青年艺术家成长为世界艺术家，爱尔兰却到更晚的时候才以不同的方式进入世界格局。乔伊斯现在作为城市文化符号分散在都柏林的各个角落：都柏林大学学院国际学生活动中心的墙上，用调皮的字体写着他的一段话："我用了很多谜和难题，将使教授们忙上好几个世纪来争论我的用意，而这是保证一个人的不朽的唯一方法。"校学生会炮制的"离校前必做的51件事"中，第19件是"开始阅读《尤利西斯》"，紧接着第20件是"看上10页就丢下它，跑去看电视真人秀"。邓莱里（Dún Laoghaire）海滨的碉楼（现在是乔伊斯博物馆）和帕内尔广场边的作家博物馆出售相同的乔伊斯文化衫、明信片和徽章。都柏林的街道上有很多以《尤利西斯》场景设置的标志，甚至在利菲河岸边还有当年举办《死者》中晚宴的公寓楼。走近去看却感到，都柏林已不像乔伊斯笔下那般灰暗，它早已被整饬干净。乔伊斯只是都柏林的一个符号，都柏林也只是乔伊斯的一个小小的文学想象，说不清是乔伊斯书写都柏林，还是都柏林装点乔伊斯。当乔伊斯走出爱尔兰被读者和学者记住的时候，爱尔兰反而蜷缩在欧洲的角落里被世界遗忘了。

1932年，德瓦莱拉领导的共和党上台执政，开始贯彻一些保守的施政方针。政府秉持着简单的民族主义理想，视角本土而狭隘封闭，还设置了严格的文学审查制度。诗人帕特里克·卡瓦纳（Patrick Kavanagh，1904—1967）打破了对灾难的"缄默协议"，从平民和乡土的视角写作了长诗《大饥荒》（*The Great Hunger*），暗指审查制度造成了现代的文化饥荒。贝克特把握住了这一时期爱尔兰的某种气息——失败、后悔、恋旧和厌倦。爱尔兰不再年轻，人们将以等待对抗行动，因为行动只是幻觉，价值崩塌后的世界只是一片荒芜。贝克特写过一个独幕短剧《克拉普最后的录音带》（*Krapp's Last Tape*）来展现衰老，剧中69岁生日时的克拉普播放自己39岁生日的录音。活在过去的老人发现，过去的故事不完全是自己的故事，过去和现在的联系是断裂的，历史是无序而荒诞的，记忆和录音的不完全交叠，就像意识和潜意识在互相对话。"嗤笑那个被他叫作他的青春的东西，并且谢天谢地，它结束了"，录音带说。

解禁后，爱尔兰逐步进入全球资本运作的体系中，时间和历史愈加稀薄。对英国的敌意早已消弭，学者慢慢地进行着文化清理工作，作家继续把自己流放到一个合适的距离来观察爱尔兰。此时的社会话语更加多元，讲述也更加琐碎，但当年在讲述中被建构的民族记忆依旧有效。提起叶芝时代的作家时，贝蒂阿姨会激动地说，她当年演出辛的戏剧《西方世界的花花公子》（*The Playboy of the Western World*）还拿过奖（至于贝克特，"《等待戈多》！真是气人，"贝蒂阿姨挥舞着拳头说，"那两个人什么事都不做，还不停地说些不知是什么的话，真想揍他们！"）。莫尔们的歌谣经过新世纪音乐的包装，被天籁般精致空灵的爱尔兰女声演绎得更加平面化、更加无害，以民族音乐的姿态在全世界范围内被消费着。叶芝的精灵仍在散落于荒野的石头教堂废墟中跳跃。中世纪僧侣留下来的巨大的石刻至尊十字架（High Cross）依然矗立在风里，不发一言。

爱尔兰以惯有的沉默面对着时间的流逝，经济腾飞又放缓，移民涌入又流走。都柏林市中心的邮政总局日复一日地收发邮件，不远处，乔伊斯雕像歪头斜睨着为纪念千禧年而建造的大尖塔。沿着奥康内尔大街向利菲河走去，阿贝剧院静静地坐落在轻轨车站旁的阴影里。街道尽头，奥康内尔雕像默默地凝视着河对岸的喜力啤酒大楼。海鸥在他的头顶休憩，爱尔兰以特雷弗的方式老去。

原载《书城》2013年第9期

德国杂感

罗瑾瑜

————————

　　柏林市区里最令人内心震撼的地方，是犹太人纪念碑，高高低低有2000多块的石柱，高的有4米多，低的也近2米，离它不远处是倒塌的柏林墙和与它一步之遥的柏林被害犹太人纪念馆，这三处地方都位于柏林市中心，是市区商业圈中的黄金地段，但德国政府却舍得用来建纪念场所。它们似乎时刻在提醒世人，这里曾经发生过什么。

　　按理，德国人应该很有骄傲的本钱，因为它早已从二战战败国的废墟中崛起了。作为欧盟的倡导国之一的德国，实际国土面积只有35万平方公里（还不到两个广东省大），以其政治制度、科技和文化的影响力和第四大经济体的经济实力，成为欧盟的中心。

　　但是，在德国，从民众到政府都没有宣扬德意志民族是最聪明、最优秀的民族，因为，这是不允许的，只有臭名昭著的纳粹才会有这样的宣传方式，而纳粹是被禁止宣传的。他们的官员不会见人就夸"德国模式"，尽管这个模式已经被证明了很成功、有可持续性，感觉他们就没这根弦。也不见德国民众关注自己的国家是第四大经济体、国家多有实力这样的话题。相反，当我们对他们的官员和民众称赞他们在某方面做得好的时候，他们大都会说，我们的福利没有北欧的那么好，或者说我们现在绿色经济才刚起步，很多地方都要改善，又或者说，现在欧盟正面临严峻的考验，他们有很多有待解决的问题，等等，不一而足。而媒体几乎24小时360°地盯着政府和官员，你几乎很难看到德国媒体一天到晚表扬他们的国家和政府，不挑刺就算是肯定了。他们的媒体人是这样解释自己的工作的：记者的职业不是向权贵抛媚眼和对权力举手投降，媒体的报道是每一个普通公民参与国家政治生活的重要渠道。

德国的《基本法》（也就是相当于德国宪法）第二十条规定，德国是一个民主的、社会的联邦国家。这个"社会的"，如果从字面延伸意义上来理解，是有社会主义和公平的意思。《基本法》规定：总理是由各个参选政党的主席，也就是一把手担任，总统只有象征性的权力。一个国家推行好的民主政治制度一定是离不开有着良好素质的民众的，国民性的塑造怎么也离不开教育，所以不能不关注德国的教育模式。

到了德国，你根本看不到铺天盖地的教育公司和补习班招生的广告，然而德国的教育水平却是世界顶尖的，特别是它的职业教育和素质教育更是闻名世界。这里有条法规让我感到很奇怪：德国的《基本法》第七条第六款明确规定，禁止设立先修学校（Vorschule）。就是说孩子在上小学前，任何人都不可以对儿童进行所谓的学前教育，比如跳舞、体操、读书、绘画、钢琴、外语、奥数之类等都被禁止。那么小学前的孩子在幼儿园学什么呢？根据德国专家杨佩昌的总结，大致是如下三点。一、基本的社会常识，比如不允许暴力、不大声说话等。二、孩子的动手能力。在幼儿园期间，孩子会根据自己的兴趣参与手工制作，让他们从小就主动做具体的事情。三、培养孩子的情商，特别是领导力。

德国的小学生没有什么功课负担，孩子们只上半天课，上午上课，下午主要是根据自己的爱好，非强制性的，可以学习钢琴、绘画、手工和体育等有关素质修养的课。德国教育界的普遍观点：如果太早强行教授所谓知识，小孩子各方面并不成熟，没有思辨能力，最后变成背书和读书机器。另外，德国的中学对学生的职业技能培训是非常重视的。德国中学（初中至高一）的劳动技术教育课要学这些课程：一般由"劳动学课"和"操作课"组成，前者讲授生产劳动和就业的理论和知识，内容包括：劳动的含义（其中要讲到马克思的思想）、就业问题、劳动的法律（如违法的"黑工"问题）、生产、工序、工人的基本素质、安全保护、环保，等。操作课又分必修和选修两类，如有的中学7—10年级，必修内容包括：办公技术、制图、打字、财会、职业指导、销售（消费）。选修内容包括：缝纫、家政、电器类、护理类、商业类、管理类等。

另外，德国有8800万人口（其中600万为常住外国人），却有公立大学300多所。任何人在德国都可以上大学，因为德国没有高考，只有申请和推荐制度（老师推荐），通过申请就可以上大学了，并且德国上大学是不用交学费的，这样的福利也惠及外国留学生。在德国，老师和家长并不会紧紧盯着名牌大学。初三和高中阶段，学校、家长和学生会根据自身的发展需要制定进一步的教育，这样，会有一部分学生进入技工培训学校和职业技术学院学习。这里有非常关键的一点：技校出来的毕业生的待遇不会比名校出来的待遇低，至少不会有歧视性的用工制度。因此，孩子不需要上很好的大学也能找到不错的工作，获得很好的收入，这正是德国有最好的职业教育的根源。另一部分学生则可能读名校进一步深造。但是，能进去大学读书，并不意味着谁都可以顺利地拿到大学文凭，在德国混文凭是绝对不可以的，你只有老老实实并且勤奋努力才能毕业。曾经有从事出版的人想引进德国的大学课本，后来一打听，才知道德国的大学根本就没有什么统一的大学教材。教你的大学老师，会在开学的第一堂课里，公布很多该学科的参考书，考试内容也在其中，至于教授教什么，那是教授的自由和权力，教授只需按照自己的专业背景和操守来做就可以了。如果你不认真读完那些参考书籍，还真没法完成考试，千万别指望有什么考试前的复习提纲。那么老师除了告诉你参考书，还教你什么？那就是学习的思考方式，自己独立思考是获得知识的重要途径。德意志民族向来以理性、务实和逻辑性强著称，我想，大概就是通过这样的教育理念和体系培养出来的。

有着这样良好的国民素养，又是一个实行民主选举议会制的国家，那么它的政府官员是否真的能做到奉公守法呢？因此，当我想了解德国官员贪污腐败的案例的时候，发现还真不太容易，因为德国的官员贪污腐败被媒体揭发的例子实在太少了。不过，还真是有两位高官违规了，一个是前总理施罗德，另外一个是德国前经济部部长莫勒曼。前者，是因为到西班牙公干，让其夫人顺便搭乘了政府的公务飞机。这下可让媒体揪住了，媒体质疑，你的夫人又不是政府的高级公务人员，怎么可以这样假公济私占公家便宜呢？没办法，强硬的施罗德只好乖乖地补交了夫人搭飞机的机票钱，说来也不多，不过是3700欧元，这总理当成这样。而前部长先生犯的错，在我看来也没有多大的事情，一没跟富豪去吃大餐，二也没有把手伸到不该伸的地方弄钱。只不过，用了政府的公务信笺为其做建材生意的小舅子写了封推荐信，这件事不知怎么被媒体知道了，媒体纷纷以此作为他以权谋私的证明，甚至还说用了政府的信笺，就是贪公家的便宜，一定要他下台，结果他只好被迫辞职收场。我有些在德国经营葡萄酒庄的朋友，我曾经问过他们，需不需要送些好的葡萄酒给当地的高官，搞好关系，联络感情。他们以为听错了我的问话，很坚定地说，他们是不会干这种犯罪勾当的，因为贿赂政府官员也是一种罪，你真要送，人家也不敢收。在德国，商人根本无须去讨好政府的官员，所有的政策法规、经商的手续都是透明的，你奉公守法，谁也不会眼红你挣的钱，也没有哪位政府官员会去敲你的竹杠。

德国并不是一个实行高薪养廉的国家，中低级公务员（相当于中国的科级至司局级）的薪酬大概也就2000—3000欧元，在德国，这样的工资收入勉强达到中等水平，但是为什么德国的贪官会如此少？当然，媒体的全方位和全天候监督是必不可少的，而依法办事更是不可或缺。德国的《基本法》，可不是用来看的，它有神圣和不可僭越的地位和作用。除此之外，我们发现，在德国，作为政府官员手中可寻租的权力资源实在是太少了。首先，官员没有特殊权力，也不制定政策。所有的行为都得按《基本法》规定的去行事，很多政策都是通过议会审批，而这些政策出台之前会经过多次的辩论，并通过电视向国民播放全部过程。如果有公民对此感兴趣的，也可以亲自去议会听辩论会，一切都是公开和透明的。所以，德国不会有靠领导拍脑袋就可以出台政策和措施的情况出现，也没有可能出台有利于自己小集团利益的法规。即使某位素质低下的官员想贪权，你看还有多少可贪的余地，本来就没多少权力。其次，德国的官员手里没财权，想花钱，找议会批。而议会的预算都是透明的，拨款也是要通过听证会。从它那里批了钱，到年底时就要交代这些钱用到什么地方去了、怎么用的。

此外，政府想随便乱花纳税人的钱也不是那么容易。一有至高无上的《基本法》管着；二有议会监督着；三有反对党看着；四有媒体盯着；五有无孔不入的审计官（审计官也是独立的，不受党派和政府官员控制）查着。偶然有个别没德行的人想当贪官，也难打这样的坏主意，因为最后的结果可能是贪不到多少钱，还丢掉工作进牢房，一辈子都完了。并且，德国的官员没有超越国民的社会待遇，没有高高在上、作威作福的权力。还有就是，德国的司法是独立的，不会受制于任何党派。

早听德国的朋友说过，在德国，做公务员和从政的人，大都是这两种：一种是真的有政治抱负，希望通过从政实现自己的政治理念。另外一种，就是能力很一般，图个安稳的人才去做公务员，因为在大公司和大科研机构工作的薪水和待遇远高于公务员，或做个小商人也比做公务员的收入高。这样，各行各业的社会精英才能发挥更好的作用，社会才会有可持续发展的可能。如果当官、当公务员，比做学者、商人、教授、发明家有好得多的待遇，又有权力可寻租，政府里挤满了所谓的精英，都朝着升官发财的路走，其他的行业又如何能发展呢？社会又何来公平可言？

在德国，你会发现这样的现象，人们不会对政府官员有过多的赞许，也不会对领导人膜拜，无论是历史的还是当下的。我曾经问过一些不同职业身份的德国人，如何评价他们的政府高官，结果他们的回答几乎是一致的：领导人是 Nothing，言外之意是不要太在意他们的职位，而是要看他们都为老百姓干了什么。他们普遍认为，领导人在任期内把工作做好是职责本分，老百姓无须对此感恩戴德，如果他们干得不好，就该被批评和问责，下次大选，肯定不会再投票给他们所在的政党了。难怪现任总理默克尔女士那么能干，兢兢业业，私德也不错，可是这个国家的公民并没有多感谢她，原来那都是她应该做的。

现在德国的很多市政系统和设施有不少是希特勒时代的，特别是德国的高速公路系统。纳粹德国在上台之前和之后，当然都做过一些好事，否则，老百姓怎么会听他们的呢？正如德国人民说的，对于希特勒和他领导的第三帝国，无论他对德国民众做过多少好的事情，但就其对犹太人犯下的罪行、实行独裁统治以及挑起第二次世界大战对别国的侵略，无论如何，都不可饶恕，永远都罪不可赦。

提到希特勒和他的第三帝国，就不能不想到这样的问题：为什么如此理性的民族在不到20年的时间内挑起了二次世界大战？并且产生了希特勒这样的大独裁者？是什么样的土壤和条件造就了他？当希特勒鼓噪"德意志民族优越""将犹太人从地球上灭绝"时，为什么那么缺乏理性和常识的理论却又有不少市场？

1871 年才从 2000 多个封建王国统一起来的德意志，得益于这个国家高度的理性和逻辑思维。一方面是经济高度发展和军事实力不断加强。另外一方面，却还依然是在"神圣罗马帝国"的黑暗统治之下，专制主义体制依然发挥强大的作用，专制主义与"天赋人权"和"自由、平等、博爱"的思想是背道而驰的。由于思想的启蒙远远落后于其他方面，德国在出现为数不少的哲学家和科学家的同时，却并没有产生更多有影响的思想家。因此，在这样刚从封建专制主义脱胎而来的新的德意志，在思想启蒙还未开始，而其他的领域却又发展迅速。此时的德国就像一个头脑简单、体格健壮的"野蛮巨人"。

希特勒当然明白要把他那些种族灭绝和独裁的理论灌输给国民，必须有一套愚民政策，而负责这个政治教化任务的人就是戈培尔。戈培尔 1921 年于海德堡大学获得哲学博士学位，他担任纳粹德国时期的国民教育与宣传部部长，擅长讲演和写作，特别是他的演讲很有煽动性，被称为"宣传的天才"，他靠铁腕捍卫希特勒政权和维护第三帝国的体制。1933 年 1 月 30 日，希特勒掌权。3 月 13 日，戈培尔以纳粹党宣传部负责人身份出任新设立的"国民教育与宣传部"部长与"全国作家协会"主席。

戈培尔控制宣传的手法很多，"反犹"是其中一项重要的手段。在柏林和几个重要大学城进行焚书活动时，他是这样说的："德国人民的灵魂可以再度表现出来。在这火光下，不仅一个旧时代结束了，这火光还照亮了新时代。"将弗洛伊德、马克思等人的著作焚毁，因为他们都是犹太人，并且推动抵制犹太商店、医院、律师。同年 4 月 7 日再通过公职服务法规定非雅利安人种不得担任公职，同时开始清扫各领域的犹太人。戈培尔经由兼任新设立的全国文化院院长，在宣传中不断攻击"颓废艺术"，孤立犹太艺术家，有系统铲除犹太人对德国文化生活的影响力，并且买下最大的电影公司 UFA，终于将所有媒体和艺术团体纳入国家控制之下。

戈培尔有这样一句名言："宣传只有一个目标：征服群众。"在这样的宗旨指导下，他所领导的纳粹新闻媒体部门的作用就是专门发布自己编造的谎言、新闻封锁、舆论控制、欺骗民众、制造谬论、鼓吹战争。根据纳粹政府宣传部的规定，当编辑必须政治条件合格，忠于纳粹，而且还得符合种族条件（清白的雅利安人）。每天，第三帝国的宣传部门都举行"德国政府记者招待会"，通过"语言训令"和"每日指示"，发布新闻报道方针。不按规定执行的记者和刊物都会受到惩戒。当时的媒体天天都被规定报道的内容，结果是这也不能报道，那也不能评论，而这个指令，却又荒唐地作为国家秘密。当德国轰炸伦敦时，所有的德国民众都相信纳粹的报道，他们认为这次大轰炸没有任何平民伤亡和平民设施被毁，被炸的都是军事设施，为什么？因为，所有新闻传播渠道都被封锁了，民众根本没有任何渠道获得外界的信息。你只能看纳粹宣传部门的报纸和听他们的广播。最终，在戈培尔领导的宣传部门和文化部门的"努力"下，终于成功地扮演了一个"导师"的角色，把理性和内敛的德意志人民变成了一个好战的、残忍的民族。最终的结果，到1945年战争结束时，德国的经济差不多要崩溃了，死伤过百万人。

施佩尔写到他在纽伦堡审判时的最后的发言："希特勒的独裁，是这个现代技术时代里一个工业国家的第一次独裁，是完全彻底地利用了技术工具去统治其本国人民的独裁……依靠诸如无线电和有线广播之类的技术工具，可以使8000万人服从于一个人的意志。电话、电报和无线电使之有可能把最高当局的命令直接传达到最低一级机构去，而由于这些命令高度的权威性，就在那里被不加鉴别地执行了。于是，许多政府机构和军队班组以这种直接的方式接到他们的罪恶的命令。技术工具使之有可能密切监视全体公民，并且使犯罪的行动计划得到高度的保密……从前的独裁者，都需要在下级领导中有能力强的助手，即能够独立思考和行动的人。而技术时代的极权主义制度没有这类人也能行得通。单就通信工具就使它能够让下级领导机械地进行工作。结果就产生了这类不加鉴别地接受命令的人。"（《第三帝国内幕》，P580—581）

可以告慰那些亡灵的是：今天的德国，它早已汲取了历史教训，那些恶魔绝对没有阴魂不散的"还魂"机会，也没有任何人可以操纵新闻媒体和文化教育来进行愚民和奴化，因为德国已经是言论自由、出版自由的民主的、社会的国家了。因此，戈培尔、希特勒们永远都不能再超生！

一个民族、一个国家要成为受人尊重的强国，它的基石就是一个个有着理性和自由思想，并且有着独立人格的公民。如果这个国家，其大多数国民是反智、反理性和缺乏基本常识的人，无论如何也不能算是国家的幸运，而我们需要明白的是产生的根源是什么。这点似乎更值得深思。

原载《随笔》2013年第7期

慕尼黑的一个秋日

王　炎

───────

　　柏林墙倒下不足一年，我赴欧途经法兰克福机场，专程跑去柏林瞻仰"冷战"遗迹。柏林墙址已是一片空场，在水泥地面上寻找墙基，草蛇灰线，似有若无。难以想象这里曾有民主德国和联邦德国间的"铁幕"，墙体虽已荡然无存，它仍是意识形态和社会制度的分水岭。举头四望，还能感觉到这条细线，它无形、无际，却也泾渭分明。线的西侧，楼宇华丽，霓虹流窜明灭，殷实繁荣。另一侧，灰蒙蒙一片，建筑颓靡、尘壁旧窗，一片萧索。

　　两德尚在统一的前夜，跨过这隐形的线，便进入另一国度。虽无人把守，但联邦德国签证到此有效，心理上的国境线羁绊前行的脚步。东边沉沉的灰色里，几尊铜像格外醒目，前有马克思，后面恩格斯，高大、庄严、明洁，在阳光下熠熠闪闪。

─

　　北京刚办过亚运会，国人憧憬着走向世界，憋足劲要争奥运。柏林古迹虽多，同行者却撺掇看柏林奥运场馆，之后还想去慕尼黑奥运村。我对体育没兴趣，却了解到德国不寻常的奥运经历。德国总共办过两次奥运会，一次是1936年柏林，二次是1972年慕尼黑。两次奥运会不因比赛而闻名于世，却因奥运蒙耻而成"奇葩"。柏林奥运会最臭名昭著，希特勒让运动场成为法西斯宣传的舞台，各国代表队的沉默，无形助长了纳粹的乖张。御用女导演里芬斯塔尔（Leni Riefenstahl）拍摄的纪录片《奥林匹亚》，以精美绝伦的镜头，展现雅利安人的完美体魄、轴心国运动员的超凡卓越。片中充斥纳粹意识形态的隐喻，但技术上，此片不愧为世界电影史的杰作。里芬斯塔尔发明不少绝妙的拍摄技巧，如跳水、跳远的仰拍，气球挂摄影机的俯拍，竞技全景镜头等，当时都是匠心独创。她为体育电影树立了典范，人们至今仍因循这位天才导演的脚步。

第二次在慕尼黑主办夏季奥运会，初衷本想洗刷上次的恶名，结果再创耻辱纪录。巴伐利亚政府用心良苦，展示给世界一个民主、自由、繁荣、乐观的新德国，不惜斥资6.15亿美元抹掉36年前的负面印象。开幕式不奏国歌而弹民乐，放松安保，减少警察出勤，营造一派祥和、宽松的氛围。慕尼黑的口号是"欢乐奥运"（Die Heiteren Spiele），会徽为照耀蓝色光芒的太阳，与前次纳粹的红、白、黑色调形成鲜明反差。温馨得有点过头，与"冷战"寒彻的背景不搭调。70年代两大阵营不择手段，宣传战、间谍战、军备竞赛不断升级，相互污蔑、打击、消耗，一场没底线的"超限战"。

开幕式上以色列队最引人注目。深蓝色套装，白色软帽，人数不多，一脸倔强。重返惨遭涂炭之地，这个几乎覆灭的民族的代表队，行进在距达豪集中营仅6英里的慕尼黑体育场，昂首示威：我们又回来了，幸存的犹太人，你们灭不了的民族！"大卫之星"的国旗下，他们对记者骄傲地说："我们举着国旗在这里露面就足够了。"那年头的奥运不比现在，与其说是体育比赛，不如说是政治较量。

为不让人联想起德国人的铁血，慕尼黑看不到制服，警察不配枪、不穿制服出没于琳琅满目的商场和拥挤的酒吧。城市沉浸在狂欢的气氛中，寓无留客，肆无留酿。各国运动员久仰慕尼黑啤酒盛名，一醉方休，夜深乃归。奥运村宿舍大门落锁，仍有贪杯之徒哼着小曲攀援铁门。9月5日凌晨4点，8名运动员模样的阿拉伯人爬上铁门，后面跟来酩酊大醉的美国人，还以为是酒友，相互提携，互道晚安。阿拉伯人直奔以色列运动员宿舍，砸开一号寝室，一声枪响，摔跤教练温伯格应声倒地。三号寝室又一番混战，举重运动员罗曼诺奋力厮打，结果毙命。

清晨7点，世界媒体铺天盖地：巴勒斯坦解放组织一分支"黑色九月"绑架9名以色列运动员，枪杀2名，要求联邦德国、以色列当局释放234名政治犯，期限为中午12点，过期后每小时杀2名人质。

二

1972年，电视直播算新鲜事，实力雄厚的美国广播公司（ABC）刚尝试卫星转播奥运会。以前的新闻先有声频，视频得等冲洗胶卷或录像带空运到电视台。ABC在1968年首次直播墨西哥城夏季奥运会，这次慕尼黑技术已日臻成熟。9月5日早间新闻屏幕上出现两组彩色画面：一组田径比赛，场面热烈，观众欢呼雀跃；另一组是宿舍区一白色小楼的特写，一张戴面具、露着两只黑洞洞眼睛的脸，从阳台玻璃门探头探脑，此照定格为恐怖主义的标准像。两组画面各自构成叙事线索，相互间频繁对切，以平行蒙太奇强化悬疑、惊悚的视觉效果。

经历60年代学运，媒体与左翼运动配合默契。"德国红军派"（Rote Armee Fraktion）等极端组织，利用媒体曝光打造革命恐怖的神话。商业利益与政治诉求共谋、磨合，渐渐形成一套视觉语法（visolinguistic）：曝光秘闻、煽情口号、插播快讯、深度跟踪，恐怖、丑闻、暴力被统统编入新闻节目，兜售给求异标新的观众，镜头的焦距与镜片的屈光度，映托暴力与恐怖的镜像。报道慕尼黑将这一语法推向极致：奥委会宣布拒绝停赛！军警、装甲车、机关枪扑向奥运村；画面一切换，运动员赛场上仍为奖牌斤斤计较、捶胸顿足或得意忘形、哭笑无端。场外谣言满天，记者更添枝加叶，点评、臆测、爆料，新闻降格到厨房肥皂剧的水准。

谈判也有看点，德国官方代表走马换将，往来如梭。先一位淑女走入俯拍的宿舍楼门的画面，她头戴俏皮的白贝雷帽，蓝色超短裙，花摇柳颤，倚门倾谈。恐怖代表化名伊萨（Issa），脸上涂着黑鞋油，白礼帽，摇头颠腿，谈兴正浓："抱歉小姐，我们不得不暂时征用这个理想的世界舞台，实现20年武装抗争不敢企望的效果。"画面一转，巴伐利亚内务部长与慕尼黑警长一脸凝重，亲自出马，对伊萨苦口婆心，劝其迷途知返，双方耽溺于"哲学式的讨论"。最后，部长以身相许换人质，开出无限额赎金。但伊萨固执一理，不要钱不顾命，一心向往巴勒斯坦解放。

电视插播以色列总理梅耶（Golda Meir）的讲话："如果我们让步，世界各地的以色列人将永无宁日，讹诈！最差劲的那种。"镜头缓缓摇起，转向隔离矮墙，上面爬满记者，长短镜头如小炮阵。镜头再向外摇，墙外别有一番景象：小小人工湖上，几只鸭子优游逸静，湖畔草坪运动员在晒日光浴，云淡风轻，意闲态远。这些画面剪辑起来便魔幻了，超现实之感，像台好戏，剧中人都有很强的表演自觉。恐怖分子扮演强行登台的不速之客，德国部长悲情献身换人质，以示屠犹悔意，以色列重申绝不向阿拉伯人妥协，奥委会傲慢作态，人命事小，奥林匹克精神天大。

慕尼黑奥运会具备电视收视率的三大要素：竞技、娱乐和暴力。现代恐怖主义滋生于大众视觉文化，电视已被恐怖行动征用：没有发达国家电视的普及，没有卫星为传媒服务，没有体育赛事过分依赖现场转播，慕尼黑事件或许不会发生。一旦视觉媒体使事件、解读、播放三者同步时，肇事者和新闻工作者便自觉或不自觉地共同参与事态的进程。恐怖分子会随镜头的多视角、记者点评或观众反馈随时调整策略，双方合谋将"现实时间"转化为节目时间，将事件叙述为故事，大众文化完成了仪式，公众焦虑得以宣泄。

三

联邦德国政府明白谈判无望，秘密筹备突袭，拖延时间。"黑色九月"答应期限推到下午5点，警察4点半包围宿舍楼。他们身穿运动装，冲锋枪藏进网球拍套，偷偷占据制高点，要从通风道、阳台窗户强攻。对面楼顶摄像机一直开着，整个行动直播给上亿观众，房间里恐怖分子同时观赏。警察从楼顶刚探下身，恐怖分子据电视画面立即到位，举枪瞄准。5点差1分，警察总部恍然大悟，行动等于自杀，慌忙叫停。

"黑色九月"知道目标不能实现，便提出新要求：要一架远程飞机把他们和人质一起送到开罗。联邦德国不会让人质被劫出境，设计在机场猎杀恐怖分子。3架直升机降落奥运村，转运人质到菲尔斯滕菲尔德布鲁克（Fürstenfeldbruck）空军基地，从那里上波音727飞开罗。无数摄像机记录了这个场面，奥斯卡最佳纪录片《九月的一天》（*One Day in September*，1999）采访当年观众，大家感觉像看电影《007》，虚构与真实难分。一位以色列女运动员说："他们刚杀了两名队友，现在端着枪昂首阔步，像警匪片里的绝地英雄，气死人了。"唯一幸存的绑架者杰莫·阿尔·加希（Jamal al Gashey），东躲西藏近30年之后，在非洲一秘密地点接受专访，回忆说："一上直升机，我们与人质都觉察到这是圈套，接下来是场激战，气氛凝重下来。没离开宿舍前大家厮守一整天，两方关系松弛下来，绑架者与运动员聊闲天，开玩笑，这时意识到最后的时刻到了。伊萨下令：准备壮烈赴死！"

　　警方原以为有5名恐怖分子，埋伏了5个狙击手在基地，6名警察扮作机组人员候在波音飞机上。绑架者高调亮相，才发现是8名，狙击手不够，以精确著称的德国人却没通知埋伏的警力。直升机落地军用机场，波音机上的警察慌了手脚，没请示总部便弃机开了小差。伊萨验收大飞机发现空无一人，知上当急返直升机，但这时灯火齐明，枪声大作。

四

　　在基地到底发生了什么？由于媒体不在场，没留下影像记录。纪录片《九月的一天》根据口述，用电脑动画复原了当年的场景。伊萨眼看大势已去，下令"撕票"。冲锋枪横扫人质，手榴弹引燃直升机，人质被大火烧得面目全非，无一生还。

　　慕尼黑事件是现代恐怖主义的经典案例，有鲜明的国际特征，追求世界性效应。恐怖分子从利比亚出发，经民主德国辗转潜入联邦德国，在联邦德国有左、右两翼激进组织积极配合，攻击外国目标，营救国际政治犯。在要求释放的名单上，除阿拉伯人外，还有德国红军派领袖巴德尔（Andreas Baader）和迈因霍夫（Ulrike Meinhof）、日本赤军成员冈本公三。

　　70年代革命形势日渐低迷，西欧政治斗争前景暗淡，阿拉伯在"六日战争"中受挫，巴勒斯坦解放已渺茫无际。巴德尔愁叹："革命既不能指望政治抗争，就靠新闻头条实现目标。"于是，红军派媒体上打造城市游击队的形象，在家里打"越战"，以"视觉恐怖"揭露政府，制造"眼球灾难"。红军派的恐怖主义蜕变为渲染观感刺激，追求曝光率以争夺诠释现实的话语权，唤醒麻木的大众。其对手的策略竟如出一辙，右翼保守的德国《图片报》，同样渲染暴力，但是以诋毁左翼为目的，用敌手的血腥来恫吓公众。这是个媒体文化歇斯底里的年代，各种力量都热衷"视觉政治"，随传媒技术日新月异，恐怖手法也花样翻新。但当激进政治沦为媒体丑闻时，政治恐怖等于媒体犯罪，原本具有颠覆性的政治对抗，被炒作成大众文化的热议话题，从此不再介入历史性对话。

五

故事还没结束。一个多月后，联邦德国汉莎航空一架波音飞机再被劫持，交换条件是释放被捕的3名"黑色九月"成员。联邦德国政府索性不跟以色列商量，私下放人。3名绑架者回到利比亚，受到英雄凯旋般的欢迎，对媒体高调宣称："这是巴勒斯坦解放运动的伟大胜利！"5名死者也受国葬待遇。联邦德国这下臭名昭著，以色列指责它与"黑色九月"勾结上演劫机一幕。民主德国评论说，慕尼黑事件乃第三次中东战争的必然后果，以色列才是真正的恐怖分子，联邦德国媒体掩盖巴勒斯坦难民的绝望处境。

梅耶命令摩萨德追杀"黑色九月"头目和绑架者，以暴易暴。巴解头目一个个遭暗杀，3名绑架者中有2个被清除，只剩杰莫·阿尔·加希亡命天涯，今仍健在，无怨无悔。也不知多少传奇、小说、电影、电视剧演绎摩萨德传奇，斯皮尔伯格的电影《慕尼黑》可谓经典。大众文化酣畅淋漓地消费暴力、谍报、硬汉和动作，但原本蕴含的政治锋芒，已被后工业文化生产吸收、消毒。意识形态对抗的背景也被漂白，沦为暴力美学或感官消费。慕尼黑之后留下个遗产，联邦德国因此成立反恐部队GSG9，法、英、美也相继组建反恐机构。如今媒体喋喋不休的"反恐时代"，其实在70年代已拉开帷幕。

为何重提40多年前的往事？发生过那么多恐怖事件，影视工业为何对慕尼黑情有独钟？慕尼黑可谓现代恐怖主义的原型，搬演这惊心动魄的一天，实际在建构"元叙事"。如何定义现代恐怖主义？它有如下特征：以跨国越界的形式策划，在世界性舞台上演轰动性事件，将表演性与戏剧性推向极致。红军派头目迈因霍夫声言："砸毁一辆汽车是刑事犯罪，砸一千辆汽车是政治事件。"她的目标不再是破坏本身，而是关注度，在媒体聚光下作秀。撒切尔夫人曾说：媒体是恐怖主义的氧气。这一逻辑的登峰造极是"9·11"，21世纪激进主义的历史指涉越发晦暗不清，暴力沦为歇斯底里的宣泄，恐怖是空洞的能指。

本·拉登策划袭击世贸大厦，看重它是帝国之都的地标，金融资本的符号，攻击符号意在象征。拉登知道，每时每刻都有摄像机对准双子塔，拍电影的、旅游留念的。成龙差一点在"9·11"上午7点登上世贸北楼，拍一部叫《鼻出血》（*Nosebleed*）的电影，情节竟是密谋炸倒双子塔！虚构故事不意间真的发生，电影公司唯恐给纽约人伤口上撒盐，决定《鼻出血》胎死腹中。但剧本开头的台词耐人寻味："世贸中心象征自由和资本主义，以及美国所代表的一切；让双子塔倒下，意味着让美国跪下。"

其实也不算太巧合，好莱坞此前已拍过很多世贸被袭击的影片，双子塔在虚拟世界中倒过多次了。"9·11"新闻实况转播世贸倒塌时，反倒像灾难片的"回放"。世贸遭袭，观众或非因袭击本身而震惊，倒是电影情节在真实世界上演，虚拟僭越了实在。现实本该冗繁、平庸，虚构才有惊心动魄。"9·11"吊诡之处乃是现实从虚构中汲取能量，真实世界模仿虚构情节，这可不是模仿论的艺术再现现实。双塔坍塌的新闻录像与影片《独立日》（1996）的电脑特效相差无几，拟像与真实如何区分？人们将来会不会拿影视去验证生活？虚拟的真实难道比现实更真？

如今，曾被柏林墙分开的两个世界已看不出不同，走在柏林大街上，很难想象曾有过"铁幕"。政治对抗的界标在"后政治社会"无影无踪，太平盛世已欣然而至？不，非政治化的纯粹暴力正愈演愈烈，每每见诸报端的"恐怖"（terror），恰是"后政治时代"的产物。看似与政治分歧无关，却是"拟像"社会特有的狂躁症。如果战争是政治斗争的延续，那么恐怖则是"后政治"躁动的表征。只知以福柯的圆形监狱比喻凝视的规训权力，拿《一九八四》影射专制下的秘密监视，却罔顾我们当下生活的实情：人们内心到底是怕被观看呢，还是唯恐被忽视？互联网时代，微博、微信、Facebook、Twitter营营扰扰，一天不被关注，便失魂落魄。曝光率、人气、"粉丝"量才真是炙手可热的资源。

原载《读书》2014年第8期

英伦十二日（节选）

徐小斌

————————

2016.4.9

闹钟上到7点，6点半就醒了。最后收拾了一下，9点去机场，11点半登机。

英航的机餐好极了：一大块烘焙三文鱼，微辣的酱，奶油甜点，粗粮饼干，还有红酒和冰淇淋，服务甚佳。总之，比加航的头等舱都好，下次有可能还坐英航。

11个小时到伦敦。T先生来接我。奇怪的是英国网络覆盖与很多国家不同，一般是你只要开通漫游，舍得花钱便畅通无阻，而英国，即使你用的是苹果6s，打开4G，照样杳无音讯。

还好顺利与T先生会面。T先生是英国巴来斯蒂亚出版社的社长。早年他攻读天体物理，是物理学博士，果然与文科出身的人的作风大相径庭。他安排的酒店是Novotel，一家连锁酒店，与Best westem档次差不多。此时已是北京时间凌晨两点，伦敦的风非常凉，寒冷困顿。T先生问我想吃什么，我说只想喝一点点热汤。侍者十分热情，说按我们的要求来做，果然是两盘热腾腾的土豆泥汤，漂浮着几粒炸面包丁。外面寒风呼啸，很多人还穿着羽绒服。室内却很暖，我穿着薄毛衣，T先生却只穿一件蓝色衬衫。他告诉我，我的翻译Nicky已经在等着我，明天下午请我吃下午茶。关于如何宣传书的事他只字未提，谢天谢地。

2016.4.10（周日）

早上睡到当地时间9点多。昨夜醒了两次，吃了很厉害的药才睡着。我的失眠症愈演愈烈，真不知怎么办。

酒店的早餐还算丰盛。英国人果然比美国人细致多了。要问房间号，还要查住房记录，当然，态度十分绅士。

T先生十二点来接，去大英博物馆。坐地铁，英国的地铁是用颜色来区分线路的，紫色、灰色、红色、褐色、蓝色。与我居住的Wembley Park连接最紧的是灰色线Jubilee Line。英式地铁内外都很干净，乘客井然有序。每个坐着的人手中都拿着一本书或者一份报纸，阅读。细细观察一下，没有一个拿手机的。哦，只有一个——我。而我看手机也纯属假模假式的习惯性动作，因为我只能看到已经打开的微信，地铁上没有讯号。但是英国地铁显然比美国地铁有序得多。美国纽约地铁脏、乱、有涂鸦，从不报站名。而英国地铁有一条永远发亮的小屏幕不断闪过"next"（下一站）的站名，让人头脑清晰。

说实话，大英博物馆并没有给我多大惊喜，总体格局比起大都会博物馆来还是差了一些。埃及的墓葬与神像比较多，因为去过埃及，所以也并无惊艳之感。——倒是有一尊塑像引起了我极大的兴趣，青铜色，但非青铜，表面枯涩多棱，似被石材包浆，而整个的造型，像是连在一起的两个W，一条弯曲的蛇，两边昂起的蛇头，血红的眼珠，愤怒紧张的姿态，玛雅文化的气质——天哪！这不是羽蛇吗?！我立即把T先生叫过来，经他辨认英文说明：果然是羽蛇！是远古时期亚洲太平洋地区最高的阴性神灵羽蛇！这大约是我参观大英博物馆最大的收获了！——可是，为什么这个羽蛇形象竟是双头蛇呢？难道她同时也是希腊神话中的双头蛇，可以向任一方向前进？

中午，我请T先生吃饭，西方人午餐简单，晚餐隆重。几个吃饭的地方我让他选，他只点了英国最日常的煎鱼配炸薯条，搭了一款番茄汤。英国饭真够简单也真够难吃的，后来我才知道，他们翻来覆去就那几样，简直乏善可陈。所以中国人来此，无一不是"胃比心爱国"。

但话说回来，一个不注重吃的民族，却是真心诚意地拥抱着精神世界：他们无比热爱阅读，无比尊重书与写书的人，从他们的行为方式与眼神交流中，能清楚地看到另一种思维方式与价值观。

下午五点，去Nicky在伦敦的家，非常漂亮的房子，有一点黑色的哥特风。Nicky准备了丰富的果品和茶。年轻的女作家颜歌也在这儿，她嫁给了一个爱尔兰人，她笑说她好久没和讲国语的人交流，快得抑郁症了——爱尔兰那里比伦敦还冷。寒冷、黑暗，真是抑郁的根源。想起访北欧五国时的道听途说，——三季寒冷，一季白夜，难怪患抑郁症的人那么多，最近的微信群中传出世界最宜居城市，北欧俨然排在最前列，显然微信的制造者还并不真正了解北欧。

晚上，我和T先生到中国城吃饭。我的眼睛瞟向那些海参鲍鱼，手却指向最便宜的滑牛汤面。滑牛汤面做得并不好吃，但起码是热乎乎的，能抵御一下外面肆虐的狂风。

2016.4.11

National Gallery——伦敦国家美术馆，是我流连忘返的殿堂级美术馆！

万万没想到，那么多我热爱的画家真迹竟藏匿于此！T先生看了一会儿就走了，——书展明天开幕，他要布展。而我早已养成独自观展的习惯。独自观展，体悟会更多。从中世纪到现当代，画作极其丰富。最有趣的，是我用自己衰退的视觉记忆和脑洞中所剩无几的英文单词辨别出我心仪的画家时，其内心简直不是激动，竟是狂喜了！譬如透纳，譬如康斯太勃尔，譬如委拉斯开兹，最费思量的是一幅似曾相识的名画，放在修拉（点彩派代表画家）旁边，拼那个英文名字，却怎么也想不起他是谁。Camille Pissarro是谁呢？我转了一圈又回到画作前，突然灵光一闪——毕沙罗！绝对是毕沙罗！哈哈，就是那位被骄傲的高更称为老师、点彩派的鼻祖毕沙罗！

出乎意料地，还看到了伊丽莎白·勒布伦夫人的自画像。勒布伦是我在国家开放大学讲西方美术史时选入的女画家，她的那一讲叫作"美丽与哀愁"，这位货真价实的美女的一生就是一部悬念迭出、步步心惊的大片！——她是真的美，是那种丰若有肌，柔弱无骨，"唇不点而含丹，眉不画而横翠"的天然女性美，近看她的画作，竟然连眼窝处的淡青色毛细血管也是如此清晰！

2016.4.12（周二）

今天书展开幕，但T先生大发慈悲，允许XL上午陪我去看白金汉宫的每日皇家卫队操练。对此我怀有强烈长久的好奇心。早在小时候五六岁没上学时，便在电影《三剑客》中听到了白金汉宫这个名称，一直觉得神圣不可侵犯。如今终于近在眼前，觉得与其他欧洲国家的皇宫差不多，没什么特别出彩的。不一样的便是皇家卫队的每日晨练。他们是分批出来的，第一批是戴白色高帽的，红衣白裤，高头大马。第二批每人一顶高高的黑色栽绒帽，身着红色戎装，黑色长裤，这一批人数最多，随着音乐的节奏踏步前行。第三批是乐手，吹着长号出来，更有一种庄严中略带谐谑的欢乐色彩。观者如山，警察一直在维持秩序。警察表情庄重而温和，其帅其酷可以做好莱坞一线明星。最令人印象深刻的是那些身材高大的女骑警，每当换场的时候，她们就会在场地中转来转去，威风凛凛。

伦敦的中国人非常少，因此我们似乎特别醒目，还有人专门过来问："Where are you from?"

XL拿着她的高档相机转来转去，不时拍上一张，她是T先生的雇员，80后。涂了粉底和深黑色的眼线，眼角处如戏装般用黑眼线挑起来，平时沉默寡言无表情，但笑点很低，一旦笑了，脸便生动起来，她会很用力地笑，因为弱，好像是陡然间用了全身的力气。她说，她好像很久没这么笑过了，几乎我每说一句话她都会笑，北京人谁不会说几句俏皮话儿？可这位新加坡出生的姑娘好像是头一回听。她的性子好慢啊，就连极慢性极耐心的T先生也抱怨说XL的慢性子让他受不了。有点像《疯狂动物城》中的树懒，虽慢得可怕让人急得吐血，却也依然善良可爱。

XL是昨晚赶来的。她说，她的房间号是824，我记在了手机备忘录中。晚饭时我电话她，想约她一起吃饭，电话里却是奇怪的声音。我决定去找她。8层空无一人，暮色笼罩中，我听着自己空蒙的脚步，发现824根本不存在。823之后就是829，再没有中间的数字了。想不明白为什么连一先令都算得很精的伦敦人却放弃了这一串数字？长长的走廊里映着我的影子，恐惧袭来，突然觉得这一切十分吊诡，似乎走入了一个悬疑惊悚的影片之中。

下了楼，暗淡的灯光中嵌着XL疲弱的影子，她在餐厅喝一杯柠檬水。"我说的是823哪徐老师"，她如往常那般用力笑着，我迷惑了。

当晚回到房间，看到手机备忘录中一条：XL住824。

2016.4.13

今天换了两次地铁，来到书展。

最关心的当然是中国出版集团的展位——最上方是"感知中国"，白底红字，下面赫然挂着汤显祖和莎士比亚两位先贤的巨幅画像。东西方两位戏剧大咖的头像一摆，颇显得高大上。昨日开幕式，中国出版集团曾经召开规模很大的发布会，可惜我未能恭逢其盛，惜哉！

下午四时四十五分是我新版英文书的发布会，有我一个演讲。T先生和Nicky都说，因为下午五点钟有个大活动，希望我能够用演讲把读者抓住。因为T先生行动太晚，书展的英方活动已经排满，所以能争取到一个Conference（发布会）已经很不容易了。

临时找到一位年轻的女翻译米雪儿，非常不错。我大致讲了下自己的写作。回忆了一下1996年第一次到海外讲女性文学，正好是二十年！那一次是美国杨百翰大学邀请，紧接着邻居科罗拉多大学邀请，然后是宾夕法尼亚州立大学、马里兰大学，我讲的题目是"中国女性文学的呼喊与细语"。科大是葛浩文发的邀请。在与老葛的谈话中，发现东西方文学真的存在一条深深的鸿沟！而填补这条鸿沟的只有翻译，我讲到我去世的老翻译John和这次翻译我英文版的Nicky。最后引用了获诺奖的英国女作家威廉·高登的一段话："'无论你给一个女人什么，你都会得到她更多的回报。你给她一个精子，她给你一个孩子；你给她一个房子，她给你一个家；你给她一堆食材，她给你一顿美餐；你给她一个微笑，她给你整个的心！'——如果是这样，希望你们给我信任，你们会发现我的书给予读者的是十二万分的诚意！"

可能是最后这段话给了点力，所有在座的都留下来了。读者纷纷购书，有两位印度读者印象深刻，他们的打扮像是印度的瑜伽行者，其中一位对我说喜欢我的声音，像唱歌一样，另一位说我说话像念诗，尽管不懂汉语，但似乎能听得懂我的意思。这当然令我开心，谁不喜欢赞扬？他俩说了又说，万分真诚，以至于耽误了不少签名的时间，等他们走了好久。T先生和Nicky才反应过来："为什么不和他们谈谈印度语的版权呢?!"

但在此时，版权的事已在我脑中弱化，甚至连自己的书也顾不上了。——因为我忽然发现了一个展位，犹如在一片海洋中突然发现了一座美丽的岛屿，一个叫作Art gifts press的展位展出的书，简直就是我眼中的视觉盛宴，只能在神界中才能看到的绚烂华美，蓦然出现于凡间，其震撼程度之大，简直非语言可以形容。我痴迷其中无法自拔。良久，态度决绝地对那个站在柜台前的女孩说，我要买这几本画册，那个女孩生得十分美丽，与那些华丽的书十分谐调，大眼睛和自然卷曲的长睫毛，脸色有些苍白，一脸倦容，又披着朴素的紫色头巾，看上去像个伊斯兰女孩，一问，却是道地的英国人。她用疲惫的微笑面对我的热情："明天才可以卖。"她说。

我继续翻阅，恋恋不舍。总觉得周围有双眼睛藏在隐秘处，终于一个声音很近地响起："嗨，你好。"

怔了半晌，不是认不出，是惊奇。情境立即闪回到2011年中国作家团赴澳参加论坛，每位作家要朗诵一段自己的小说，译文打在屏幕上，我朗诵完"羽蛇"的一小节回到座位上时，有一位长发、身着疑似麂皮装的先生在一旁把手伸过来："认识一下吧，我叫Jason。"

是比较地道的普通话，在澳大利亚那样的地方，实属难得。暗淡的灯光下，我判断不出他那身松垮服装是麂皮拼接还是丐帮服，但是对于长发披肩的中老年男子，或许是多年来的误读吧，我历来不想多言。

他倒是滔滔不绝，讲了什么我都忘了，但是在2013年澳方回访时再次见到他，却是一个颇不愉快的回忆。当时正巧是库切主持的第一场，由我与澳方作家卡斯特罗先生对话，对谈下来在休息室里，澳方的周思正向库切介绍我，忽然之间Jason插了进来，对周围的人说："我觉得她的脸很有特点"，说这话的同时竟然毫不经意地点了一下我的腮帮子！——除了疯子之外，我不知道还有什么人能做出这样无礼的动作！我又惊又怒，运用半日内功才没发作，幸好他动作飞快，没有太多人注意到这个细节，但我仍怒火难耐，与库切客气了几句就走了，再没露面，此次伦敦书展上见，十分意外。

他说，想和我谈谈我的作品。我说，不好意思，我还想转转其他的展位。

晚上T先生请客，吃的波斯饭，我要的烤羊肉和黄米饭，他们要的烤鸡肉和面条。回宾馆后，没来得及洗，一头栽到床上就睡着了。天呐，这可是十年来第一次没有吃药的睡眠，有里程碑式的意义！

2016.4.14（周四）

今天当然还要去书展，即使仅仅为了那几本美丽的画册也得去！

刚到展会，Nicky便过来把我领走了，说是一位L先生请吃午餐——所谓午餐，原来就是三明治加饮料。看他们吃得津津有味，我却觉得难以下咽，只好与身边的Helen说话——她正是曹文轩《青铜葵花》的翻译。Helen的中文发音非常标准，人也生得可爱可亲。她的翻译，被公认为会为原作添彩。

我和Helen聊得投机，早已忘了T先生的嘱咐（让L了解我的写作情况），直到下午三点，Nicky要回她郊外的家，聊天才结束。

我火速奔向那个神话般的展位，还好，那个美丽而疲惫的女孩还在，她微笑着指了指她身边的一摞画册——哦，原来她竟已把我喜欢的几本画册都记下来了！大喜，赞颂了一遍她的美貌，掏出准备好的英镑拍给了她，旁边那个大概是她的老板，四周的英国人似乎对我的付款方式瞠目结舌，她们是几个先令也要精心算计的。买东西时的迟疑，完全可与《疯狂动物城》中的树懒媲美！而貌似大款的我，其实是倾囊而出。有些深爱之物，若遇见，是不必犹豫的。

且那些价位每册二十英镑的画册如换算成人民币需要几何级数的增长，因此，非常值。特别是其中一个日记本——简直就是美神的馈赠：每一页都有奇妙的画，女人的装束颇似西亚北非女子，色彩极为丰饶艳丽，大红大绿配在一起，饰以金银箔，不但不难看，反而有一种极度的奢靡与华丽，这简直就是我正在绘制的全彩绘本的理想模版！

2016.4.15

书展结束，与T先生一起去了Nicky介绍的那个文化中心：Shouth Bank Centre。全天都在下雨，伦敦的天气真是糟透了，T先生一直很绅士地为我撑着伞。很可惜，美术馆关门装修，艺术活动中心有一年轻人在演奏吉他，台下观众不少。

冒雨去看了Big Ben、泰晤士河……一切都笼罩在茫茫雨雾之中，但这样的味道，似乎更像想象中的伦敦。历经百年的大本钟，每一砖每一石都古旧得呈现出低调奢华。泰晤士河似乎本就是那一条灰色河流，如同人生一般，浑浑噩噩，每一个人不过是河流中的一粒灰色水分子——这才是伦敦的原色！

艺术中心周围摆了各国美食摊位，为了怕T先生再点那些可怕的三明治，我冲进雨雾中点了两份墨西哥玉米饼，现烙的，又热又香，且旁边有奶油拌的鹰嘴豆。T先生似乎受我感染，也出去买了一大份咖啡鸡饭，当然，需要对商家说：No spicy, No cheese（不加辣，不加奶油）。

雨天适合聊天，一向不爱多言的T先生谈起了一些往事。他说在北京工作过两年，与郭沫若的小儿子郭汉英曾经是同事。郭汉英人非常聪明，但是很受打压，郭虽与他走得很近，但却从不提家里的事，T也不问。我立即想起若干年前我曾经与郭平英（郭沫若之女）一起开过几天会，受好奇心驱使，很想了解她的哥哥、在"文革"中死亡的郭世英，然而她却讳莫如深，且对哥哥之死十分淡漠。

T先生对中国社会的"汰优"印象颇为深刻。

2016.4.16

今天没有安排任何事，躺在床上读刘仲敬的《民国纪事》。直到午餐时，突然想慰劳一下自己，想到附近找个中餐馆，谁知刚出去就被寒风刮回来了。四月中旬的天气北京早已回暖，花开，春意盎然，这里却是凄风苦雨，难怪英国人那么爱谈天气。一些上了年纪的人在寒风中瑟瑟发抖，鼻头冻得通红，突发奇想：难怪很多英国人的鼻头都是红的，原来是冻的呀。只好选择我最不爱吃的简餐：牛肉汉堡。5.5镑，中间夹了那么大一块牛肉，边嚼边想，英国人那么优雅，为什么在食物方面如此粗糙呢？

没嚼完那块牛肉就接到大堂电话，说是有人找我。

坐在大堂椅子上等我的竟然是Jason。

第一个念头便是：快点把他打发走，但是几句话之后，话密了起来，竟然聊了数小时之久。

他第一句话说的是："我想谈谈你的小说"。原来，他早在80年代便读过我的小说，与很多人不同，最初打动他的一篇小说是1983年我在《收获》上发的《河两岸是生命之树》。他说他当时还在大学，七八届，是学校年龄最大的学生，读到这篇小说，他落泪了。

"作者名字明明是个男的，可那种细腻的程度，我想应当是个女作家。"他说，"而且，河两岸是生命之树，是圣经里的一句话，后面是'月月结果，其叶可治万邦之疾'，那个时代居然有人引用圣经，也吓了我一跳。那个时代都习惯煽情，可是这篇东西隐忍不发，反而触到读者的泪点。"

然后他谈起《对一个精神病患者的调查》《迷幻花园》《银盾》《蓝毗尼城》《蜂后》《美术馆》《双鱼星座》《缅甸玉》《玄机之死》《末日的阳光》……他的话很密,密不透风。我承认我完全被惊住了:首先是我的每一篇小说他都看过,且记得比我还清楚……

"《海火》其实是你非常重要的一本书,"他严肃地说,"我甚至认为这是中国文学史当中漏掉的一部重要的书。在这本书的写法上,你是中国作家里第一个用了魔幻现实主义的手法,而且还特别自然。可惜……"

"可惜什么?"

"可惜你这个1987年的长篇,1989年才发表。1989年,大家都关心别的事去了,谁还关注你的小说?不过我还是注意到有个人为你写了一篇评论,评价很高,好像姓林吧。"

他竟然还记得林为进?——林为进是过去作协创研部的,已经故去多年。

"人家不是为我写的评论,是个大评论,里面有一段提到《海火》。"

"你的文运不怎么好。"

"不光文运,我所有的运气都不好。"我笑。

"可是那一阶段的文字,实在像是如有神助,我看过有的男作家说上帝握住他的手在写,我没这感觉,我倒觉得,那时上帝握的是你的手。"

"谢谢。唉,就算是天使握住我的手吧,我可不想和别人争上帝的手。"

"不对,不是上帝就是魔鬼,你这人跟天使没什么关系!"

哦?我心里紧了一下,神情专注起来了。

"《末日的阳光》,我反复看了两遍半,那些才华横溢的长句式,

异乡,这么慢那么美　　\ \ \

很让人妒嫉！是的，很让人妒嫉！！"

"您过奖了。"我摸不清他的来历，只好客气地敷衍。

"不过在那篇小说里，我也发现了你一个秘密……"

"什么？"

"……这个，以后有机会再谈吧。"他换了个姿势，眼睛越过我，看着我身后的墙壁，"到《羽蛇》，我惊了，但是糟糕的是，《羽蛇》太复杂了，翻成英文，味道都没有了，那些象征，隐喻，那些复调叙事，时空错位，都没了，很吃亏。《羽蛇》如果翻译好，不会次于西方的经典小说。……我是说真的。我在想，如果西方翻译家像中国翻译家那么优秀就好了。中国很多翻译家翻的西方作品，太优秀了！譬如桂裕芳翻的莫里亚克那个《爱的荒漠》，那种句子，真是给原作增色啊！"

"是，我也这么想。"

"可是你的问题在于，你太爱求变了。当然变化是好的，可是一个成熟的作家，风格固定下来就最好别变来变去了，你变得太厉害了，《羽蛇》之后的《德龄公主》《炼狱之花》，都不像是一个人写的。……对不起，我这么说，你不会介意吧？"

"当然不会。我最近很想听真话。"

"可能你有你的道理，但是在我看来，《炼狱之花》顶多显示了你的想象力，那种东西，可以改成一个蒂姆波顿式的动画片。当然，你也有你的意思在里面。但是总觉得那不是你。"

"唉，我也觉得。我让我早期的一些读者挺失望的，每换一种风格，就会流失一批读者，但是怎么办呢，我这人就是兴趣一会儿一变。"

……

2016.4.17

今天天气美妙极了。

刚刚醒来便给 T 先生发信，想去剑桥转转。T 先生马上说，十一点半来接我。

真没想到剑桥那么远，要开上两个多小时的车！

T 先生在路上说，2000 年时，霍金与人打赌，说据他预测，天体某处有黑洞存在，那人不信，霍金说那好，赢了你赠我一年的免费《阁楼》。阁楼是色情杂志。结果那人输了，霍金赢得了一年免费阅读。我笑出声儿来——霍大师实在太可爱了！

我是在看了电影《万物理论》之后喜欢上霍金的——很早便读过《时间简史》，也见过他歪在轮椅上龇牙咧嘴的照片，当时并无什么感觉，——可见影像直观对人的影响之深！我真的看了三遍，如果是我们的电影，一定会按照某种模式处理成励志片，但是这个电影，怎么说呢，他让你不能不落泪，不是为了所谓励志或者"正能量"，而是感慨于某种复杂得多的东西，也是拜小雀斑演技所赐——连霍金本人看了片子都说，有时会分不清小雀斑和自己是不是一个人。

小雀斑，英国演员埃迪·雷德梅尼。皮肤苍白、满脸雀斑，有一双极有表现力的大眼睛，为演霍金减重三十磅，身材瘦削。《万物理论》即将上映时，还有很多人认为他想凭这部影片冲击奥斯卡根本没戏，但事实证明，小雀斑这个学霸的小宇宙一爆发，完全无人可挡！从金球奖、美国演员工会奖再到奥斯卡，成为货真价实的影帝！

英国演员太多学霸。憨豆先生是牛津硕士；休·格兰特毕业于牛津文学系；豪斯毕业于剑桥，艾玛·汤普森和他是同班同学；唐顿"大表哥"也来自剑桥，卷福是曼彻斯特大学毕业，连扮演赫敏的艾玛·沃特森也是"常春藤联盟"布朗大学里的女学霸啊！而小雀斑先后在伊顿公学和剑桥大学三一学院就读，上学的时候就已经在国家青年剧院表演莎翁剧，从十二岁起就在伦敦西区登台演出，这样的男神的智商简直要把好莱坞一线男星碾成渣了。

《万物理论》的功德无量还在于，它的放映让霍金与前妻和好了。看到曾经的那种坚定不移的神话一般的爱情，他们有什么理由拒绝回忆呢？

坚持到剑桥，潜意识中当然有昨天那个怪人关于偶遇霍金的说法。但是很遗憾，大师前两天刚刚应小扎的邀请去了纽约。扎克伯格也是我非常喜欢的，也是始于看过电影《社交网络》之后。两位的相遇不知能演变出什么样的奇迹发生。

转了转校园，有粉红色的樱花盛开。天空像蓝宝石，牛顿窗外的那棵苹果树居然还活着，开着美丽的花……

2016.4.18

今天与XL一起去了格林威治。

与剑桥相比另一种风格的美。整个的色调是英国水彩画那种淡淡的灰色。

灰色中偶尔会透出一抹亮色——我怀疑透纳那些风景是在这里画的。

有一般仿真巨轮静静地停泊于斯。转了几个圈儿才找到门，里面有各种小商品。XL看中了一顶非常漂亮的小帽子，深咖与钴蓝相间，她戴上很好看，7镑，但她舍不得买。"我要攒钱去美国读书，拿个艺术学博士。"我想帮她买了，她坚持不让，只好请她吃中饭，牛肉面，6.5镑一碗。很罕见的一个华人餐馆"大碗面"。大海碗，牛肉给得很多，看看旁边那位黑人同胞点的那份海鲜饭，足够三个人吃的。侍者的态度十分冷漠，和英国侍者没法比。且结账时为西方人在桌边结账，却让我们去柜台结账，掩饰不住的冷漠口气，但我心里在谅解他们——在这里生活创业一定非常非常不容易。

小博物馆里，装饰着形形色色的彩塑人物，倾斜而下，像是要倒下来似的，色彩非常绚丽。还有一面墙是各国国徽，放在一起从大到小也很漂亮。最奇怪的是挂在墙边的一幅画，画面前景是三个人，都是古装打扮。左为中国人，右为西方人，中间是个日本人。中国人把一支灵芝和一本药典放在桌上；身着和服的日本人，右手腕上缠着一条小白蛇，拿一把折扇；西方人则戴着深棕色小卷假发，手里拿一本画着解剖图的书。画的背景是熊熊燃烧的东方宫殿。背景上，三组人物显然也分为中国、日本与西方。日本人皆为相扑体形，似乎在用汽油助燃火势；中国人在一边用很小的扑火用具在做无用扑救；而西方人则用最早的自动灭火设施救火。署名是"江汉司马骏写之"，并无任何关于年代的介绍。

历史上是有司马骏这个人的，是司马懿的第七子，据说早年聪慧，五岁能书写，在宗室中是最有威望的一位。少年好学，能写出自己的论述，颇有文采，同时也是一位能征善战的将领。但是没有任何记载说他会画画呀，再说，这幅画似乎旨在夸赞西方人重视科学，反讽东方人的迷信愚钝。画风明显是仿古，百分之九十以上是赝品，但是究竟出自谁之手呢？把它放在这样一个世界标志性报时的重地，究竟意义何在？百思不解。

2016.4.19

今天十二点多出去转了转，刚发现附近有家希尔顿。

但是里面没有任何吸引我的东西。只买了朋友托买的巧克力，出乎意料地贵。

不禁想起1996年我第一次赴美，看到什么东西都新鲜，都想买，那些卖家无比善意地走过来，问你的需要，你告诉她，"I'm Just looking, Thank you."（我只想看看，谢谢）她就微笑着走开，即便你看了很久却什么也不买，她也会微笑着向你表示感谢。而绝不像中国的很多售货小姐那样，如同水蛭一般牢牢地贴着你，嘴里不断地说着各种急于兜售的语言。

二十年，我们的经济确实腾飞了，现在看到西方什么东西也没太大兴趣，但是，怎么就像在我十八年前一部小说中男主人公说的那样呢？他说："……过去的十年把所罗门的瓶子打开了，魔鬼钻出来，就再也回不去了。经济的、物质的、都会有的，会腾飞、会赶上、超过世界上的先进国家，可是形而上的、精神的、人的一切……会一塌糊涂，这是最可怕的，这比贫困还要可怕。"不幸的是，在十八年之后的今天，这部小说中所有的预言都应验了！

中午想找个像样的餐馆，转了半天，只找到一家冒牌粤菜馆，点了个牛肉蒸饺和炸春卷，做得都不怎么样。

太阳很好，索性回到Novotel门前晒太阳。一边继续读刘仲敬的《民国纪事》。晚上，想了一下明天的演讲。对，明天的利兹大学演讲。

2016.4.20

今天一早八点四十五分T先生来接我，要赶九点半的火车。原来这火车站名便是鼎鼎大名的King's Cross Station！——哈利·波特的九又四分之三月台就在这里！旁边，还有他的小推车呢！

我是哈谜。感谢人文社的赵萍女士，送过我全套的《哈利·波特》，我竟然认认真真地读完了，连"85后"的儿子也没我这么有兴趣，可见有时真的不能从年龄来判断一个人。《哈利·波特》令我脑洞大开，曾经雄心勃勃地想写一部中国版的《哈利·波特》，但是写出来的《炼狱之花》，却连自己也无法满意。尽管我们的绳索已经松开，但写的时候，依然备感束缚，看来被捆过和没有被捆过的就是不一样。

一个名叫甲男的中国姑娘来车站接我们。她可是真正的英国通了，介入《战马》的创作，聪明过人，反应灵敏，在下午的现场翻译中表现极佳。

中午吃的中国饭——在一个叫作"Home"的餐馆，终于吃到了一次地道的中国饭。在座的有利兹大学方面的负责人弗朗西斯和莎朗。弗朗西斯的眼睛是蓝灰色的，很美，而莎朗更是个典型的英国美女。两位都是研究《聊斋志异》的专家，且都是女权主义者。饭吃了一半的时候Nicky赶来了，她从很远的地方赶来，穿花毛衣，戴红珊瑚项链，很漂亮，Nicky是非常优秀的翻译，翻译过不少中国小说，现正在翻译贾平凹的一部作品。

下午三点开讲，下面坐了不少人，且有书店老板现场卖书。

在弗朗西斯的主持下，演讲从一开始便成为问答式，很新颖，我准备的稿子一点没用上，反而舒服。譬如一开始的问题："你为什么要写作？"就足够我讲半天的。演讲进行了两个小时，我以一首诗作为结束语，是美国女权主义诗人艾德里安娜·里奇写的：

我一生始终都站立在那
布满一组集中的笔直大道上
那是宇宙中传送最准确又是最无法破译的语言
我是一片银河的云彩
那么深奥　那么错综复杂
以至于
任何光束都要用十五年才能
从我这里穿过
我是一个仪器
赋在女人的身形中
试图将脉搏的跳动形象化
为了身体的解脱
为了灵魂的拷问

最后大家提了几个问题，总体效果不错。书店老板说这是演讲以来书卖得最好的一次。我暗自庆幸：总算对得起 T 先生了。

还有，都说是讲得最有趣的一次，连坐在后面的 T 先生都听得津津有味，像听故事似的，竟然忘了拍照了。莎朗也反复对我说："太有趣了！"——有人曾经问过我：为什么我会说"时间把历史变成了童话"？可不就是吗？我在黑龙江受的那些难以忍受的苦，如今都变成了有趣的故事。更遑论"文革"，已经半个世纪，今天的年轻人，不会也把它变成童话吧——那可就太可怕了！

2016.4.21

在小 G 的指引下，我和 T 先生来到古董市场淘宝。

市场很大，摊位很多，可入眼的却很少。或许，是我已经过了"狂购期"？

T 先生倒是有收获，买了一幅英国女权主义作家的画。最早的叫价 600 镑，后来因为残损严重，降到了 150 镑。T 先生犹豫半日，我坚决要他继续压价。其间，我们去吃越南米线，我说如果他压到 50 镑，对方肯定不干，可能会以 100 镑售之。最后果然如此，吃完饭再到那里，不到一盏茶的工夫，T 先生兴冲冲地拿了个大袋子出来了，里面装着那幅画，真的以 100 镑成交。

我们共同看中的只有一件东西，是一本大书，装在一个大木头盒子里，那书巨大，仅面积便相当于九本普通的书，印刷极尽精美，每隔一两页便有一幅画，最初猜是圣经，但是细细一看，是俄文，画也并非圣经故事，也非中世纪那种画，很怪异。再看那个卖东西的，明明长着一副俄国人的面孔。"是不是东正教的画啊？"我说。T 先生点头说有道理，价格一点不贵，才一百多镑。可就是太大没办法拿。

晚上本来T先生要为我饯行的，可外面风太大，只好在酒店里吃饭。这个酒店的饭真是难吃之极。点了个意面，但是难以下咽。T先生说，他开车去中国城打个包回来，我说算了吧，想早点休息。

回到房间继续读刘仲敬，总算读完了。说真的并不像80年代读孙隆基《中国文化的深层结构》时有那种惊艳之感。

2016.4.22

下午四点半的飞机。准备一点半走。

T先生十一点二十分到宾馆时，我还在给手机充电。急匆匆到外面吃了点东西。聊了聊书的事。一点半左右开车直奔机场，半路上知道飞机将会晚点两个小时，OMG！本来十几个小时的飞机就够我扛的，现在又多加上两个多小时！与T先生挥手作别时，登机门都还没有确定。

时间还早，我找了个安静的地方看我买的画册。有一本是波斯细密画，很合我的趣味，突然想起几年前见到帕慕克，问及他那本《红》里面描述的有关波斯细密画的事，他竟然说，他其实对那个没啥兴趣，是小说的临时需要，顿时对他的印象分大减。但是现在看到这些美丽的画，依然会对帕慕克心存感激，若不是看他的小说，我还不会去关注这种画。波斯细密画是中世纪艺术的一个重要部分。是在手抄经典或民间传说中，和文字配合的一种小型图画。始于《古兰经》边饰图案，早期画风受希腊、叙利亚等艺术影响，色彩美丽，富于装饰性，后来又吸收了中国绘画的一些方法。把中国画、拜占庭艺术、伊斯兰教艺术元素融合起来，越发的有特点了。我买的这本是赫拉特画派的代表人物毕扎德的，很典型的波斯风格。

忽然有人跟我打招呼，是乘客休息室中的一位美丽的服务员，跟我说了语速很快的一串英文，我用英文对她说，抱歉，我没听懂，她非常耐心地放慢速度，又说了一遍，然后轻轻拉着我，指向大屏幕，我这才明白，原来她是提醒我，不要误了飞机！天哪，这时我才发现，我的这趟飞机已经在登机了！我边走边向她连连道谢。在国外，常常会遇见这种感人至深的人与事，一个细节就可以看出一个民族的素质。

赴京的英航，完全没有了去时的美食与服务，这时我才反应过来，原来去的时候坐的是"高级经济舱"，介于公务舱与经济舱之间的。而回来坐的是普通经济舱——差别好大呀！

十几个小时的飞行，终于回到北京了。

这回，亲爱的北京真给面儿，没有雾霾，晴空万里。

原载《长江文艺》2016年第9期

守住秘密的舞蹈

韩少功

———————

总统的尴尬

飞行三个半小时，转机等候四小时；

再飞行十四小时，转机等候五小时；

再飞行九小时……差不多昏天黑地两昼夜后，飞机前面才是遥遥在望的安第斯山脉西麓，被人称为"世界尽头"的远方。

随着一次次转机，乘客里中国人的面孔渐少，然后日本人和韩国人也消失了，甚至连说英语的男女也不多见，耳边全是叽叽喳喳的异声，大概是西班牙语或印第安土语，一种深不见底的陌生。但旅行大体还算顺利。只是机场不提供行李车，行李传送带少得可怜，以致旅客拥挤不堪热汗大冒，一位机场人员还把我和妻子的护照翻来翻去，顿时换上严厉目光："签证?"

我有点奇怪，把美国签证翻给他看，告诉他数月前贵国早已开始对这种签证予以免签认可。

他似乎听不懂英语，又把护照翻了翻，将我们带到另一房间，在电脑上噼里啪啦查找了一阵，没查出下文；翻阅一堆文件，还是没找出下文，最后打了一个电话，这才犹犹豫豫地摆摆手，让我们过了。

这哥们儿对业务也太生疏了吧？

这几个月里他就没带脑子来上过班？

接待我们的S先生听说这事哈哈一笑，说智利的空港管理已属上乘，拉美式的乱劲儿应该最少。想想不久前吧，中国总理前来正式访问，女总统亲自主持的迎宾大典上也大出状况，音响设备播放不出国歌。有关人员急得钻地缝的心都有。中国总理久等无奈，只好建议，不要紧，我们来唱吧。女总统于是事后向歌唱者们一再道歉和感谢：你们今天真是帮了我一个大忙啊。

这一类事见多了也就没脾气。临到开会了会议室还大门紧锁，钥匙也不知在何处。好容易办妥了留学签证和入学手续，上课一天后却不知去向。约会迟到不超过半小时的，已是这里最好的客户。领工资后第二天还能在酩酊大醉中醒来上班的，已是这里最好的员工。你能怎么样？一位在墨西哥打拼多年的广东B老板还说，有一次，几个有头有脸的墨方商业伙伴很想同中国做生意，他把他们带到广交会，特地设一豪宴，替他们联系了局长、副市长什么的，但等到最后也没等来求见者。更气人的是，事后问他们为何失约，为何关手机，他们说在夜总会玩得正爽，笑一笑，就算是解释了。

B老板说，笑笑还是好的呢，不然他们会搬出九十九个理由来证明自己根本没错，比如中国人为什么要做金钱的奴隶？

其实拉美人不都是这样粗枝大叶、吊儿郎当、寻欢作乐甚至好吃懒做，不都是"信天游""神逻辑"的主儿。但放眼全世界，连智利这样高度欧化的国家也有盛典上的离奇尴尬，其他地方掉链子的还会少？

军人政权频现大概也就事出有因。在过往的百年动荡里，大凡后发展国家都挣扎于农业文明溃烂过程中的贫穷和愚昧中，面对社会"一盘散沙"的难题。要聚沙成塔，要化沙为石，要获得一种起码的组织化和执行力，如果不倚重政党和宗教，大概就不能不想到军人了。当混乱与高压的两害相权，总得挑一个轻的。当自由与温饱无法两全，光在理论上把它们捏拢了搓圆了，又管什么用？军队是一道整齐而凌厉的色彩，具有统一建制、严格纪律以及强制手段，配以先进通信工具，还有大多数领军人的较高学历。一旦遭遇社会危机，这道色彩便最容易在各种力量的竞争中脱颖而出，成为碎片化社会最后的应急手段。于是，城头变幻大王旗，炮声是最有效的发言，"右翼"的布兰科（巴西）、翁加尼亚（阿根廷）、阿马斯（危地马拉）、阿尔瓦雷斯（乌拉圭）、德弗朗西亚（巴拉圭）等，"左翼"或偏"左翼"的贝拉斯科（秘鲁）、卡斯特罗（古巴）、阿本斯（危地马拉）、贝隆（阿根廷）等，都是穿一身戎装走向国家政治权力的巅峰。

中国人所熟悉的切·格瓦拉，记忆中定格为头戴贝雷帽的那位现代派耶稣，日后被流行文化不断炒卖的那位正义男神，献身于玻利维亚山地战场，其实也是这众多故事中未完成的一个。

与格瓦拉不同，智利前陆军总司令皮诺切特得到美国中情局的支持。他用坦克攻下了国防部，然后下令两架英国造的"猎鹰"战斗机升空，至少向总统府所在的莫内达宫发射了十八枚导弹，一举剿灭了民选总统阿连德——这件事曾在中国广为人知。这一幕狂轰滥炸，我在四十多年后聂鲁达博物馆的小电影上才得以目睹。播映厅里突然浓烟四起。观众面前的飞机俯冲尖啸。当时头戴钢盔的总统拒绝投降，操一把AK—47，率几十个官兵正在做最后抵抗，再一次留下现代骑士的悲壮身影。作为他的密友，获得诺贝尔文学奖的社会主义者，聂鲁达却帮不上什么忙。他所能做的，就是坐在我眼下抵达的这个海滨别墅，这个著名的船形爱巢，在政变的十二天后郁郁而终。他留下了第三任漂亮的妻子和桌上大堆的革命诗和爱情诗。

有意思的是，皮诺切特以密捕和暗杀著称，欠下了三千多（另一说是近两万）条人命的血债，日后受到国际社会几乎一致的谴责。但他的经济政策在智利一直陷入争议。至少很多人认为，正是他治下十七年的强制改革，使自由化行之有效，赢得了经济提速，奠定了日后繁荣的基础——这样说，是不是不够"政治正确"？是不是涉嫌给恶名昭昭的军人独裁洗地？其实危地马拉人评价他们的前总统阿本斯也是如此。尽管很多人厌恶那位"左翼"军头的土地改革、没收买办资产、反殖反美的外交政策，恨不能将其批倒斗臭，但大多数还是承认，至少是私下承认，他左右政局的十年（1944—1954）算得上该国历史上最为光辉的十年——这事又能不能说？

眼下，无论"左翼""右翼"，将军、少校们的背影都逐渐远去，太多往事成了一笔糊涂账。很多当事人已不愿向后人讲述当年。何况流行的这主义那主义，已把往事越说越乱，越说越说不清了。

"谁是皮诺切特？"一对智利青年男女面面相觑，没法回答我的问题，只能在酒吧里继续玩手机。

"甲级联赛里没一个这样的球星啊。"另一位睁大眼睛。

我没法往下问。

莫内达宫在窗外那边一片清冷，早已消除了墙垣上的弹痕累累，只有一群鸽子腾空而起悠悠地绕飞。

群楼的天际线那边

飞机降落哥伦比亚首都波哥大，夜幕缓缓落下了。时间还早，但这个700万居民的大都市已静如死水，连中央闹市区的街面也空荡荡，除了昏昏路灯下三两黑影闪现，大概是流浪汉或吸毒者。商家都已关门闭户，到处一片黑灯瞎火，连吃个三明治的地方也没法找。我们没备随身食品，看来今天得苦苦地饿上一夜了。

一个特别漫长和寂静的夜晚。

受饿的原因不难猜想。第二天一早，发现宾馆大门以紧锁为常态，保安大汉须逐一验明客人身份才放行出入。几乎每个小店都布下了粗大的钢铁栅栏，用来隔离买卖双方，以致走入店铺都有一种探监的味道。陪同我们的S女士感叹，哥伦比亚诞生了文学巨匠加西亚·马尔克斯，却以毒品和犯罪率闻名于世。不要说街头抢窃，就是入室打劫，我的妈，她刚来两个月，就有幸领教过一回。

在她的指导下，我们绷紧神经，全面加强戒护，但百密难免一疏，躲过了初一没躲过十五。到麦德林的第三天，时时紧捂的挎包还在，单反相机等也一五一十安然无恙，但就在挤上轻轨车的瞬间，导游的手机还是不翼而飞。

他是热心前来带我们观光的一位前外交官。

我们觉得很对不起他。

我们由轻轨转乘缆车，很快就腾空而起，越过屋顶和街市，进入了麦德林楼群天际线的那一边。恍若天塌地陷，轰的一声，浩如烟海的棚户区突然在眼前炸开，顺着山坡呼啦啦狂泻而下，放大成脚底下清晰可见的贫民窟，一窝又一窝，一堆又一堆，一片又一片，似乎永无尽头。砖头压住的铁皮棚盖，摇摇欲倒的杂货店，戏耍街头的泥娃子，扭成乱麻的墙头电线，三五成群的无业者，还有随处可见的污水和垃圾……梅斯蒂索（混血群体）的妖娆脸型和挺拔身姿，就是高鼻、鬈发、翘臀、长腿的那种，出入这一片垃圾场，注解了欧洲血脉的另一种命运，足以让很多中国人恍惚莫名，也惊讶不已。

据联合国机构估计，超过四分之一的拉美城市居民住在这种建筑的"矮丛林"，构成了包围一座座城市的贫困海洋，其中以里约热内卢和墨西哥城的巨大规模最为壮观。照理说，巴西和墨西哥，两个地区强国被很多拉美人一直视为"次等帝国主义"，够风光的，够牛气的，它们尚且如此，麦德林这一角又算得了什么？连阿根廷这个二战结束时的世界经济十强之一，拉美的白富美和高大帅，也野蛮地逆生长，从一个发达国家一路打拼成发展中国家，一度下探年人均产值两千多美元（2002），麦德林又能怎么样？

显而易见的是，失败的农业政策抛出了失地农民大潮，虚弱的工业体系又无法将其吸纳，只能把他们冷冷地阻挡在此。各种相关的改革半途而废。说好的"涓滴效应"并未显灵，利润并未自动得到扩散和分享，至少未能越过城市群楼的天际线。都市资产阶级这匹小马，"还未发育就已经衰老"（加莱亚诺语），怎么也拉不动贫民窟郊区这辆大车。

一座摩登建筑光鲜亮丽，鹤立鸡群，冲着我们放大而来。导游说，这并非本地贩毒集团的善举（这样的善举有过一些），而是欧洲某国援建的一座图书馆。这事当然值得鼓掌和献花——教育扶贫不失为国际会议上的高尚话题。但图书馆情怀可感，一尊高冷的知识女神却有点高不可攀，与四周棚户区的生硬拼贴让人困惑。想想吧，当西方强国数百年来强立各种城下之盟，把拉美脆弱的国家主权像钟表零件一个个拆卸，靠一种低价购买资源/高价倾销商品的简单模式，包括用炮舰和奴隶制开启这种模式，用银行家、技术专利、跨国公司、国际货币基金组织延续这种模式，从这里吸走了海量的土地、黄金、白银、矿石、蔗糖、石油、木材、咖啡之后，再戳几个孤零零的情怀亮点，是否更像富人的道德形象工程，不过是捐赠者玩一把情怀自拍？

几个图书馆真是法力无边，能释放神奇的爱和知识，一举化解掉这遍地黑压压脏兮兮的经济发展废料？

即使它们能哺育出来一些大学生，谁能保证他们不会再一次迅速流失，不过是为强国及时供应的小秘或"码奴（程序员）"？

"中等收入陷阱"，就是最先用来描述拉美的流行概念。这种含糊的说法常把板子打在穷国自己身上，只说其一不说其二，似乎并未揭破事情的最大真相。很多拉美人不会忘记，获过诺贝尔和平奖的美国总统西奥多·罗斯福曾自豪地宣告"我拿到了运河"，引来美国听众的如潮欢呼。这话的意思是，他成功地肢解了大哥伦比亚，实现了巴拿马的分离，获得了一条连接两大洋的战略性通道。作为对受害国的补偿，美国只是支付了2500万美元。

差不多也就是一个图书馆的价格。

西蒙·玻利瓦尔（1783—1830）被誉为南方的"华盛顿"，以一生见证了拉美的旧痛新伤，一次次资本盛宴留下的满目疮痍。这位被委内瑞拉、秘鲁、哥伦比亚、厄瓜多尔、玻利维亚、巴拿马六国所共尊的民族之父，眼下已化为广场上神色忧郁的雕像。他曾目睹油田和矿井积尘弥漫，街道满是泥泞，商店已成瓦砾，旧楼房千疮百孔。一些失业者携带钢丝锯潜入臭水潭，把废弃的油管或井架一节节锯下来，当废铁变卖以聊补生计。一座座掏空的矿区陆续坍塌，把美丽山峰塌得面目全非，只剩一个空架子。据说每到风雨之夜，人们就能在这里听到往日机器的震天轰鸣，听到当年神父为死亡奴工们做弥撒的呼号，看到天空闪电中一张张布满血污的脸。

孤独的雕像当年还看见了复活节前，原住民在游行队伍中演示一种奇怪仪式，一种恐怖的集体受虐狂热。他们背负沉重的十字架艰难前行，用鞭子猛烈抽打自己，抽得自己全身皮开肉绽，似乎在渴求死神早一点降临。"太好了！我感到天越降越低，末日要降临了！我信仰虔诚！我盼望接受审判！"一个印第安后裔喜极而泣地这样呼喊。

民族之父闭上了眼睛，临终前对一位叫乌达内塔的将军说：

"我们永远不会幸福。"

"永远不会！"

似乎是印证雕像的那一预言，很多拉美人日后不幸沦为罪犯。有人说，法律在拉美"得到尊重，但不必执行"。在正义和罪恶之间，一些游击队形象模糊，出没于山地或丛林，用血与火发泄深仇大恨，偶尔或经常地靠毒品交易支撑财务（有些政府也如此）。"大猩猩中尉""讨厌鬼""秃鹰""红皮人""吸血鬼""黑鸟""平川让人恐惧"……他们的首领绰号也大多这样，更像是出自于神话、梦幻以及醉酒，有怪力乱神之风。不用说，随着全球思潮的转向，随着政府军逐渐增添了震爆弹、直升机、卫星制导技术，流寇不大容易成气候，有关故事正越来越少。

如果"自由主义""民族主义"这些外来词不好使，多少有点水土不服，总是用着用着就串味，那么天主教当然是更便捷的思想资源。天主教在拉美树大根深。1968年第二届拉美主教会议正是在麦德林召开，其文件中首次出现"解放"一词，涉及和平、公义、贫困、发展主义等尖锐话题，形成了"解放神学"的起点，亦为三年后古铁雷斯神父《解放神学》皇皇巨著的先声。这种神学强调穷人立场和社会行动，无疑是一种贫民窟的神学，宗教中最有现实关怀的一脉，最接近当代人文社会科学的一脉，其影响波及非洲和亚洲。梵蒂冈教廷后来也对其给予部分包容。"可怜的人，亲爱的兄弟姐妹，你们不要害怕自己经受那么多痛苦。贫穷只是伤害了你们身体，你们的灵魂却永远是自由的。"一位麦德林的神父曾如此善诱循循，"有那么一天，相信吧，你们也能飞往幸福的天堂。"

显然，他的"解放"仍在天堂而不在人间。

政教分离的传统毕竟在那里。神父披挂长袍，能抗议，能济贫，能抚慰众生，但他们能分身无数天地通吃，具体处理好金融危机、铁矿贸易、IT技术、英阿两国争夺马岛之战这样的俗事？或者，能助产一种强大的社会思潮和社会运动，像当年新教伦理那样，助产"资本主义精神"（马克斯·韦伯语），进而翻开整个世界历史新的一页？

南北渐行渐远

尤卡坦半岛的平原天高地阔，墨绿色热带丛林一望无际。常常是数百公里之内渺无人烟，也没有公路服务区和加油站。长途大巴不但要备足燃油，还须自备厕所，因为乘客一旦离开车厢，哪怕只走出七八步，也会立刻遭遇毒蚊的包围和攻击——看似宁静的风景里其实杀机四伏。

如果中途抛锚，唯一的脱险办法就是打电话，等待警方的拖拽车。

玛雅文化遗址奇琴·伊察就坐落在这片丛林。这里有金字塔、天文台以及环形足球场。如果说医学曾领跑古老的印加文化，那么玛雅文化的强项无疑是天文学、建筑学以及艺术了。足球场的声学结构至今成谜。也就是面对石砌的四方看台，不知得助于何种巧妙的建筑设计，裁判位置上发出的人声，竟能清晰地传达给远远的球员，丝毫不输北京天坛的回音壁，相当于原始的扩音器。玛雅先民的赛制也惊世骇俗：经过多番苦战后，当球队队长将球踢进高高的石圈，胜负决出，全场欢呼，这位明星队长得到的最终奖赏，竟是戴上花环后旋即被砍头——众多被砍下的头颅已雕刻于石碑，组成了漫长碑廊，至今仍在昭示荣耀和幸福。

那一种幸福观，那一种逻辑和文明，只能让大多现代人惊疑。

玛雅有过巨大而繁荣的城市，但与印加文明、阿兹特克文明的命运相似，这一切长期被湮灭，直到很久后才得以部分发现。这也许是因为有关典籍和文物流散，也许是掩盖历史更有利于反衬外来殖民者的救世功德。确实，殖民者来了，从海平面那边来，带来了奇异和高效的犁、玻璃、火药、轮子、滑膛枪、大帆船，同时也带来了无情的战争屠杀，还有意外的生物灾难——据巴西人类学家达西·里贝罗在《印第安人与文明》中估计，由于对新的疾病没有任何抵抗力，近半数印第安人在接触白人后就像苍蝇般的一堆堆死去。

不过，五千万（另一说为六千万）印第安人的消失主要发生在北美——否则，南边就不可能留下这么多混血的后代，不会流淌着这么多褐色面孔。一位读过《马桥词典》的读者说，这里有关混血的命名特别多。描述白男配褐女有一个词，描述白女配褐男又有一个词。描述混血二代配一褐另有其词，描述混血二代配一白也另有其词。还不够烦琐是吧？他们描述混血三代配一白或一褐，居然还是各有其词……他说，这与你那书中提到的海南岛渔民涉鱼词汇量特别大，可谓异曲同工。

据《全球通史》指认，殖民者在拉美杀人，比北美那边杀人相对要少。这一点值得重提。相对于培根、孟德斯鸠、休谟等新派精英一脸的冷傲，拒绝承认自己与新大陆"卑贱的人"同类，坚持三六九等人种分类的"科学"，倒是保守的梵蒂冈有点看不下去。教皇保罗三世于1537年发布圣谕，称印第安人为"真正的人"，建议以归化代理杀戮——这似乎对天主教所覆盖的拉美影响甚大，也戳痛了启蒙新派的一根软肋：几乎给殖民暴力铺垫过理论依据。不出所料，后来有人怀疑这一圣谕的真实性，甚至怀疑相关说法不过是出于天主教对新教的嫌隙与成见，一如所有批评资本主义的言论，只要是出自梵蒂冈，都可能被疑为别有居心。怀疑者以此维护"启蒙VS保守"的标准化现代史观。但无论如何，档案馆里的天主教传教士们（如卡萨斯等）的信件，载有对新教人士暴行的明确痛斥，却是事实。上述有关混血的词汇遗存，也不失为相关证据。

在这种情况下，一个混血的拉美，一个浅褐色加深褐色（为主）的拉美，与地图上那个白色（为主）的北美，逐渐形成了令人惊心的明显色差。哪一方杀人更多，眼下往摩肩接踵的大街上随便一看便知。

好吧，多杀和少杀都是杀，两大教派的道德总账也许不必细算。有意思的是，还是依《全球通史》的说法，有其利必有其弊，正因为南方殖民者杀人相对少，获得了大量廉价的劳动力，于是更容易远离劳动，更容易生活腐败。这真是又一次历史之手的戏弄。当北美十三个殖民地热火朝天胼手胝足大生产之际，拉美的富人们在这里却有太多的黄金和白银，太多热带的肥田沃土，而且身处印第安人稠密区，有太多仆役可充当"白人的手和脚"……承蒙主恩，这样的好日子，当然只剩下闲逸、玩乐、艺术了。对于他们来说，改革和开拓不是什么急需，"技术女神不讲西班牙语"也没什么了不起。他们在深宅大院里花天酒地，看日升日落，看秋去春来，浑然不觉南北人口的明显色差，正一步步转换为南北经济的落差。

两个美洲从此分道扬镳，渐行渐远。

哥伦比亚安第斯大学 P 教授对我愤愤地说："技术？这里有什么技术？统统没有！"我以为自己听错了，后来才知并无大错。对方的意思是，拉美看上去越来越像"西方"的一大块郊区。在这一片文盲充斥的广阔地域，几十个国家捆在一起，其科研投入总量也仅及美国的 1/200。地区经济巨头阿根廷，研发支出占国内生产总值的比重也不及韩国的 1/6。就大部分国家而言，工业还处于初级加工的低端，大学里的理工科系很不像样，或干脆就没有。巴西的钢铁、汽车、飞机一直领跑拉美经济，但也挡不住来自美国、德国、日本、韩国的进口品大规模覆盖，从天上到地下，眼看就要占领消费者的全部视野。

但这并不妨碍人们穷且快活着，散漫且浪漫着。事情也许是这样，浪漫的另一面本就是散漫？闲得无聊、远离俗务、意乱情迷从来就是艺术的小秘密？好了，不管怎么说，拉美算得上五光十色的激情高产区。这是一个吉他的拉美，伦巴舞和桑巴舞的拉美，诗人帕斯的拉美，秘鲁领巾和巴拿马大草帽的拉美，麦当娜和嘻哈音乐的拉美，盛装狂欢节的拉美，魔幻现实主义小说人才辈出的拉美……墨西哥在多次民调中，还显示出全球最高的国民幸福感指数。没错，在这里走错路都能撞上美女，见识她们各种动人的线条，以致世界性的历届选美活动中，来自委内瑞拉和波多黎各的冠军频现。在绿茵场上，贝利、罗纳尔多、梅西等巨星所带来的拉美旋风，一再让全场球迷热血沸腾，鼓号齐鸣，声震如雷，天崩地裂，似乎不把球场折腾出东倒西歪之感，那就不叫看球；看球后不去鼻青脸肿口吐血沫地打一架，那也不是真正的球迷。干，干，干，往死里干，你大爷来了就得这样干……他们所拥戴所欢呼的光辉雄性们，那些肌肉奔腾的豹子，因此屡屡得手，至少拿下国际足坛半壁江山（还未算上同有拉丁文化背景的西班牙、意大利、法国那些球星）。

涂鸦也是一种典型的散漫行为。它源于美国纽约的布朗克斯区，不过那个破街区恰好属于拉丁裔居民，就文化版图而言，相当于拉美的延伸——出于历史的原因，拉美有不少大大小小的文化、血缘飞地，遗落在美国那边。出入那里的臭小子们，简直如同原始人，随处涂画已成恶习，居然把象牙塔艺术从高贵的画院和博物馆里一把揪出来，放归草根大众，变成即兴的、不要钱的、狂放不羁甚至暴力的色彩。他们操着油彩喷枪探头探脑，喷出各种猥亵的、欢乐的、神秘的、天真的、愤怒的、恐怖的、绝望的、淫荡的、忧伤的匿名墙绘。巨鳄与精子齐飞，骷髅与鲜花共舞，骂娘与圣谕对飙。奇怪的是，这种放大版的"厕所艺术"，近乎艺术黑社会帮派的勾当，竟很快风行全美洲，传染到全球各地，几乎改变了所有都市的景观。一些惯犯还暗中联络，划定战区，分头出击，速战速决，一夜之间，把某座城市的主要墙面全部重新涂鸦一遍——此之谓All City Bomb，他们得意扬扬地"炸街"！

看这些墙绘，不免想起墨西哥的马科斯——其实也是一个"炸街"高手。这位哲学教授，曾醉心于毛泽东和葛兰西的理论，出任萨帕塔解放军"副司令"，却从不说司令是谁，留下一个空白的符号。接下来，他蒙面、戴墨镜、挂耳麦，披挂子弹袋、操几种流利的外语，擅长使用儿童画和民谣，自称同性恋者的后冷战时代的共产党，又留下一个迷彩的符号。他领导了墨西哥恰帕斯州的原住民起义，于2001年3月12日那天一度攻入首都，引来十多万民众欢呼，狠狠地"炸"了一次街，"炸"了一次世界。连总统也不能不对他客气三分。但他的子弹袋里全是假弹，战士们手里也全是些木头刀枪，简直是一场起义秀的道具。用观察家的话来说，用国际文化界最流行的概念来说，那不过是冲着万恶的资本主义世界，打了一场后现代主义的"符号战争"。

在纪录片《有一个地方叫恰帕斯》中，他回忆自己到达恰帕斯的第一天：

就像降落在另一颗行星。语言，环境是新的。你好像是外部世界的局外人。每一件事情都告诉你：离开。这是一个错误。你不属于这里。而且是以一种外语说的。但是他们让你知道，这里的人民，他们的行为方式；这里的天气；它下雨的方式；这里的阳光；这里的土地；它变泥泞的方式；这里的疾病；这里的昆虫；思乡病。你被告知，你不属于这里。如果那不是噩梦，那是什么？

这就是我们的日子，死者的日子。

几乎是魔幻现实主义作家们的语言。

事实上，他就是一个作家，出版过小说《不宁的死者》和诗歌散文集《我们的词语是我们的武器》。也许很多人不习惯这种语言，听不大明白，不易进入艺术化的政治，即那种博尔赫斯化或马尔克斯化的政治。但从墨西哥城万人空巷的盛况来看，从国内外媒体和艺术家血脉偾张的激动来看，很多当地人倒是特别能听懂这种语言，与他灵犀相通。

虽然这种语言与政治家缜密和冷冽的思考相去甚远，与严密的组织、周密的谋略、可持续的政治运动相去甚远。

最终也未能争回多少原住民的土地。

故事从拉丁欧洲开始

德国学者韦伯曾把欧洲一分为二，在《新教伦理与资本主义精神》这本书里，称"几乎没有什么例外地可以发现这样一种状况：工商界领导人、资本占有者、近代企业中的高级技工、尤其是受到高等技术教育和商业培训的管理人员，绝大多数都是新教徒"。与此同时，"天主教徒很少有人从事资本主义的企业活动"。

他的前一句，指向北方的英国、德国、瑞士以及北欧地区；后一句则指向南方的意大利、西班牙、葡萄牙、大部分法国等地。毫无疑问，在他的眼里，一条线画过去，前一个是"新教欧洲"，其优势是"理性化""理性化""理性化"（重要的事情说三遍），多见"集中精神""律己耐劳""责任感""严格计算""讲究信用""精明强干""冷酷无情的节俭"等人格特点，因此成为现代资本主义的伟大源头。至于后一个"天主教欧洲"，怎么说呢，完全是另外一回事了。

考虑到他的"天主教欧洲"与拉丁语族和拉丁文化的覆盖区大面积重合（爱尔兰等地除外），这一地域大概也可称为"拉丁欧洲"。

不妨暂且这样约定。

很多东方人习惯于把欧洲打包处理，不注意韦伯的这一划分，就像很多西方人分不清中国的儒家和道教，分不清京剧和越剧，分不清山东人和广东人的脸型。这样的"西粉"或"中国通"都委实太多。韦伯大概最恼火这种混淆。事实上，从总体来说，新教欧洲一开始就压根儿瞧不起拉丁欧洲，甚至敌视这些无纪律、缺乏自觉性、只知寻欢作乐的懒汉，一些既不懂洛克（政治学）也不懂斯密（经济学）更不懂康德（哲学）的家伙。看看那些夸夸其谈情绪不定的破落骑士吧，多血质，好冲动，异想天开，只会"信天游"和"神逻辑"，充其量只配泡在剧场或酒店里玩一把激进艺术。那真是艺术吗？西班牙的《堂吉诃德》和意大利的《十日谈》，早已透出了这种没落社会的气息。美酒、狂欢、奢侈品、巴洛克风格等，不过是这种精神衰亡的回光返照。在英、美输出的知识谱系里（见诸百度百科所列"字典上的解释"），弗拉明戈不仅仅被定义为西班牙歌舞，还被贬为一种可疑的人生态度："追求享乐，不事生产，放荡不羁""生活在法律边缘"——新教人士的嫌恶感已呼之欲出。可以想象，如果不是发现了新大陆，突然有了一大块缓冲空间，北方那些勤奋而冷峻的工业家，总有一天忍无可忍，肯定要把这些拉丁佬逐出欧洲——就像双方曾在共同的十字架下，横扫环地中海地区，联手把伊斯兰教成功地挤压出去一样。

历史没有出现那一幕，也许纯属偶然。

1588年，英国大败西班牙。1815年，英国大败法国。法国代办事后还在酒会上被英国外交大臣当面羞辱："好了，胜利的荣耀属于你们，不过随之而来的灾难和毁灭似乎毫无荣耀可言。恰恰相反，工业、贸易以及与日俱增的繁荣肯定属于我们！"

法国代办吞下了整个拉丁欧洲的羞辱。

此时欧洲人正在一窝蜂地不断拥向新大陆。新教人群主要向北，拉丁人群主要向南，两个欧洲搞了一次分头对口输出。大体情况就是这样。新教人群胸怀上帝优等子民的使命感，还有实现理想的满满自信，在北方杀出了一片空荡荡的天地。即使买来一船船的非洲黑奴，人手还是明显不够。人工价格随之一直居高不下。依某些史家的说法，没有比美国人更爱发明机器的了，没有比美国人更爱劳动的了，其重要原因之一就在这里。"劳动是最好的祈祷。"新英格兰人确实是这样说的。无耻的乞讨必须禁止，富人再有钱也必须自己动手干活，《英国济贫法》和《基督教指南》（巴克斯特著）就是这样分别规定的。在这种情况下，新移民的生活图景逐渐别具一格。牛仔裤——打工仔的工装裤，后来几乎成为全民流行服，大败旧贵族的口味，却洋溢着劳动的自得和光荣。总统穿上它去盖房子，议员或教授穿上它来割草，都特别方便合适。高脚凳——适应一种半站半坐的姿势，一种没打算全身放松和持久放松的匆匆状态。喝一杯廉价啤酒或杜松子酒然后就要去干活的大忙人，最习惯这种屌丝支架，使之很快流行于各地酒吧，然后进入美国的大学、电台以及政府机构。还有快餐，特别是汉堡包——网上曾有一个段子如此调侃，"舌尖上的美国"无非就是大汉堡、小汉堡、圆汉堡、长汉堡、厚汉堡、薄汉堡……这说得很损。不过美国人的口味确实不能恭维。法国、意大利人眼中的这种"狗食"（笔者的一位法国朋友语），居然一吃两百年，吃得一年四季一个样，吃得全国到处一个样，居然还吃得兴高采烈。哪怕身家万亿的大亨，比尔·盖茨和扎克伯格的那种，一口气裸捐了万贯家财，富得同钱结了仇似的，也能把这单调得不能再单调的干粮吃得津津有味。唯一的解释：他们在这里不仅是吃汉堡，而且是吃习惯，吃性格，吃文化，吃人生信仰，吃"天职"情怀，吃先民"冷酷无情的节俭"（韦伯语）传统，吃新教伦理和资本主义精神的生理遗传——还能有别的解释？

韦伯并不否认新教欧洲与天主教欧洲之间文化的相互渗透，逐渐变得北中有南，南中有北，你中有我，我中有你。他也不否认资本主义正在被骄奢纵欲所败坏，一步步打了折扣。但"理性化"加上"劳动狂"，显然是他眼中新教伦理的价值核心，圣徒式资本主义的最大秘密。

在这个意义上，美国发生于19世纪的南北战争，不过是两个欧洲的故事上演2.0版，是双方披上新马甲，在新大陆换一个场地再度交手。此时的美洲南北已分化为两个截然不同的世界。虽然李将军手下军官的素质明显胜出，但骑士时代已经过去，代之而起的是经济学家深思熟虑的历史新篇。新英格兰地区以强大的工业资本和经济产能，最终击溃了南方各州的冒险家、投机商、封建庄园主。战争的结果，是工业资本主义以关税法、宅地法以及幸运搭车的废奴法案，完全主导了美国的历史进程。不仅如此，这还无异于从墨西哥那里夺得加利福尼亚、内华达、犹他、科罗拉多、亚利桑那、新墨西哥以后，新教美国以制度和文化的胜利，确证了对拉丁佬的全面优势，迅速巩固了南方的新边界。

墨西哥大幅度南移边界，得到的补偿只不过是1500万美元，战胜国另外放弃了325万美元的债务。

再度交手的结果早有定数。

眼下，站在美国的南方海岸，一步跨到茫茫大海那边似乎也很容易，就像电子信号和喷气飞机去哪里都容易。墨西哥的坎昆，就是一个美国人常去的地方。一个以前的小渔村，转眼已变身为灿烂的国际旅游城市，宾馆区高楼静立，差不多上千家一望无际，顶级品牌的酒店五光十色应有尽有。更有一些会员制的休闲庄园禁制森严，深不可测，豪车出入，一般的奔驰和宝马在那里都有点拿不出手。作为美国的"后花园"，美式英语是那里的通用语，白人搭载着邮轮或私人飞机蜂拥而来，塞满了海滩、餐馆、大街、高尔夫球场。褐色的本地人当然有，但几乎都是小心翼翼的侍者，迅速闪避的保安员、清洁工、行李员、服务员、司机、船工，一旦碰到你的目光，便会友好地摇手和微笑。

生意这样火，旅游经济形势大好，他们为什么不笑？

比起很多失业者，他们得到小费后为什么不笑？

不过那种笑的规格统一，来得太密集和太迅速，不像是出于好客的天然，倒是出自某种训练和规定，不能不让人略有迟疑。也许，笑不应是单向的，不能是职业化的，得有些具体理由才对。在一般情况下，他们最好也把自己当成VIP，从邮轮或私人飞机上走下来的世界公民，轻松一些就好，平和沉静一些就够。遇到冒犯时大睁圆眼，用印第安土语大发一顿脾气，可能更给人亲切之感。

那样的南方其实更让人开心。

我心里这样说。

不要为我哭泣

"谁是皮诺切特?"

谁是洛克、斯密、康德……以及那个马克斯·韦伯? 说那些老帮菜烦不烦——很抱歉,女士们先生们,提到这些名字不合时宜,令人扫兴。很多人不会对这些感兴趣,不觉得这与他们所热爱的西方有一毛钱关系。

恰恰相反,在他们看来,事情很简单,太简单,"西方"就是不累人的好事,就是好事呀好事呀好事。西方就是摩天楼,就是豪华别墅,就是夜总会,就是D罩杯性感妞,就是动作大片,就是戴上墨镜去旅游,就是时尚消费杂志,就是最新款的平板电脑和智能手机,就是戴一顶华丽帽子的巴黎女郎感觉,束一条名牌领带的伦敦绅士感觉,喷几个顶级乐团的赫赫大名然后有登上世界文明顶峰的感觉。网上已有女大学生贴出广告,她愿意应召援交,价格可以面谈,服务一定超值,原因是她要买一部苹果6。

我无话可说。

拉美人一定觉得这种小广告似曾相识。我知道,在很多欠发达地区,或前殖民地区,或文化低理性地区,或这三种状况叠加的地区,都有西方阴影下的众多梦游者。有些小资、文青、学渣一旦想"开"了,走出这一步并不难。越穷就越想消费,越消费就越觉得自己穷。西方那个广告中的五彩天堂都快把他们逼疯了。非洲曾有一个词Been To(到过),戏指那些最爱同西方攀点关系的小新派,因为他们嘴里最多出现I have been to(我曾到过)这样的句子,炫一下自己在欧美的游历。我也特别想发明一个词,一个缩合词,像英语中的China(中国)与America(美国)合成为Chimerica(中美国),来描述某种半土半洋、又土又洋、内土外洋、土穷酸洋时尚的夹生状态,一种对西方气喘吁吁两眼红红的爱恨交加。

这话的意思是，一部西方史很大程度上已被他们误解，被他们鸡零狗碎地捣糨糊。西方最好的东西，或者说现代西方文明的价值核心，即韦伯眼里的"理性化"和"劳动狂"，正被他们齐心合力地扼杀——且不说这两条是否留下了重大盲点，即便照韦伯说的办，小新派们也最像一伙反西方分子，"到过"们、"看过"们、"听过"们是隐藏最深的西方文明掘墓人。

因为他们恰恰是不理性，不劳动，厌恶理性，厌恶劳动。

他们甘冒学业荒废的风险、性病和艾滋病的风险，也要一部苹果6。这个账怎么算也万分奇离。

接下来的事不难想象。不需要太久，当他们发现自己挤不上现代化快车，失败者最方便的心理出路，就是去神秘兮兮的雨林、天象、传说、术士、荣耀祖先、哈里发神学那里寻求抚慰，然后揪出一个不可或缺的魔头，对眼下糟糕的一切负责。作为一种韦伯眼中失去灵魂的资本主义，消费迷狂已如美妙的吸毒、华丽的自杀、声威赫赫的虚无，不仅制造出太多失败者，不仅放大了他们的失败感，而且正大批量培育他们的冷漠、无知、浮躁、偏执、绝望……为事态的另一个前景做好准备。英国作家奈保尔早就注意到，很多伊斯兰极端分子其实够摩登的，至少是曾经够摩登的，满脑子时尚资讯不少，对新潮电器熟门熟路，刚去宾馆开房以便偷窥泳池洋妹，流出世俗化的哈喇子，一转眼却可能变成虔诚教徒和蒙面杀手。这样的瞬间变脸耐人寻味。据媒体报道，前不久巴黎的"11·13"恐袭案中，主凶之一哈斯娜"对伊斯兰教义其实毫无兴趣"，倒是喜欢牛仔帽，喜欢好烟好酒，经常挎上新男友在夜店里瞎混。另一主凶阿巴乌德接受过私立教育，可见不怎么差钱，也是经常出手阔绰，是个在酒吧和夜总会生了根似的"花花公子"。

中国有句成语，学好三年，学坏三天。很明显，夜店消费主义离夜店恐怖主义只有一步之遥，都是三天之内可以轻易上手的业务。换句话说，金钱并非有效的防暴装置。事情倒像是这样：消费主义的虚火有多旺，恐怖主义的势能其实就有多大。在瞬息万变的生存竞争中，不需要太多的条件和机缘，极端贪欲最容易变为极端空虚，狂热谄媚最容易变为狂热怨恨，西方的铁粉最容易成为西方的仇寇——区别可能仅仅在于：前者还混得下去，后者混不下去了。

前者对弱者冷漠，后者开始把冷漠范围覆盖强者——并且碰巧（也是必须）为冷漠找到了一个神圣的名义，比如宗教或民族的名义。

就宗教和民族而言，拉美与西方多少有些亲缘关系，打断骨头连着筋，因此再闹翻也像是某种内部人的分裂，离血腥的"圣战"稍远——正如他们在历史上一次次远离了世界大战。这当然是幸运，但对于某些梦游者来说也是痛醒的一再延迟。在我抵达拉美的半年前，爱德华多·加莱亚诺先生去世了。他的一本《拉丁美洲：被切开的血管》，喷涌出对现实炽热的反思和批判，对"拉美化"这种全球最严重贫富分化的痛彻剖示。这本书曾在波哥大长途汽车上被一个姑娘诵读，先是给女友读，然后给全体乘客大声读。作为一本禁书，在军政府大屠杀的日子里，它还曾被一个圣地亚哥的母亲偷偷珍藏于婴儿尿布之下，偷偷带给更多的读者。在布宜诺斯艾利斯，一个没钱买书的大学生竟在一周之内跑遍附近所有书店，寻找尚未卖出的这本书，一段段接力式地读完它，直到自己缩在墙角读得泪流满面……这也是拉美，让人屏住呼吸的一个褐色板块，一种逼近的梦醒。当A女士对我说她最自豪于哥伦比亚人的"精神"时，我想到了这一切。

回头看去，他们所传承的拉丁语族，一种源远流长的文化巨流，至少曾孕育过1789年的法国大革命，1936年西班牙共和保卫战，还有几个世纪来拉美此起彼伏的民族解放斗争，没有任何理由低估这种文化的血性和能量。

没有任何理由低估这一切对人类的启迪。

Don't cry for me—Argentina!

飞机越过安第斯山脉，其时耳机里正传来麦当娜的歌唱，电影《贝隆夫人》的主题曲，曾在电影拍摄现场让四千多名围观民众泪光闪闪的一缕音流：

> 阿根廷，不要为我哭泣，
> 事实上我从未离开过你。
> 在那段狂野岁月中，
> 我一直疯狂拼争。
> 我信守我自己的诺言，
> 不要将我拒之千里。
> ……

贝隆夫人出身卑微，小时候绰号"小瘦子"，是一个穷裁缝的私生女，十五岁那年当上舞女，从此成为社交场所知名的交际花，直到遇上贝隆将军，后来的改革总统。贝隆推动了国家工业化，抗拒英、美强权，为下层民众力争社会福利，得到她的全心支持。即便丈夫后来下台蹲进监狱，她也绝不言弃，仍奔波于全国各地，为平等和民主呐喊，为妇女争取投票权，为失业者、单亲家庭、未婚母亲、孤寡老人、无家可归者维权抗争，被誉为"穷人的旗手"。但正是这一切触怒了上流社会，"婊子贝隆""艾薇塔婊子"等词曾经充斥大小媒体。"婊子！""婊子！""婊子！"……贵族男女和无知市民一次次投来香蕉皮和鞋子，要把她轰下台去。

直到三十三岁她永远倒下的那一天。

阿根廷，不要为我哭泣。她擅长舞蹈，熟悉华尔兹和狐步，也是弗拉明戈的"阿根廷玫瑰"。源于西班牙安达卢西亚地区的这种舞蹈，眼下经常跳成一种俗艳的商业表演，一种单薄的欢乐或色情诱惑。其实，这种舞是复杂的、纠结的、撕裂的、尖锐的，热情又痛苦，敞开又隐秘，倾诉又沉默，目光中交织了鼓励和禁止。舞者并无芭蕾的清纯，也无华尔兹的高贵，往往是耸肩，昂首，眼神落寞甚至严厉，与舞伴忽远忽近，若即若离，手中响板追随靴跟踏出的铿锵顿挫，用令人眼花缭乱的眉梢、指尖以及腰身回望内心沧桑。按一位中国作家的说法，真正的弗拉明戈很难看到，从不会出现在剧场，只有经过朋友私下联络，才可能进入夜幕下某处不起眼的小巷小门，在一个不太大的房间里，坐在少许"内部人"中，听直击人心的吉他声砰然迸发，地下宗教仪式般的肢体暗语已扑面而来。

舞者通常是中年妇人。黑裙子突然绽放遮天之际，她们的命运就开始了。

她们假定你读懂了暗语。

原载《十月》2016年第2期

在红场闲逛

汤世杰

———————

恰初夏六月，得空能在莫斯科红场作悠闲踱步，随心溜达，或还真算得上一件幸事。时逢周六，游人不多不少，阳光绚烂却不炫目，建筑的暗部历史的阴影似都已遁往远方。很安静，广场很安静。没有喇叭，没有喧哗，没有叫卖，也没有广场鸽。偶有一两声笑声飞过，转眼便如鸽子般腾入云霄，不见踪影。莫斯科河在离广场不远处流淌，不闻水声，倒能觉出日子如水没山岩般悄然流淌，漫漶淋漓，平静自在。走着走着，心头突然一愣，自问我来这里是要干吗？想想还真没什么堂皇的目的，闲逛而已——所谓旅行，其实就是闲逛。闲逛自然哪里都行，区别只在熟悉或陌生，熟悉处有熟悉处的会心，陌生处有陌生处的新奇，而红场于我，却既陌生又熟悉，两种感觉的奇异叠加，方造就了那段短暂亦悠长的时光。

想去红场作一次闲逛，仿佛是头晚陡然萌发的念头，细想又像是早年读契诃夫时，便深藏于心久远到近乎忘却的夙愿，犹想当时，觉得天远地远的，也就做个梦吧，哪想到会真有那么一天？我去的那天，离契诃夫 1904 年 7 月在德国辞世，恰恰 111 年。那天早晨，我从头晚住的莫斯科郊区一家酒店乘车而来，其时，一个地道的"莫斯科郊外的晚上"刚刚过去，回想半生往事，居然有些恍兮惚兮。记得从机场到酒店路上，已见路边有几小片白桦林，在夕阳映照中窈窕地一晃而过，心中便有一些歌声隐约响起，歌者到底是叫娜塔莎还是冬尼亚，已无从忆起，更无法分辨——念中学时，教授俄语的先生曾让一帮青涩少年学着用俄语给远方写信，说最好能交个苏联朋友，好像还真写过，也收到过回信，只记得是个女孩，然世道陡变，往事如云，一点缥缈的记忆也早已杳若黄鹤。如杜拉斯所说："好像有谁对我讲过，时间转瞬即逝，在一生最年轻的岁月、最可赞叹的年华，在这样的时候，那时间来去匆匆，有时会突然让你感到震惊。衰老的过程是冷酷无情的。"就在那会儿，我倒想起了契诃夫。

算起来，幼时读过的苏俄作品还真不算少，尽管多是囫囵吞枣。那得益于初中、高中的两位班主任老师，都是教语文的。那样的年代，他们居然能想到叫我们课外读些苏俄文学，想想怎么也是幸运了。一晃五十年过去，既到了莫斯科，该想起也可以想起的苏俄作家，自可数出一大串，列夫·托尔斯泰，高尔基，屠格涅夫，甚至马雅可夫斯基，肖洛霍夫，但我最先想到的却是契诃夫，那似与身在其中的那个广场无关，倒与那天既明亮亦沉郁的天气有关。自打读过契诃夫，我才对俄罗斯有了真正意义的亲近，而地图上那片辽阔得让人咋舌的疆域，才变得稍稍可以感性地触摸。当其时也，野草般生长在长江边一个小城的一帮孩子，三步两步，转身就到了郊外乡野，注定了如今已垂垂老矣的我们，根本无法掩饰我们与麦子、玉米一样的出身。而就在那时，我读到了契诃夫。"契诃夫给我们讲述的故事是俄国乡村发生的故事，那是非常遥远的偏僻之地。当我们读契诃夫的小说时，我们就仿佛是从那里来的一样。瞬间这些故事就变成了我们自己的故事。"多年后读到以色列作家阿摩司·奥兹的这段话，方明白一个好的作家，就有这种本事，总会让你觉得他就在你身边，甚至就在自个熟悉的一群人中间，似乎只要一抬脚，就能跨进他所描述的那片情境，去体味他以一支笔抒写的那些欢乐与忧郁，那些酸甜苦辣……

信步而行，脚下就是那个著名的广场。早已想好，不必专意去仰望少年梦中闪耀过的红星，亦无须去瞻望神圣缥缈如在云中的水晶棺和检阅台，远远在无名士墓不熄且通红的祭火前默看了几眼，再转身去克里姆林宫对面华丽的古姆百货大楼溜达了一圈，出来便开始了信步由缰的闲逛。其实我并不了然，契诃夫是否与那个广场有过什么关联，至少我至今也没读到过他直接涉笔那个广场的文字，但不知怎么的，在我心中，契诃夫似乎就在那个广场上，甚至，很怪异地，仿佛他就是那个广场，他的那些作品，一字一句所营造的，也正是那个宽阔却充满了不幸、沉郁却不乏生机的生活之场。

如此，走在红场那样一个真正的广场上，就没法不去想到底什么叫广场，广场究竟意味着什么了。

这世上，不知有没有一部《广场史》？据说，一个城市的广场，当是那个城市的公共客厅。而另一个说法是，这个世界的许多重大事变，也都与广场相关。用苏联著名文艺理论家巴赫金的话来说，所谓广场，指的就是"集中一切非官方的东西，在充满官方秩序和官方意识形态的世界中仿佛享有'治外法权'的权力，它总是为'老百姓'所有的。"这是个有些绕口的怪异判断。但细究任何一个广场，它的前世今生，倒真都暧昧得叫人无法深味，也复杂得叫人失去探究的耐心。起初，它往往是片空地，继而慢慢演变成了集市、商场，从早到晚，都充斥着市井的叫卖声与寻常民众的摩肩接踵。一个通常意义的广场，其源头，自当是自由无羁的生发地。而权力，则早就在暗中觊觎着这样的空旷、拥挤与繁杂，其实那正是权力需要且赖以存在的对象和大众。于是不知从何时起，广场的周边耸立起许多皇家和宗教富丽堂皇的建筑，使之既有了宣谕颁旨之肃穆，也有了砍头行刑之血腥。前者用以宣示权力的至高无上，后者则用来警示对权力不忠的后果之惨烈。"红场"的一端，在瓦西里升天大教堂前，有个圆形平台，俗称断头台，正是当年宣读沙皇命令和达官贵人向民众说教的地方，也曾是个令人惊悚的执行极刑之地，台上刚刚宣读完处死令和犯人罪状，行刑便在台下堂而皇之地进行。可见，一个自然形态的广场，原本是个近乎大杂烩的所在，是个人人可到，与人人有关亦无关的地方，变异则是后来才发生的。如果原始意义的广场，只是普通民众的聚会、狂欢之所，进入现代，一旦被权力占领，广场则暗生异变，成了炫耀威权、武力的场所，在某种意义上，甚至成了普通人的禁忌。那个巨大的、空空荡荡的空间旁，往往耸立着帝国的入云尖顶、王朝的巍峨宫殿，一个普通人行至其间，会时时生发作为个体生命草芥般渺小的感叹，满怀无以名状的不安甚至恐惧。

广场虽与政治、宗教相连，但广场的初衷，到底还是人们聚会、交往的场所，由此也注定任一广场，最终都要由神圣走向世俗。恰如我正行走其间的红场，也早已超越了那样的时代，成了一个现代意义的广场。它曾是以前的沙俄、后来的苏联、现在的俄罗斯举行各种大型庆典及阅兵活动的中心地点，并由此而成了世界著名的广场之一。二战期间，当德国军队已然兵临城下，正是莫斯科红场举行的那一场盛大阅兵，显示并鼓舞了俄罗斯战至必胜的决心。当时行经红场的士兵和战车，接受过检阅，便立马连夜开赴前线。对于士兵本身，那样的检阅，其实就是一场既辉煌又悲凄的生离死别，最终的结局，无非男儿马革裹尸还。在各种各样的记载中，那场煊赫一时的大阅兵，都被渲染得无比庄严豪迈。我曾经被那样的慷慨赴死弄得热血偾张，情难以禁。以致以往，我总以为红场是个无边无际的神圣巨无霸。直到那天闲逛才发现，其实它比我想象的那个广场要小得多。

是的，走在那个广场上，我的第一个感觉是，红场与传说和想象中那个巨无霸广场相比，与可容千军万马浩荡前行，甚至可让巨型战略导弹战车轰然驶过的影视形象相比，实在太小，太小太小。那么小的一个广场，真无法与我们熟知的那些大广场相提并论。其实不仅红场，欧洲许多同样叫作广场的广场，诸如去过的柏林格兰登堡门广场，古罗马凯撒广场，威尼斯的圣马可广场，都非我们印象中的巨无霸，无非一块空地，中间有点什么雕塑、纪念碑之类，周边是些或大或小的咖啡馆或商店。在威尼斯圣马可广场上，如今已到处都摆满咖啡馆的遮阳伞和座椅，干爽的桌布，铮亮的刀叉，伫立的侍者，随时都在恭候即将到来的客人。行走其间，除了想到悠闲，何曾会有其他？而在广场旁的一幢旧楼里，爬上五层陡峭的旋转楼梯，我曾亲睹一场烧制玻璃器皿的现场秀；而从那个古老作坊的窗户看出去，正是圣马可广场上那座著名的、高高耸立的教堂钟楼。那样的广场，其形而上的存在似乎远大于它的实在空间，但看上去却早已没有什么庄严感，或曾经有过，已然风光不再。如今的红场，除了无名烈士墓和克里姆林宫入口有士兵值守，人们尽可随意停留，纵情嬉戏。如果有座椅，老人便可以在那里斜倚而眠，情侣可在那里大秀亲密，孩子也可以在那里追逐打闹，不一而足。那天，在面对克里姆林宫的古姆百货大楼一个入口前，包括一位身着茜红色套装的漂亮女士在内的一排俄罗斯男女，一直在潇洒地手持烟卷喷云吐雾；稍往中间一点，临时搭建的雨棚下，一场书市正在不紧不慢地进行；而靠近瓦西里升天大教堂一个临时搭建的舞台前方，一溜的充气沙发中间，一个身着红衣的肥硕女子，就在那里呼呼大睡，睡得那么深那么甜，或正陷落于一个美梦之中。对于她，广场想必是宁静又宁静的。转过去一点，背对着瓦西里升天大教堂，一对手持鲜花的新人正在拍照留念，他们的一众亲人站在一旁满脸笑容地注视着他们；并不怎么英俊的新郎，一身深黑的西装，远逊于美貌莎娃的新娘，一袭雪白的曳地长裙。他们微笑着。拍照者只用手势指点着他们，听不到任何喊叫、喧哗与狂笑——整个红场尽管不是毫无动静，细听，虽也能听到大凡那样的地方必有的嗡嗡声，但我仍可断言，那是个宁静的广场。

我所说的广场的宁静，并非说那里完全没有声音，更多的倒是指那种出于人们内心的宁静，那样的宁静，只在某片可以称之为"幸福"的土地上，才会生长。想想那对新人，到底是有多幸福，才会笑得那样温馨，那样灿烂！而那个睡得昏天黑地的女人，究竟是有多心宽，才能在大街上睡得那么熟！可以想象的是，她梦中巧克力般的香甜与缱绻，正与历史深处曾弥漫在瓦西里升天大教堂前断头台上的恐怖血腥交织在一起，就像古姆百货大楼里缓缓而行的购物者，与大楼前姿势优雅的吸烟者群像，正与无名烈士墓前的静穆混杂在一起，临时书市散发出的缕缕书香，与守护在列宁墓前肃立的卫兵满脸的威严互为映衬。前者作为日常生活透出的幸福而又慵懒的气息，似乎完全无视后者标示的权威与庄严，正自由自在肆无忌惮地舒卷弥漫。那样的气氛真迷人极了。但那些吸烟者，那个呼呼大睡者，那对被幸福浸泡得几乎鼓胀起来的新人，与那些曾经在广场上接受完检阅却再也没有归来的士兵们，到底有着什么样的秘密联系呢？历史早就跨越了那段时光，也跨越了那个广场，人间对亡灵的超度也不知进行过几回，但联系肯定是存在的，只是在那一刻，他们不自知或知而忘记而已。在超过半个世纪的时空里，广场以一种无语的方式，明示出了那种日常生活的深与广。足见作为空间意义上的广场之"广"，不唯所占空间的大小，更在它的气度，它的包容度，它是否能容纳各个不一、摇曳多姿的生活——这一切，则从另一个维度上，近乎无限地扩展了一个广场的深度和广度。

真的，对于我，在如今的红场闲逛尽管轻松惬意，但细细想来，开头倒也并非如此。打年少言必称"老大哥"的时候起，漫漫岁月，也曾无数次在想象中走进这个以"红"命名的广场。年少懵懂，我猜那或与

1917年那场革命有关，那样的命名，把一片寻常不过的土地与一场夹杂着枪炮声硝烟味的历史巨变，紧紧联系在了一起。其实大谬——当然，那是我后来才知道的。恰如普鲁斯特在《斯旺的道路》写道："历史隐藏在智力所能企及的范围以外的地方，隐藏在我们无法猜度的物质客体之中。"就连"红场"这个名字，也如此。红场虽名之为"红"，其实此"红"并非彼"红"，1517年，原来的广场发生过一次大火灾，因此也曾被称为"火灾广场"。它原名"托尔格"，意为"集市"，其前身是15世纪末伊凡三世在城东开拓的"城外工商区"，面积达9.1万平方米。直到1662年，方改称"红场"，意为"美丽的广场"——那与革命、权力、军威、统帅，等等，都毫无瓜葛。

而那样一个广场，真会与契诃夫毫无关系吗？走在红场上，无论如何，契诃夫一直都在我心中挥之不去。而直到那时，我还没读到过契诃夫有关红场的文字，但我猜想，如果他要真写到过红场，恐怕不会有什么像样的言不由衷的颂词。这个有良知的作家，他的那支笔，从来都不是用来歌颂权力的。契诃夫的所有文字都在向我证明这一点。他以一个作家的方式，颂扬美好，抨击虚伪与卑鄙，抨击滥用的权力对普通人的无耻欺凌。众生皆苦。在契诃夫笔下，那些普通人正如红场上的那成千上万块石块，一直都在遭受着历史的踩踏。由此我才想到，其实，广场真正的主人，除了逝者如斯夫的时光，从来都是那些匍匐于地的石块。而正是它们，无论白天黑夜，都占据着那个巨大的空间，也充盈于契诃夫整整一生的文字书写。

我脚下那个著名广场的地面，是用略显长方形的石块铺成的，应该就是所谓的"面包石"吧，中间稍许有点鼓凸，一如俄罗斯人俗称的"列巴"。年深日久，那些来自大自然的石块，已被人世的时光磨得像锻制过的铁块，即便在尘土与垃圾碎屑之中，也显得乌光锃亮。每块石头都静默无声。在已然逝去的时光里，王公贵族，铁血武士，市井平民，远方游人，都曾从那里走过。不同的脚步，走在那个广场上，自会发出不同的响声。没人会指望，一个胸前挂满勋章，脚蹬高统皮靴，鞋底装着马刺的将军，或一队荷枪实弹迈着正步的士兵，会像一个普通老百姓那样悠缓而行。自然，不同的脚步，也会给那些石头留下不同的印记，但再强大的印记，也禁不住时光的磨洗，会慢慢变得稀松寻常，变得无法辨认，无足轻重，最终以至于无。难道不是吗？权贵者可以把历史改写得面目全非，却无法改变一块石头的记忆。

那天，红场的中心位置，正在举办一个规模不小的书展。展位显见是临时搭建的，就像在国内通常看到的那样，却井井有条，显见并非头一次举办。各种开本各种装帧的书，静静地躺在那里，等候着读书人的光临。那时我再次想起了契诃夫，要是能买到一本契诃夫的书，即便看不懂俄文，也可留作纪念——世上有那么多大人物，文学的，思想的，艺术的，等等。在那么多人物中间，你须找到你自己的亲人，找到精神上的血统。走到一个展位前，从我学过俄语却早已忘得精光的脑子里，勉强搜索出"契诃夫"和"一个""书"这三个单词，书摊的主人似乎听懂了我的意思，转身从身后的简易书架上，一下子搬来十多本精装书，大开本，深红烫金封面，摆在一起，足有两尺厚。书摊主人满脸笑容地用俄语跟我说着什么，可惜我一句也没听懂。那时我真后悔怎么会把当年学过的俄语完全给丢了。但带着那样一套契诃夫的书，对我后续的长途旅行，实在太重了。我一再用俄语说"一"本，但主人听了只是不断地摇头——到底是不肯拆零销售，还是怎样，我至今也没想明白，最终只好带着遗憾离去。但我并非没有收获，至少我知道了，契诃夫还在广场上，还在俄罗斯人的心里，没有离去。

至此，我终于明白，我是但又不完全是来看那个叫"红场"的广场，那个叫作"红场"的实在空间的。红场提供的，只是一个真正的广场的样本。我只是在那里随便走了走，想了想，什么叫作广场，明白了一个叫作广场的空间究为何物。契诃夫曾说，一句话只有一个最好的说法。恕我愚笨，对于广场，我至今也没找到那个最好的说法。我知道，红场是美的，是那种日常甚至庸常的美，就像契诃夫笔下那些不乏可憎却更多可爱的芸芸众生。如此，不妨说，契诃夫毕其一身的所有作品，营造的正是一个那样的广场。他让我们看到的，是广场上的那些石头，那些被践踏过也被擦亮过，接受过雨雪冰霜，也接受过汗水鲜血的石头，是生活广阔而惊人的真实，是无奈中如远方夜灯般的希望，也是沉默中隐忍的坚实。只是，一想到那个广场的曾经和当下，正如契诃夫在他的小说《美人》中写道的："我的美的感受有点古怪。玛霞在我心里引起的既不是欲望，也不是痴迷，又不是快乐，而是一种虽然愉快却又沉重的忧郁心情。这种忧郁模模糊糊，并不明确，像在梦里一样。"如此而已。

原载《北京晚报》2016 年 8 月 4 日

乌斯怀亚式的乡愁

孙小宁

———————

　　乌斯怀亚是个奇怪的地方，奇怪就奇怪在，很多人明明万里跋涉，第一次到达，却好像，迅即就感染上了它的乡愁。那种无来由的、晃里晃荡的乡愁。像这里的空气一般透明，又像它一样无着无依。它简直，就是怀乡之镜。一眼触到那几个字母——Ushuaia，你的心里就涤荡起那要命的东西。

　　就说我。临走前还特地又看了一遍《春光乍泄》，多年前买的老盘，字幕还是粤语。我照旧是囫囵着看下去，也并不想追究每一句对话台词。我最关心的是张震，怎么说出那个全世界王家卫迷都能背出的台词：1997年1月，我终于来到了世界的尽头……他的身影朝向一座海上灯塔，后面的台词是：再过去就是南极。而此时的他，想回家了。

　　可不是吗？乌斯怀亚就是这样一个临界点。人抵达这里，要么一路南极而去，要么折返。而前者，当然不是想去就去的。在乌斯怀亚，每天都潜行着一些深谙各种行走秘籍的背包客，四处打听从乌斯怀亚到南极的船票。据说在这里买比提前预订还便宜，因为肯定已经是船方抛出的尾票。但也并非，每艘船，都会释放这样的信号。如果没有运气，你向南的脚步就止于此地。接下来还有什么？无非是像张震那样，掉头回去。

乌斯怀亚说到底，不是用来安住的。那种淡淡的旅愁在你稳下心神住下时就会阵阵袭来。而之前，你或许会有小小的兴奋——此生，也算来到世界尽头了。只记得，飞机在乌斯怀亚上空盘旋、落地，那传说中木质结构的机场，果真小得只有拿托运行李的回转空间。拿到了就急奔出去，不是冲着来接送的大巴车，而是朝向不远处的雪山。飞机上就看到了。安第斯山脉，乌斯怀亚正位于它的一侧。洁白的雪线、近乎透明的冰川。它们此时就倒映在眼前展开的水域当中，带着冰雪的寒意与凛冽。马尔克斯小说中长长的句子就蹦出了：

"多年以后，面对行刑队，奥雷里亚诺·布恩迪亚上校将会回想起父亲带他去见识冰块的那个遥远的下午……"

你看，这就是乡愁的起始曲。某些地方，并不因为你此前到过，而是一眼望去，会有一些熟悉的情感、记忆、场景被它激活。

但乌斯怀亚式的乡愁，这还只是第一种。

在乌斯怀亚的酒店住下，已经人困马乏，但大脑皮层仍然兴奋，便想逛逛这个小城。载我们的大巴车一路行来，已经让我们熟悉它的格局。这是个如山城一样依坡度而建的城市，同时又有着港口小镇才有的单纯清新。没有高楼大厦。任何一层建筑的高矮，都不会气昂昂地把上面一层给遮挡了去。层层叠叠，其实也是各种色彩的叠加——这里的人，竟然愿意将自己的建筑涂抹得五颜六色？慢慢才知道，我们视线所及之处，都不是住家，而是旅馆、餐厅、纪念品店和户外用品店。主街只有圣马丁大街一条，主街当然也是商业街。有住家的地方似应在更高处的街巷里。但去过的同行者都说，那些住家也已经设了民宿。

一句话，你在这里找不到当地居民，也就感受不到那种自然生活的气息。和你在街上交错而过的，也大多是旅人，各种肤色、说各种语言。而那些商店的货品，在阿根廷的机场也见识过，除了印着乌斯怀亚风光的明信片外，绝少本地特色。在此工作的人倒是有的，一批人正在街头罢工。男男女女，就集聚于圣马丁大街，一个可能是政府机关所在地的门口。他们搭起帐篷，打出横幅，当然也架起烧烤架，弹起吉他。就这样从中午到晚上。黄昏时，又有了新娱乐，一瘦一胖两个女子，开始在音乐中起舞，跳者观者，皆一副欢乐沉醉的表情。这是个欢乐PARTY秀？还是个抗议集会？

不懂，还是不懂。说到底还是语言隔离了我们与这个地方最真实的联系，也让我们错过了一个去处——同样是在圣马丁大街。在街面上行走，就能看到一些蜡身人像从二楼探出半个身子来。好奇地想进去，工作人员却对我们叽里呱啦一通说，听不懂，因此就退了出来。这其实是最该去的地方，一家博物馆，展示的历史恰和乌斯怀亚有关。看不到深处的历史，圣马丁大街还剩下什么？一时间只觉得它太短太短，除了看房子的颜色、墙上的涂鸦，好像也没了什么。

的确，比起乌斯怀亚的小镇街区，比格尔水道沿岸更有意思一些。我们在走完圣马丁大街之后，更多时间是在这里消磨。

站在水边回看高处那些建筑群，正好是和比格尔水道平行而建。我因此开始想象，或许乌斯怀亚首先是因为有水道、港口，之后才形成这座城市。比格尔水道是比格尔海峡的一部分，比格尔这个命名，来自于当年达尔文考察此地所乘的船的名字。而更早来过此地的，是伟大的航海家麦哲伦。当年他环球旅行，经过麦哲伦海峡，肯定也经过了它。因为它是从大西洋到太平洋必经的水道。有些知识点是回来恶补的，但如果不亲身来此地，这些知识点，在脑子中就形不成印象。

只要想想，当年那个一上地理课就打盹儿，时时盼着下课铃声响起的小女孩，就会觉得此生多么不可思议。那时的你怎会预知，脚会在某一天踩在地球的另一端，一个离你最远的所在？

是的，阿根廷是离中国最远的地方，而此地，离阿根廷的布宜诺斯艾利斯又比离南极洲还远。世界的尽头，在此不再是个比喻。而次日参观的火地岛国家公园，正好告诉我们，一百多年前，阿根廷政府放逐囚犯，目的地就是这里。离首府3200公里的里程，不怕你会逃回去。如此就把这里变成阿根廷囚犯的西伯利亚。一个饱受思乡之苦的流放之地。

在乘坐过火地岛国家公园那些运载囚犯的小火车之后，我开始回想这里挥之不去的乡愁。也许那正是从当年那些苦囚们的灵魂里郁积的。这个城若说原住民，应该是他们。是他们用双手建起了这座城，也建起了属于自己的监狱。这样的乡愁，大概是几代也无法释怀，自然也会浸染进这里的一砖一瓦，空气乃至水域里。

所以，比格尔水域虽然看起来很美，远处泊着的几艘邮轮，也是色彩缤纷，与高空的云呼应，倒映于水中，多么天然的一幅画。但是，你看着看着，就能生出孤寂。

连同那些水边长椅上坐着的人。看似他们组成了当今世上令人羡慕的慢生活图景，但是慢一阵之后，心头就会百无聊赖起来。我突然理解了张震想回家的那种感觉。乡愁有时就是抬头的一刹那，看到天空中那镶了金边的云。它那么优美地翻滚着，放射出道道光芒，但又那样高不可及，让你明白此时此刻，你就是个过客。

而正是在此时，真正的困意袭来，同行者这时也说：困了，回去睡一会儿吧。

这一睡，竟然是足足的四小时（下午三点到七点）。晚餐依旧是圣马丁大街那个BABOO餐厅。中国人开的，自助餐，还有羊肉烧烤。后者吊足了一些同行者胃口，而我只能迅速解决战斗——吃不了羊肉啊，还能怎么办。跑堂的不是中国伙计，但也端着中国茶壶，但又说，沏给我们的是马黛茶。好吧，马黛茶，在这样的心情下，我没法品出它的特别。

用完餐，天已阒黑。沿着圣马丁大街走回酒店，集会的人群仍没有散去。还多出一群外国人，在街头纵声高歌。如此的亢奋，依旧不知缘由。

乌斯怀亚，我所到的第一天，所见所闻即是如此。我还做了一件事，也是很多人到这里的规定动作，就是寄了一张乌斯怀亚的明信片给自己。是在圣马丁大街街角一家纪念品商店寄的。那里就立着小小的邮筒，有各种图案的邮戳任你加盖。做这件事让每个人都有小小的兴奋。回来搜微博，发现只要去的也都这样做了。寄明信片，也是同"世界的尽头"一样被植入的观念。

同行的摄影师比我们多一个收获，他做了一组乌斯怀亚街拍。其中一张画面是，街角的一家商店，一个行人正打此经过。此时的街角，正被正午的阳光打出一抹暖黄的色调，正需要一个穿蓝毛衣的旅人来做映衬。他于是在街角等着，终于等来这样一个女孩……

再没有比这张照片，这个行为，更能代表乌斯怀亚式的乡愁。你在这里，总有各种事物在互相映照，一点一点提示你，成为自己想象中的旅人。

原载新华网"思客"专栏稿